꽃단장곰의 의식을 손끝에 모은 메일리가 그 손가락을 돌려 용차 옆을 가리켰다.

손가락 움직임을 따라 꽃단장곰의 눈길이 유도한 곳으로 가고,

다리가 둔중하게 한 걸음 그쪽으로 움직였다.

「쭈쭈쭈」

「쭈쭈주─‥‥ 쭈─」

손가락을 아래위로 흔드는 메일리의 입술에서 혀를 톡톡 차는 소리가 튀어나왔다.

여태까지 스바루는 원치 않기 마수를 많이 봤다.

어느 마수라도 생물의 정형이 있었으며,

이형의 존재일지라도 생명의 원칙과 이론이 있었다.

그러나 지금 눈앞에서 포효하는 존재는

그 최소한의 원칙도 따르지 않았다.

「──」

너무나 모독적으로 생긴 존재였다.

울듯이 포효한 것은

Re: Life in a different world from zero

The only ability I got in a different world "Returns by Death"
I die again and again to save her.

CONTENTS

프롤로그
『여행 도중』

003

제1장
『너를 데리고 나가는 이유』

015

제2장
『모래시간을 넘어라!』

081

제3장
『감시탑의 세례』

153

제4장
『모래 위에 쌓은 신뢰』

190

제5장
『감시탑의 파수꾼.』

245

막간
『고저스 타이거 리로디드』

298

Re:제로

Re: Life in a different world from zero

부터 시작하는 이세계 생활

21

나가츠키 탓페이 지음

오츠카 신이치로 일러스트

표지 · 본문 일러스트
오츠카 신이치로

프롤로그 『여행 도중』

"——나는, 유클리우스 가문의 진짜 적자가 아니야."

야영 중 모닥불 주변에 앉은 율리우스가 고적한 눈빛으로 중얼 거렸다.

스바루는 그 이야기를 무릎에 태운 베아트리스의 머리카락을 빗으면서 듣고 있었다.

인공정령인 베아트리스의 몸은 항상 청결하며 최적의 상태가 유지되는 특성이 있다. 하지만 그것과는 별개로 이 잠자기 전의 머리 손질은 소중한 스킨십 타임이었다.

편안한 마음으로 오늘 있던 일 따위를 이야기하면서 소중한 파 트너와의 정을 다지는 것이다.

"그런 타이밍에 갑자기 왜 그렇게 무거운 폭탄을 투하하냐."

"미안하다. 하지만 이때를 놓치면 다음은 언제가 될지 모른다는 생각이 들어서."

미간에 주름을 잡은 스바루의 불평에 대답한 율리우스의 얼굴 에는 하는 말처럼 미안한 낌새가 없었다. 그 모습을 오만한 걸로 볼지 막역한 걸로 볼지는 상대 나름이겠지만.

"적자라면, 저기, 응?"

"유클리우스 가문 당주의 친자가 아니라는 뜻입니다. 당가의 현 당주 알비에로 유클리우스는 양부고, 그 동생인 클라인 유클리우스가 제 친부지요. 저는 친아버지가 타계했을 때, 지금의 집안에 양자로 들어간 처지입니다."

"그렇구나……. 아, 그럼 아빠랑 엄마가 두 명씩 있는 거네."

대단하다는 뉘앙스가 서린 대꾸에 율리우스의 눈이 순간 동그래졌다. 그러다가 곧 율리우스는 입술에 미소를 머금은 채 "그렇지요." 하고 웃으며 끄덕였다.

"──어라? 나, 무슨 이상한 말 했니?"

"뭘. 오히려 역시 에밀리아땅 같아서, 진짜 E · M · T야."

"미안, 무슨 말 하는지 좀 모르겠어."

입술을 삐죽이며 왠지 토라진 표정을 지은 소녀── 에밀리아의 불평에 스바루는 쓴웃음 지었다.

방금 에밀리아에게 한 칭찬은 무슨 비꼬는 게 아니라 진솔한 말이다. 실제로 악감정 없는 에밀리아의 사고방식에 스바루는 감탄했고, 그건 율리우스 또한 마찬가지일 것이다.

그렇기 때문에 앞머리를 가는 손가락으로 만지작거리는 율리우스의 몸짓은 평소와 같았다.

"───────."

달은 희미하게 낀 구름에 숨어서 흐릿한 모닥불의 빛만이 스바루 일행의 모습을 비추고 있었다. 그 모닥불을 둘러싼 구성원을 둘러보자 참 신기한 모임이라고 새삼 느꼈다.

──일행은 수문도시 프리스텔라를 떠나자마자 세계도(世界

圖)의 동쪽 끝으로 출발했다.

목적은 동쪽 끝, 아우그리아 사구(砂丘)에 산다는 『현자』와의 접촉. 모든 것을 알기로 유명한 영걸과 만나 그 지혜를 얻으려는 여행길이었다.

솔직히 사전 정보로 이미 터무니없이 어려운 여정일 거라고 예측은 하고 있었다.

아우그리아 사구는 위험한 마수의 소굴이며 무시무시한 독기가 만연한다는 소문으로 유명하다고 한다. 무엇보다 그 마경을 최악의 마경이라고 부르는 이유는——.

"라인하르트가 공략에 실패한 마경이라. ……본인에게도 말했지만 그 말만 들으니 참 절망적인 문구란 말이지."

달에서 살아 돌아왔다는 의혹이 있는 라인하르트. 그런 그가 돌파하지 못한다는 말은, 인류가 정복할 수 없는 도전이라는 뜻으로 들린다.

하지만——.

"불가능을 가능케 해야지. 우리는 죽을 생각이 아니라 살릴 생각을 하고 있으니까."

그러려면 절망적인 장애든 뭐든 간에 넘어서야 한다.

이 여행길은 미래가 닫힌 사람들에게 희망을 주고 내일을 되찾기 위한 것이므로.

"스바루, 표정이 무서워."

등 전부로 몸무게를 실은 베아트리스가 진지하게 생각에 잠긴 스바루의 뺨을 손가락으로 찔렀다. 소녀는 머리카락을 만지작거리면서 특징적인 무늬가 들어간 동그란 눈을 가늘게 뜨고 말했다.

"너무 고민하다가 머리가 뒤죽박죽이 될 바엔 베티와의 스킨십에나 집중해. 안 그러면 베티의 귀여움이 제구실을 못하는 것이야."

"야야, 무슨 말을…… 진짜다! 잠깐 딴 데 보던 사이에 베아코가 못 생기게!"

"되지 않았어! 베티는 계속 러블리해! 실례인 것이야!"

스바루의 농담에 볼을 부풀리며 무릎 위에서 홱 비켜서는 베아트리스. "농담이야, 농담." 하고 웃어도 베아트리스의 심사는 회복되지 않아 손짓하는 에밀리아 곁으로 넘어갔다.

베아트리스는 미소 짓는 에밀리아의 품에 몸을 싣고 말했다.

"에밀리아, 슬슬 코 잘 시간인 것이야. 늦게 자면 몸에 해로워."

"응, 그렇지. 오늘은 나랑 같이 자자. 심술쟁이 스바루에게 벌주는 셈으로."

"벌주는 셈인 것이야."

스바루를 악당으로 몰고서 의기투합하는 두 명. 에밀리아가 졸린 듯 눈을 비비는 베아트리스의 손을 끌고 스바루에게 눈짓한 뒤 데려갔다.

그렇게 용차로 돌아가는 둘의 등을 지켜보다가 율리우스가 입을 열었다.

"흐뭇한 모습이군."

"단짝으로 보이지? 1년 전만 해도 저렇게 친하지 않았어."

"그건 믿기 어렵지만…… 1년이라. 네가 중간에 있었다면 그럴 수도 있겠지."

그렇게 말한 율리우스가 눈웃음을 짓자 스바루는 손가락으로 뺨을 긁었다. 확실히 스바루가 있었던 것도 관계가 없진 않겠지만, 그 사실을 인정하는 것도 자화자찬 같다.

그래서 스바루는 이내 그 화제를 접고서 말을 돌렸다.

"그래서, 아까 얘기는 대체 뭔데."

"아까 얘기라면, 내 출신 내력 말일까?"

"그래. 에밀리아땅은 원래 성격이 순수한 거지만, 베아코는 배려하느라 아무 말도 안 했어. 네가, 지금 상황에서 하는 옛날이야기란……."

"그런 거지. 짐을 얹어 주는 모양새가 됐다면 미안하다."

율리우스가 완곡한 스바루의 말을 막고 느릿느릿 고개를 가로저었다. 그런 율리우스의 태도에 스바루는 속으로 씁쓰레한 표정을 지었다.

대죄주교 『폭식』의 권능에 해를 입어 율리우스의 『기억』── 아니, 율리우스의 『이름』은 세계에서 상실됐다. 관계자 전원의 기억에서 율리우스의 존재가 사라진 것이다.

그것은 본인의 기억을 잃은 크루쉬나, 사람들에게 잊히고 지금도 잠들어 있는 렘과 비슷하면서도 다른 제3의 사례. ──모든 것에 잊힌, 기억의 방랑자다.

세계에 버려진 그 절망감은 스바루도 아는 바가 있었다.

『사망귀환』으로 시간을 역행하는 스바루에게는 아무도 기억하지 못하는 세계의 기억이 확실하게 존재한다. 원래 있었던 관계가 사라진 경험도 한두 번이 아니다.

스바루는 로즈월 저택의 동료들에게 잊힌 적도 있으니까.

"스바루, 그렇게 빤히 바라보면 부담스럽다. 하고 싶은 말이 있다면 하지그래."

"너는…… 나 참, 터무니없는 자식이야."

스바루는 작게 혀를 차고 율리우스로부터 눈을 돌렸다.

사람이 모처럼 진심으로 걱정해 주었는데도 이런 태도다. 그야말로 『가장 뛰어난 기사』의 모습이다.

비슷한 상황에 빠졌을 때, 스바루는 홀로 서지 못했다. 그렇기 때문에 홀로 선 율리우스가 얼마나 굉장한지 스바루는 이해할 수 있었다.

다만 그 사실을 순순히 인정하면 열불이 나기에 청개구리처럼 콧방귀를 뀌었다.

"내가 하고 싶은 말이 있다면 불평뿐이야. 사람 놀라게 난데없이 신상 얘기 꺼내지 마. 애초에 내가 들어도 될 얘기도 아닐 거 아냐."

"그렇지도 않아. 라인하르트와 페리스, 근위기사단에선 누구나 다 아는 사실이다. 당연히 아나스타시아 님도 아시지. 특별한 얘기가 아니야. ──아니, 알고 계셨다고 해야 하나."

"─────."

"그래, 다들 알던 얘기지. ──그래서 지금 너도 알아주길 바랐을지도 모르겠군. 지금 이 세상에서 나 말고 가장 나를 기억하는 네가.”

율리우스는 잔잔하게, 나긋한 목소리로 말한 뒤에 자리에서 일어섰다. 가볍게 다리를 턴 『가장 뛰어난 기사』는, 여전히 모닥불 옆에 쭈그려 앉아 있는 스바루를 내려다보고 말을 이었다.

“슬슬 나는 쉴 생각인데, 너는 어쩔 거지?”

“나는…… 좀만 더 불을 보마. 안전한 가도라도 망볼 사람은 있는 게 낫잖아.”

“알았다. 그럼 먼저 쉬도록 하지.”

말과 눈인사를 남기고 율리우스도 모닥불 곁을 떠나 용차로 돌아갔다.

홀로 남은 스바루는 모닥불을 바라보면서 오른쪽 다리를 만졌다. 거기에는 프리스텔라에서 입은 상처의 잔재와 지워지지 않는 검은 무늬가 새겨져 있었다.

“……안 어울리게.”

조그맣게, 토라진 말이 입을 비집고 나왔다.

그게 자기 자신을 두고 하는 말인지, 율리우스를 두고 하는 말인지도 확실하지 않지만.

아무튼 분개와 비슷한 위화감이 잔가시처럼 목에 걸려 있었다.

“아아, 제길. 바보냐, 나는. 아니, 바보지, 나는…….”

머리를 쥐어뜯으며 짜증을 날 것 그대로 내뱉었다. 그런다고 시원해질 것도 아니지만 아무 말도 안 하고 있을 수가 없었다.

스바루가 그렇게 모닥불을 노려보고 있을 때.

“──고래 자신을 책망하지 않아도 되는 기 아이가?”

별안간 등 뒤에서 해사한 목소리가 날아와 스바루는 머리를 쥐어뜯던 손길을 멈추었다.

천천히 뒤돌아보자 두 손으로 뒷짐을 진 소녀의 모습이 눈에 들어왔다.

"……순간적으로, 뭐라고 부르면 될지 판단하기 어렵네."

"순간적이든 뭐든 아나스타시아 씨라고 부르믄 그만 아이가. ──안 그러면 나도 난처하거든."

전반과 후반의 어조가 확 변했다. 마치 대화하던 상대가 교대한 것만 같은 변모였지만 음색 자체는 같았다.

그러나 그 육체의 지배권은 본래 주인과는 다른 존재에게 이양되어 있었다.

"에키도리……."

"이름에 고집이 있는 편은 아니지만 그 호칭은 다소 거북한걸, 나츠키."

그렇다. 연두색 눈을 가늘게 뜬 여성은 아나스타시아 호신. 적어도 육체는 왕선 후보인 본인이 확실하다. 하지만 그 속은 딴사람, 딴 존재다.

현재 그 몸을 차지한 것은 목에 감긴 하얀 여우 목도리── 그렇게 의태한 인공정령, 에키드나였다.

가당찮게도 『탐욕의 마녀』와 같은 이름을 댄 인공정령은 같은 이름을 가진 마녀와의 동일성을 부정하면서 이렇게 스바루 일행의 여행에 동행하고 있었다.

솔직히 틀림없이 두통거리이긴 하지만──.

"고래 의심 안 해쌌으믄 좋긋네. 내도 이 상황은 본의가 아이라 꼬 몇 번씩 설명하지 않았노. 그 때문에 위태로운 앞길 안내인까지 떠맡아 줬으니께네."

에키도리의 발언은 진실이다. 스바루 일행의 여행 성패는 길 안내에 달려 있다. 그게 없으믄 라인하르트조차 후퇴한 마경의 공략은 불가능하다.

그 사실을 알면서도 찜찜한 것이 마녀의 이름이었다.

"그것도 포함해서 나는 네 창조주를 신용하지 못해. 나도 너를 믿을 수 있다면 믿고 싶어. 그편이 훨씬 마음 편하니."

"나 참. 기억에 없는 나의 제작자는 어지간히도 네 역정을 산 모양이군."

"―――."

"그라니께, 그라케 화내지 말그래이. 하이고, 무서버라."

눈을 매섭게 부릅뜨자 아나스타시아와 같은 얼굴로 에키도리가 혀를 내밀고 뒤돌아섰다. 용차로 돌아가 한숨 자겠다는 뜻이리라.

"나츠키도 너무 늦지 않게 자는 기 낫다카이. 가뜩이나 나츠키는 이것저것 다 떠안는 성격 같으니께."

"……내가 떠안은 고민거리 중 하나한테 그런 소리를 들어도 말이지."

비꼬는 듯한 불평에 에키도리가 "본전도 못 찾긋네." 하고 어깨를 으쓱인 뒤 물러났다.

그러나 의식을 전환할 필요는 있었다. 언제 깜빡하고 에키도리

라고 부를지 모른다. 에키도리──가 아니라, 아나스타시아라고
불러야 하리라.

"감추는 게 늘어나는 건, 결코 좋은 경향이 아니란 말이지."

스바루는 투덜대듯 내뱉고 모닥불에 물을 끼얹어 불을 껐다. 그
리고 가도 옆에 세워 둔 용차로 돌아가 좌석을 침상 삼아 누우려
했다.

용차 안쪽에는 에밀리아 일행이 자고 있다. 그러므로 조용하고
신중하게, 침상에 들어간다.

"또, 걱정거리를 늘리고 온 얼굴인 것이야."

"……깨어 있었어?"

좌석에 몸을 눕혔을 때 말이 걸려 왔다. 바라보니 묶은 머리를
푼 베아트리스가 좌석 옆에 서 있어서 스바루는 쓴웃음을 지었
다.

"너는 모르는 게 없냐. 진짜, 감출 것도 못 감추겠네."

"또 그런다. 나쁜 버릇인 것이야. 걱정거리는 꼬박꼬박 베티랑
반반씩 나눠. 베티 쪽이 스바루보다 훨씬 세심하다고."

"……엉, 그렇지. 좋아, 이리 온."

좌석 안쪽에 붙어 공간을 내자 소녀가 품속에 파고들어 같이 쉴
태세로 들어간다.

스바루가 속에 품은 불안, 그 깊은 부분을 아는 이는 베아트리스
뿐. ──유일하게 아나스타시아와 에키도리의 '교체'를 스바루
와 공유하고 있다.

베아트리스와 같은 인공정령이며 아나스타시아를 해칠 의사는

없다고 단언한 에키드나── 통칭 『에키도리』의 문제는 섣불리 설명하다간 자칫 큰 혼란을 부를지도 모른다. 하지만 경계는 빠트릴 수 없다. 그 절충안이 베아트리스와 상담하는 것이었다.

솔직히 베아트리스의 심정을 감안하면 에키드나라는 이름이 붙은 존재와 관계하게 두고 싶지는 않지만.

"쓸데없는 걱정일랑 하지 말고, 스바루는 스바루답게 가리지 말고 도움을 청하면 되는 것이야. 하지만 첫 상대로 베티를 고른 점은 칭찬해 줄게."

상담도 잘 받아 주지, 칭찬도 잘해 주지, 베아트리스의 말에 스바루는 쓴웃음 짓고 감사할 수밖에 없었다.

"고민만 하고 있을 수 없나. 내일이면 그리운 우리 집인데."

베아트리스의 머리를 쓰다듬으면서 여행의 첫 체크포인트를 눈앞에 두고 마음을 다잡았다.

『현자』의 감시탑으로 떠나는 여행길. 일행은 여행 준비와 보고를 위해 로즈월 저택에 들른다. 단, 로즈월 저택에 들르는 이유는 그게 다가 아니고──.

"괜히 샛길로 새기만 하는 건, 아니니까."

큰 시각으로 보면 아마 바보 취급당할 만한, 소박한 이유였다.

하지만 나츠키 스바루라는 인간에게는 큰 가능성을 감춘 이유.

──오랜만에 한 식구와 재회하고, 진정한 의미의 재회를 위한, 중요한 샛길이었다.

제1장 『너를 데리고 나가는 이유』

1

수문도시 프리스텔라에서 로즈월 저택까지 가는 길은 대략 열흘 거리였다.

가는 길과 오는 길로 같은 날짜를 소비해서 스바루 일행이 저택에 돌아온 것은 약 1개월 만이다. 오래도록 저택을 비울 용무도 별로 없었기에 실로 감개가 깊었다.

"스바루!"

"오오, 페트라…… 엇, 어우와?!"

용차에서 내려와 차부 남성에게 감사를 표하던 스바루에게, 저택에서 경쾌하게 달려온 메이드 차림의 소녀가 힘차게 뛰어들었다.

스바루는 당황하며 그 몸을 받아내고, 안도하면서 소녀의 머리를 쓰다듬었다.

"갑자기 이러면 깜짝 놀라잖아, 페트라. 한 달 만인데 기운이 펄펄 넘치네."

"오랜만이잖아. 기뻐서. ……스바루 님이야말로 힘들었던 거죠? 편지를 받고 걱정했었단 말이에요. 또 아픈 거 참지 않으셨어 요?"

"간지러, 간지러."

붉은 기가 도는 갈색머리를 찰랑이는 페트라가 스바루의 몸을 만지며 상처 유무를 확인했다. 그 손놀림에 스바루가 쓴웃음 짓고 있으려니, 다른 사람들도 용차에서 내려왔다.

"자, 페트라. 람한테 혼나기 전에 메이드 일을 봐야지."

"......네에. 나중에 이야기해 줘."

페트라는 그렇게 말하고 떨어졌지만 그 눈초리에는 끝까지 의심이 남아 있었다. 아무래도 스바루의 자기 신고에는 전혀 신용이 없는 모양이다. 실제로 마정석을 양도받으러 갔다가, 어영부영 도시까지 휘말린 마녀교와의 전면전쟁이 벌어진 판국이다.

스바루가 잘못한 게 없다고 호소해 봤자 들은 척도 안 해 주는 것도 어쩔 수 없었다.

"손님, 오랜 여행길 고생 많으셨습니다. 당가의 메이드인 페트라 레이테입니다. 지금부터 저택으로 안내해드리겠습니다."

스바루의 감상을 제쳐 두고 페트라가 야무진 말주변으로 내객을 환영했다.

그 고운 인사에 율리우스와 그의 손을 빌려 용차에서 내려오던 아나스타시아도 감탄한 표정이었다. 기분 탓인지 에밀리아와 베아트리스는 으스대는 눈치였다.

"시상에, 쬐매난디도 빠릿한 아구마. 우리한티 왔으믄 할 정도 데이."

"예, 확실히. 스바루에게 뛰어들던 모습과는 딴 사람 같았지요."

"……부끄러운 모습을."

미소 지은 아나스타시아와 율리우스의 말에 페트라가 살며시 볼을 붉혔다. 율리우스는 그런 페트라의 반응을 관찰하다가 "과연." 하고 끄덕였다.

"스바루, 네가 『여아 사역자』라고 명성이 자자한 이유도 이해할 수 있겠군."

"말해 두겠는데, 페트라는 이미 여아랄 만큼 작지도 않고, 백 보 양보해도 내가 사역하는 여아는 베아코뿐이야. 착각하지 마라."

"베티도 사역된다고 할 만큼 스바루가 편하게 대하진 않아."

율리우스의 너스레에 따끔하게 응수하자 베아트리스가 더 따끔한 말로 나무랐다.

"애당초, 베티와 페트라 사이에 그렇게 차이는 없…… 가만있어 봐. 조, 조금 페트라의 키가 큰 느낌이 드는 것이야. 머리카락도, 살짝 자랐어……!"

"그야 1개월이나 지났는걸. 나도 성장기잖아. 키도 크고, 머리도 안 잘랐으니 자라지. 베아트리스는 여전히 조그맣구나."

"이, 이게 무슨 일인 것이야……!"

와들와들 떠는 베아트리스를 미소 지은 페트라가 정면에서 껴안았다. 뾰로통한 표정의 베아트리스를 만끽하다가 "이제 슬슬." 하고 화제를 끊고서 말을 이었다.

"빨리 안내하지 않으면 람 언니한테 혼나니까……."

"──그건 노력이 아주 조금 부족했구나."

"삐익—!"

뒤에서 들린 목소리에 얼굴이 파랗게 질린 페트라가 작은 새처럼 울었다. 그렇게 후배 메이드를 벌벌 떨게 한 것은 저택에서 나타난 두 번째 메이드—— 람이었다.

람은 연홍색 시선으로 페트라를 뻣뻣하게 굳게 만들고는, 천천히 스바루 일행 쪽을 바라보고 말했다.

"요즘은 페트라도 일에 숙달된 것 같아서 비로소 인정해 주자고 마음먹은 참에 이 꼬락서니라니…… 람은 정말로 안타까워."

"죄, 죄송해요, 람 언니. ……저기, 일, 인정해 준 거예요?"

"그래. 람보다 요리도 잘하지, 청소도 잘하지, 람보다 빨래도 잘하지, 일찍 자고 일찍 일어나지. 인정하려고 그랬어."

"그 점은 너 자신을 이상하게 여기라고!"

메이드 경력 1년 남짓한 소녀에게 베테랑 메이드가 지는 게 한둘이 아니지 않은가. 페트라의 학습 능력을 고려해도 허들이 너무 낮아서 이야기가 안 된다.

그런 스바루의 외침에 람은 "핫." 하고 콧방귀를 뀌었다.

"자기 자신을 이상하게 여겨서 뭘 어쩌는데? 람이 자신에게 가지는 건 기대와 자신감뿐이야."

"언니분의 그런 구석만, 진짜 진짜로 존경하우."

위풍당당한 람의 선언에 스바루는 기가 막히면서도 그렇게 대답했다. 그러고 있으려니, 에밀리아가 굳어있던 페트라의 어깨를 두드린 뒤 "람." 하고 불렀다.

"나와 줘서 고마워. 저택 사람들도 별일 없어?"

"네, 별문제는. 에밀리아 님 일행은 못한 이야기도 쌓였겠지요. ──가프와 오토는 죽었습니까."

"죽이지 마! 초연한 표정과 목소리로 뭔 소리 지껄이냐!"

"여유가 없는 남자는 바닥이 뻔해. 특히 바루스의 바닥에는 구멍이 뚫려서 내용물이 새고 있으니 조심하렴. 바닥이 뻔하고 속이 비었다니, 최악이야."

"푹푹 찔리니까 그만해……. 그보다 편지는 도착한 거 맞지?"

어깨를 으쓱인 람에게 스바루는 살며시 귀엣말하듯 물었다.

스바루 일행이 출발하기 전에 먼저 프리스텔라에서 저택으로 보냈던 편지를 말하는 거다. 그 내용을 공유했으면 스바루 일행이 저택에 돌아온 이유는 전해졌을 터.

스바루의 확인에 람은 손가락을 세우고 답했다.

"안심해. 로즈월 님께 이야기는 들었어. 『잠자는 공주』와 연금실에 용무가 있다며. ……물론."

거기서 말을 끊은 람은 왠지 수상하게 연홍색 눈을 가늘게 떴다.

"양쪽 준비 모두 람이 아니라 프레데리카와 페트라가 하지만."

"그런데 왜 네가 으스대는 표정인데?"

어쨌든, 한 달 만의 재회여도 람의 태도는 여전했다.

2

"여──어. 잘 다녀──어왔어. 무사히 돌아와서 다행이구──운."

응접실 소파에 앉은 로즈월이 귀환한 일행을 환영했다.

그 희색만면의 피에로 화장에 스바루와 에밀리아는 무심코 얼굴을 마주 보고 말았다.

"……에밀리아땅, 편지에 뭔가 이상한 내용이라도 썼어?"

"어, 모르겠는데…… 스바루가 기쁜 말 쓴 거 아니니? 왜 있잖아. 스바루와 로즈월은 이따금 속닥속닥 비밀 이야기하고……."

"내가 로즈월한테? 그런 짓 할 바에야 그 시간과 돈을 에밀리아땅과 베아코와 페트라와 프레데리카와 파트라슈와 일단 람에게 환원하련다."

"여자 이름밖에 없는 것이야."

"오토나 가필에게 평소에 잘 지낸다고 감사 표하긴 남자끼리라서 부끄럽잖아?!"

스바루는 어이없다는 표정을 한 베아트리스의 머리에 손을 올리고 에밀리아와 함께 갸우뚱했다.

참고로 렘을 넣지 않은 건 의식적인 문제로, 주위가 마음 쓰지 않게 하려는 배려이므로 언짢게 여기질 말길. 그건 그렇고——.

"아무튼 그 웃음, 이번엔 무슨 흉계를 꾸미는 거야? 로즈월."

"참으로 섭섭한 반응인거——얼. 내가 너희 안부를 걱정하며 무사한 걸 기뻐하는 데에 무슨 문제가 있다——고. 전부, 당연한 일이지 않아——아."

한쪽 눈을 감고 파란 쪽 눈으로 흘겨보는 로즈월.

"요 1년간에 나도 이것저것 생각에 변화가 있었다느——은 것이야. 내가 협조적으로 나오는 건, 에밀리아 님께도 기쁜 일이지 않습니까?"

"으음, 그렇지. 응. 고마워, 로즈월."

유들유들한 로즈월의 말을 에밀리아가 그 관용으로 받아들이고 말았다.

에밀리아의 대답에 웃으며 손을 살살 내젓는 로즈월을 보고 있자면 어디까지 진심에서 나온 발언인지 의심스러워지지만.

"저게 하는 생각 같은 건 짚어 볼수록 헛수고라고. 저게 그러는 건 스바루가 그러는 거 이상인 것이야."

"너, 방금 대사는 지시사가 좀 너무 많다."

스바루는 늙어서 '저거, 저거' 하는 노인 같은 소리를 하는 베아트리스의 손을 끌고 에밀리아와 함께 응접실로 발을 디뎠다.

기분 좋은 로즈월은 수상하지만 그가 스바루 일행의 귀환을 기뻐하는 건 진심이리라. 『예지의 서』를 잃은 현재, 로즈월의 목적에 스바루 일행의 존재를 빼놓을 수 없다.

"그렇다면 그런대로, 좀 더 협조적이면 고맙겠는데 말이야."

"내 조력 유무에 얽매이지 않고 너는 네 목적을 달성할 테지. 그럴 거라 믿기에 네 힘이 미치지 않는 곳에서 최선을 다하고. 실로 대등한 관계가 아니―일까."

"도우미 캐릭터를 평상시에 쓸 수 없는, RPG의 전형을 맛보는 기분이라―아네."

너무 강한 도우미 캐릭터가 임시 참전밖에 안 하는 건 게임의 전형이다.

실제로 로즈월에겐, 스바루가 궁지에 내몰릴수록 『사망귀환』을 통한 운명 개변력을 믿을 근거가 생기기에 스바루의 궁지를 아슬아슬할 순간까지 구경한다는 이유가 있다.

　교활한 인물, 방심 못할 아군. 그런 평가와 입장은 여전하다.

　"──근디? 슬슬 우리 소개도 해 줘야지 않긋나?"

　"어차, 미안, 미안. 로즈월, 손님이 따라왔어. 앉을 자리 내주셔."

　"들었다마아──다. 그건 그렇고 재미있는 구성원인데에──."

　일어난 로즈월이 방 입구에 세워 뒀던 내객에게 소파를 권했다. 그리고 자신은 옆의 1인용 소파에 앉아 말했다.

　"먼 곳부터 어렵게 오신 걸 환영합니다. 이렇게 대화하는 건 논공식 이후 처음이구──운요."

　"참말로 그라네. 그때도 말맨치 제대로 대화한 긋도 아이었꼬, 실질적으로 이게 처음 보는 기라 해야 하지 않긋나."

　로즈월의 인사치레에 입술에 미소를 띤 아나스타시아가 인사치레로 대꿈했다.

　두 사람이 화제에 올린 논공식이란 왕성에서 열린 『백경 토벌』의 공적을 평가하는 자리로, 에밀리아, 크루쉬, 아나스타시아와 각 진영을 초대한 식전이었다.

　각 진영의 대표가 모인 식전이었기에 『성역』의 문제를 해결한 뒤의 멤버가 참가했는데, 그토록 사고를 쳐놓고 천연덕스레 참가한 로즈월도 보통 신경줄이 아니다.

　어쨌든 로즈월과 아나스타시아의 상견례는 그 이후 처음이며, 양측의 인사는 그럭저럭 심리전의 양상을 띠고 있었다.

　곧 대화는 본론인 도시 프리스텔라에서 벌어진 사건의 보고로 이어지고──.

"——편지로 보고는 받았습니다. 오토와 가필, 두 사람이 부상으로 요양 중인 거야 어쨌든, 마녀교를 상대로 피해는 최소한으로 그쳤다고요."

"응, 둘 다 엄—청 힘써 줬고…… 둘만이 아니라 그 도시에 있던 전원이 힘낸 결과야. 스바루도, 릴리아나도 그래."

"왜 거기서 나랑 릴리아나를 같이 들먹여?"

아마 비전투원으로 묶었을 것이다. 동류라는 의미는 아닐 거라 생각하겠다.

"뭐, 스바루의 자존심은 일단 두고…… 이번에 에밀리아 님을 프리스텔라로 초대하신 건 아나스타시아 님이십니다만, 그 사실에 대해선 어찌 생각하시는지요?"

"고 문제는 볼 낯이 없다고 생각한데이. 사과하라고 그라믄 내도 제대로 사과할 작정은 있으니께. 그렇지만도……."

"그 이상은, 이미 에밀리아 님께서 거절하셨던 거죠오—?"

"그야, 마녀교가 나쁜 짓 한 거면 나쁜 건 마녀교잖아? 아나스타시아 씨에게 책임이 있는 건 아냐. 그리고 우리의 여행 목적은 달성했는걸."

로즈월이 힐끔 쳐다보자 에밀리아가 목덜미의 펜던트를 살며시 어루만졌다. 거기에는 빛나는 마정석이 지금도 정신없이 잠든 대정령의 부활을 기다리고 있었다.

이번에 스바루 일행이 프리스텔라로 간 목적은 팩의 그릇이 될 마정석을 입수하는 것이었다. 목적만 따지자면 달성한 상황이다.

"그리고 우연히 우리가 있었던 덕에 마녀교를 물리칠 수 있었을지도 몰라. 만약 그렇다면 오히려 아나스타시아 씨의 공훈인 게……."

"암만 그라도 그까지 의도한 기는 아이제. 그쯤하그라, 그쯤."

쓴웃음 지은 아나스타시아가 에밀리아의 긍정적인 발언을 제지했다. 에밀리아가 "그래?" 하고 갸웃한다. 어째선지 아나스타시아 쪽이 구원받은 모양새였다.

물론 지금의 추궁은 로즈월도 말해 보기나 하자는 수준의 견제일 것이다.

실제로 프리스텔라에서 일어난 마녀교의 습격 태반은 에밀리아 진영을 노린 것일 가능성이 높았다. 그 문제에 관해서도 로즈월과 편지로 공유했다.

"마녀교의 소행은 마녀교의 소행, 그놈들이 최악! 이란 의견으로 정리하는 게 제일이야. 다른 진영도 그걸로 수긍했고, 전과도 없지는 않으니까."

"대죄주교를 1명 토벌에 1명 포박이라. 확실히 훌륭한 전과군. 다만 그들에게 연계나 단결이라는 말은 관계가 없지. 설혹 마지막 한 명만 남더라도 위험성은 변함없어."

"……그건 같은 의견이야."

마녀교란 조직보다 정신병자들의 모임터에 가깝다. 따라서 『탐욕』과 『분노』가 쓰러져 봤자 『폭식』과 『색욕』의 만행이 멈출 일은 없다.

"그래서, 그걸 어떻게 손을 써 볼 해결 수단이 필요해."

"그 때문에 찾아가는 곳이 『현자』의 탑이라. ──위험한 여정이야. 승산은 있고?"

로즈월은 왕국의 중진 중 한 명이다. 당연히 라인하르트가 아우그리아 사구의 돌파에 실패했다는 사실은 들었을 것이다.

독기가 부르는 환상과 다수의 위험한 마수. 그 장애물을 어떻게 넘어갈지 필연적으로 의문을 품기 마련이다.

하지만 그 문제에 맞설 비밀 병기가 동행했다. 스바루는 아나스타시아에게 눈짓을 보냈다.

"게서 내가 나설 차례인기라. 다행히 내는 그 『현자』의 감시탑에 도착하는 샛길을 알고 있데이. 그게 승산이제. 맞나?"

"말로만 믿으라 하셔도 말이죠─오. 애초에 사구의 샛길이란 정보, 돈을 퍼부어서라도 사고 싶어 할 무리는 많습니다. 왜, 당신만이 그 정보를 지니셨다죠?"

"내는 상인이고, 물론 돈은 소중하구마. ──그라카도, 돈으로 몬 바꾸는 기도 있다카이. 이건 그런 것 중 하나란 기다. 수긍 못하긋나?"

당당히 로즈월을 상대로 성심껏 말하는 아나스타시아── 에키도리가 시치미를 떼었다.

아나스타시아를 가장한 가짜임에도 불구하고 그 말에는 신기하게도 힘이 있다. 지금, 본래의 아나스타시아가 아님을 아는 스바루조차도 압도될 힘이.

그런 아나스타시아의 주시를 받으며 로즈월은 한쪽 눈을 감았다. 그리고.

"그 젊은 나이에 대상회 주인 자리를 꿰찰 만은 하군. 쓴맛 단맛 다 아는 인간을 말로 구워삶기는 힘들지. 그리고 에밀리아 님도 이미 수긍하신 바겠지요?"

"맘대로 결정한 걸 미안하다곤 생각해."

"하지만 맘대로 결정한 행동을 그만두려는 생각까지는 안 하시지요. 그러면 됩니다. 에밀리아 님께선 가시밭길을 구태여 골라서 가시는 분이시지요. 그런 길이어야 저 친구 또한 각오하고 따라갈 테니까요."

로즈월은 내키지 않는다는 태도지만, 그의 흥미는 결국 그쪽으로 귀착하기 마련이다.

에밀리아가 어려운 길을 택하면 스바루가 극복해야 할 허들은 높아진다. 지금의 로즈월에게는 그것이 『예지의 서』를 대신하는 희망이다.

"그런 이유로, 아나스타시아 씨의 안내로 뭐뭐 사막을 넘는다. 그게 결론이야."

"뭐뭐 사막이 아니라 아우그리아 사구다. 이제 그만 기억하지 그래."

어렴풋한 기억으로 결론 내린 스바루의 말에 율리우스가 한숨과 함께 참견했다.

아나스타시아 옆에 앉아서 지금까지 오가던 대화를 잠자코 지켜보던 율리우스는 이지적인 눈빛으로 로즈월을 쳐다보고 말을 이었다.

"메이더스 변경백께서는 크게 우려하실 줄로 압니다. 하지만 도시 프리스텔라에선 지금도 마녀교의 악행에 몸과 마음 모두에 상처 입은 사람들이 많이 있습니다. 저희의 행동이 그들을 구하는 데에 일조할 수 있다면, 이 자리에선 모쪼록 허락을 주시길 청하고 싶군요."

"제법 우아한 어휘야. 내 기억에 없는 자네는, 요컨대 그런 입장이로오―군?"

"―――."

기억 속에 없는 율리우스. 그 사실만으로도 로즈월은 사정을 이해했다. 율리우스가 눈을 살짝 내리깔자 로즈월은 팔걸이에 팔을 올리고 턱을 괴었다.

"『폭식』의 권능으로 사람들로부터 잊혀 세계에 방치된 초조함. 자네는 자네 자신을 위해서 가느다란 희망을 찾고 있어. 그 행동을, 다른 누군가 때문이라고 치장할 필요는 없는데―에?"

"큭――. 결코, 그와 같은 사리사욕 때문에 움직이진……."

"탓하는 게 아―니야. 자연스러운 일이지. 사람은 무슨 일이든 타인을 위한 일보다 자신을 위하는 일에 필사적이기 마련이야. 결과적으로 다른 이가 구원받는다고 해도, 그 과정에서 구원했다는 만족감과 달성감, 우월감을 얻는 마음을 부정할 필요는 없어."

로즈월은 얼굴이 굳은 율리우스에게 거침없이 말했다. 광대의 웃음이 깊어졌다.

"하물며 자네가 구원받으면 다른 이도 마찬가지로 구원받을 가능성이 높아. 대의명분을 등에 업고 행동하는데 조그마한 가책도 받을 필요 없지 않나아―?"

"저는……."

"메이더스 변경백, 그쯤 해 두믄 안 되긋나?"

아나스타시아가 말문이 막힌 율리우스를 손으로 제지하고 대신 로즈월과 맞섰다. 그녀는 해사하게 미소 짓더니 귀엽게 갸웃거렸다.

"솔직히 내도 기억 몬 한다. 그라도 이 아는 우리 기사님이라데. 그게 손을 몬 쓸 이유로 괴롭힘당하는 꼴은 보면서 기분이 안 좋다 안카나."

"기억에서 사라져도 주종의 끈은 살아있다……는 말씀이신지?"

"글쎄. 그런 쪽은 내도 잘 모르겠데이. 그카지만도 지금까지의 여행길에서 율리우스와 함께 보낸 시간은 나쁘지 않았고…… 게다가 말이데이."

아나스타시아는 살짝 들어 올린 손가락으로 맞은편 소파를 가리키고 말을 이었다.

"괜한 짓해싸다가 그쪽 진영이 쪼개지믄 우예 막을 셈이고?"

"──이건 또 참."

로즈월이 아나스타시아의 지적── 다시 말해 분화 직전의 스바루를 보고 어깨를 으쓱였다. 스바루가 버럭거리기 직전이라면, 당연히 에밀리아와 베아트리스 또한 마찬가지다.

그 모습에 로즈월은 항복했다는 듯 손을 들었다.

"그래. 알았어. 내가──아 잘못했어. 그런 측면도 있다고 지적했을 뿐──운이지."

"그냥 쓸데없는 꼬장이잖아. 너, 진짜로 까불지 마라."

"그 태도, 너야말로 고작 며칠을 함께 보낸 관계란 느낌이 아니
―인데."

눈매가 날카로워진 스바루의 모습에 한쪽 눈을 감은 로즈월이
노란 시선을 돌렸다. 그리고 스바루의 속내를 꿰뚫어 보듯 입술
을 핥고 말했다.

"또, 너만이 기억하고 있다는 말이구―운. ――렘과 똑같이."

"뭔 팔자인지 모르겠지만."

"그건 네가 특별하단 증거야. 소중히, 소중히 하도오―록. ――
원해도 얻지 못하는 자가 많으니까."

후반의 술회는 로즈월의 입에서만 흘러서 스바루의 귀에는 닿
지 않았다. 다만 베아트리스만은 왠지 짚이는 구석이 있다는 눈
빛이 됐다.

그 대화를 거치고 스바루는 무거운 한숨을 쉬었다.

"나머지는 편지로 설명한 그대로야. 연금실과……."

"――렘의 신병, 말이었지. 과감한 짓을 다하는군. 너는 그 아
이를 건드리는 것을 그토록 싫어했을 텐데―에."

"――깨울 방법을 알 수 있을지도 모르잖아. 시도해야지. 당연
하잖아?"

"그, 구할 수 있는 수단의 첫 상대로 그 아이를 택한다는 게 뜻밖
인 거야. 너는 이기주의자인 체하지만 실상 몹시 자학적이지. 마
음 어디선가, 머리 한구석에, 자신이 최초로 구원받으면 안 된다
는 생각은 안 하나?"

"―――."

정곡을 찔린 스바루는 저도 모르게 침묵했다.

이번 여행 중에 스바루는 마지막의 마지막까지 렘을 동행시킬지 말지 고민했었다.

그것은 렘을 깨우는 걸 기피하기 때문이 아니다. 렘이 깨어날 가능성이 있다면 일분일초라도 더 빨리 일어나길 바라고 있다.

──하지만 그 소망과 나츠키 스바루가 구원받는 것은 별개의 이야기다.

프리스텔라에선 스바루 외에도 많은 사람들이 같은 고통을 맛보고 있다. 그 사람들을 접어 두고 어떻게 감히 스바루가 처음으로 구원받는단 말인가.

그런 죄책감이 마지막까지 스바루를 망설이게 했지만──.

"그거라면 내가 스바루를 잘 설득했어. 그러니까, 문제없어."

"······더더욱, 의외로군요."

침묵한 스바루 대신, 에밀리아가 로즈월에게 말했다.

미심쩍은 눈치인 로즈월은 가슴을 편 에밀리아에게 한쪽 눈을 찡긋하고는.

"이렇게 말씀드리면 뭐하지만, 렘이 깨어나면 에밀리아 님 형편에는 안 좋지 않은지? 아무리 생각해도 스바루는 그 아이에게 강한 정을 품고 있는데요? 경우에 따라선 그건 에밀리아 님께 보내는 마음에도 필적할······."

"그렇네. 그럴 거라 생각해. 렘이 깨어나면 스바루는 한동안 그 애한테만 매달릴 테고, 나한테도 아무 생각 없어질지 몰라."

"아니, 그건 아무리 그래도······."

있을 수 없다고 단언할 수 있다. 에밀리아에게 보내는 마음이 흔들리는 건 절대 있을 수 없다.

단지 렘을 굳게 그리는 마음도 거짓이 아니었다. 그리고 에밀리아의 말대로 렘이 깨어나면 틀림없이 잃어버린 1년 몫만큼 그녀에게 매달릴 것이다.

그러나 에밀리아는 스바루에게 "괜찮아." 하고 말했다.

"그래서 스바루에게 외면받는다면, 이번엔 나를 보게 내가 노력할 뿐이야. 이제 와서 스바루가 없으면 곤란한걸. 그러니까 아무리 렘이 귀여워서 그 아이를 소중히 여기더라도, 내 쪽에도 와 줘야겠어."

"에, 에밀리아땅?!"

"그게 내 각오와, 내 결심. 그리고 아무도 스바루가 구원받는다고 불평 같은 건 안 해. ——그러니까 괜찮아. 렘을, 깨워 주자."

에밀리아가 굳센 말로 스바루의 결단을 떠밀었다.

일종의 고백 같은 말에 스바루가 숨을 삼키고 무릎을 떨었다.

여태까지도 몇 번쯤 호의 비슷한 말을 들은 적은 있다. 있지만, 그건 모두 에밀리아가 간직한, 친근함의 범주에서 벗어나지 않는데——.

"나에, 렘에, 베아트리스에, 페트라에 파트라슈에, 프레데리카와 람, 오토랑 가필! 스바루는 아주아주 엄—청 행복해져도 돼."

"후반에 지룡과 남자가 섞여 있는데 말입죠."

쑥스러움 등 다양한 감정이 뒤얽힌 스바루가 무심코 한마디 했다.

그 말에 스바루 옆에 앉아있던 베아트리스가 옆구리를 찔렀다.

스바루가 "으힉." 하고 옆을 보자 베아트리스가 뚱한 표정으로 말했다.

"딱히, 이리저리 눈길 파는 스바루의 마음에 새삼스레 불평은 안 해. ……하지만 한 손은 항상 비워 두는 것이야. 그건, 베티만의 특권이라고."

"……너, 몸살 나게 귀엽네."

"당연한 것이야. 베티의 귀여움은 천지신명에 울려 퍼져."

천지의 신들이 어떻게 생각할지까지는 모르겠으나 스바루의 마음에는 울려 퍼졌다.

에밀리아와 베아트리스의 후원에 스바루는 렘을 깨우는 데에 진력했다. 망설임은 없다.

"사랑 많이 받아서 미안하다, 로즈월. 렘은 데려가마."

"너희에겐 놀라기만 하는군. ……맘대로 하도록. 애초에 말릴 생각도 없었고―오."

"그럼 방금까지 나누던 문답의 의미는?!"

"행위의 의미를 알고 있는지 노파심에 확인했을 뿐이지. 그쪽의 이름 없는 기사님에게도 미안한 짓을 했는거얼―."

마지막의 마지막까지, 놀리는 말투를 그만두지 않는 로즈월.

그 말에 율리우스는 "아니요." 하고 스바루와 아나스타시아를 번갈아 바라보다가 답했다.

"저는 율리우스 유클리우스. 지금은 이 친구의 기억에만 남은 신세입니다만, 루그니카 왕국의 근위기사입니다. 이 정도로 마음이 어지러워질 만큼 미숙하진 않습니다."

율리우스는 그렇게 단언해 사악한 마법사의 사악한 해코지를 멋지게 물리쳤다.

"……그런 것에 비해선 흔들흔들하던데."

"너는 누구 편인 거지? 지금, 등 뒤를 찔린 기분이다만."

막판에 그런 대화가 있었다는 사실만은, 몰래 덧붙여 두겠다.

3

──대화가 끝나고 스바루 일행이 응접실을 떠난 뒤.

"이걸로, 나도 그 친구에게 호의적인 사람 축에 끼는 건가─아? 너는 어떻게 생각해?"

"……징그러운 소리 하지 마. 넌 진심 같아서 무서운 것이야."

"이 몸으로 접근할 만큼 절조가 없지는 않다─아만."

"여자였던 적도 있잖아. 경계는 충분히 할래."

그 답변에 로즈월의 웃음이 깊어지자 대답한 소녀── 베아트리스는 뚱하니 새치름한 표정인 채로 자신의 롤 머리를 잡아당기며 만지작거리기 시작했다.

심심하거나, 혹은 짜증이 치밀 때의 버릇이다.

"그 버릇은 여전하구─운. 하지만 심경은 변했나 보지? 나는 좀처럼, 헤픈 너처럼 행동할 수가 없어서. 부러운걸."

"일편단심이던 결과 어머니께 스치지도 못한 너와 비교하면 스바루의 손을 잡을 수 있는 베티가 몇백 배 나으니까 열 받지도 않는 것이야."

"말솜씨가 매서워—어졌어. ——정말로, 다부져졌군."

소파에 앉아 있는 로즈월과 그 정면에 서 있는 베아트리스가 같은 눈높이로 불똥을 튀겼다. 불현듯 로즈월은 입가에 미소를 띠고 말했다.

"대죄주교를 한 명 쓰러뜨렸다. 스바루 안에, 이로써 두 번째가 들어갔을 테지."

"……후보는, 스바루 말고도 있을 텐데."

"하지만 어느 것도 그 친구보다 가깝지도 무겁지도 않아. 하찮은 위안은 그만둬."

"——더 이상은, 못하게 할 것이야."

로즈월의 이의에 베아트리스가 결의를 간직한 투로 대꾸했다.

"베티는 스바루 거야. 그러니까 스바루는 스바루로 남아."

베아트리스는 로즈월을 강하게 노려보며 단언하고 방문 쪽으로 향했다.

홀로 남아 대화했으나 더 이상은 할 이야기가 없다.

"베아트리스."

멀어지는 소녀의 등에다 로즈월이 말을 걸었다.

베아트리스는 발길을 멈추었다. 그러나 뒤돌아보지 않는다.

"난 말이야. 너는 행복해졌으면 한다고, 그렇게 생각해. ——너는 내게, 여동생 같은 존재니까. 소중히 여길 셈이야."

"——소름 돋는 말이네. 그것도 어머니만큼은 아니지."

"그게, 사랑이라는 거자—않아?"

베아트리스는 대답하지 않았다.

그저 문이 열리고 닫히는 소리만이 응접실에 조용히 울렸다.

──그 뒤로 로즈월과 베아트리스 사이에 대화는 없었다.

4

"주인어른과의 대화는 잘 풀리셨나요?"

"평소처럼 끝났지. 짐작해 줘. 일단 전문가인 베아코를 두고 왔으니 다소는 반성시켜 주겠지."

"옳다구나 싶네요. 주인어른은 베아트리스 님께 고개를 못 드시니까요."

그렇게 말하고 입가에 손을 짚은 프레데리카가 쿡쿡 품위 있게 미소 지었다.

프레데리카는 응접실에서 로즈월과 나눈 대화가 끝나고 저택의 동관으로 가는 스바루 일행의 안내를 맡았다. 이로써 저택의 메이드 세 명과 무사히 재회한 셈이다.

길고 아름다운 금발에, 접은 곳이 반듯하게 각이 선 메이드복을 껴입은 무서운 얼굴의 여급은 아나스타시아와 율리우스 둘에게 정중히 메이드의 귀감다운 인사를 올린 다음에 물었다.

"여행하시는 동안 가프는 여러분께 도움이 됐나요? 그 아이에겐 나가기 전에 여러모로 타일러 두었지만 에밀리아 님 일행께 폐를 끼치지 않았을지 걱정스러워서."

"응, 걱정할 것 없어. 가필은 엄──청 힘내 줬으니까. 오토랑 같이 지금은 얌전히 쉬고…… 얌전히 있어 줄까? 있어 줬으면 좋겠는데, 아무튼 쉬라고 부탁했어."

"못난 저희 동생이 심란하게 해드려 죄송합니다."

에밀리아라도 반신반의라 끝까지 두둔하지 못하자 프레데리카는 송구스러워했다.

어쨌든 페트라와 람, 로즈월, 그리고 프레데리카에게까지 걱정을 받는 가필이지만, 프리스텔라에서 겪은 사건으로 뭔가 심경에 변화가 있던 것은 확실하다.

상처 입고 그것을 동력 삼아 성장하다니, 스바루는 참으로 열다섯 살다운 변화라고 생각했다.

"그리고 이번엔 가필에게 별별 일이 다 있었던 모양이니까……."

"──스바루 님? 제게 뭔가 생각하시는 바라도?"

"아니, 내 쪽은 별달리. 솔직히 이건 내 입으로 얘기하면 안 될 것 같아서."

의미심장한 시선을 알아채고 갸웃한 프레데리카의 물음에 스바루는 어깨를 으쓱였다.

프레데리카의 의문을 얼버무리면서 스바루는 가필의 마음속을 상상했다.

프리스텔라에서 가필이 마음에 두던 일가── 금빛 머리에 녹색 눈이라는, 프레데리카와 가필 남매가 연상되는 특징이 있던 가족이다.

그 가족과 가필의 관계는 프레데리카와도 무관하지 않으리라.

하지만 그 사실을 프레데리카와 류즈, 가족에게 보고할 사람은 가필이어야 한다.

"그러니까 나는 아무 말도 안 해. 나츠키 스바루는 울트라 쿨하게 떠나도록 하지."

"맞아, 맞아. 가필이라면 프리스텔라에서 엄—청 친해진 아이들이 있는데, 그 아이들이랑……."

"에밀리아땅 에밀리아땅, 내 독백이 허사로 돌아간다고!"

맹한 짓으로 이야기가 다 망가질 순간에 스바루는 허겁지겁 에밀리아의 입을 막았다. 그런 모습에 프레데리카가 의아해할 때, 율리우스가 "프레데리카 여사." 하고 불렀다.

"화기애애하게 담소 중이라 마음이 부담스럽습니다만 이 앞에 있는 곳이, 바로 그?"

"네, 그렇습니다. 연금실이라고, 스바루 님께서 그리 부르시는 장소랍니다."

"그 장소에 있는 게 예전부터 말하던 인물이라. 이야기가 잘 풀리면 좋겠지만."

"그 부분은 운수소관이란 느낌이지. 솔직히 뭔 말이라도 들을 수 있으면 참 좋다고 할 정도의 기대야."

근심 어린 율리우스의 말에 스바루도 뺨을 긁으면서 대답했다.

실제로 이 제안을 꺼낸 스바루 본인부터 그다지 기대치가 높다고는 생각지 않았다. 그건 예의 연금실에 있는 인물이 협조적일지 어떨지 모르기 때문이다.

"하지만 그 애는 스바루를 따르고 있으니, 이것저것 가르쳐 주지 않을까?"

"그 호감도가 대화에 어디까지 영향을 끼칠지가 미지수……

어, 도착했군."

에밀리아의 낙관적인 말에 대답하던 중 일행의 발길이 목적지에 도달했다. 지하로 통하는 그 계단을 눈앞에 두자 아나스타시아가 고운 눈썹을 찡그렸다.

"뭐꼬, 퍽이나 께름칙한 공기가 감도는 장소 아이가."

언뜻 보면 별달리 이상한 점 없는 지하의 계단인데도 공기의 변화를 감지한 아나스타시아는 역시 대단하다. 여우도 갯과니까 후각이 좋을지도 모른다.

하긴 지하에서 감도는 '꺼림칙한 느낌'에 후각의 좋고 나쁨은 관계가 없겠지만.

"독기, 하곤 다른 모양인디, 별로 몸에 좋을 거 같지 않구마."

"이 앞에 있는 연금실, 그곳에 유폐된 인물이 풍기는 기척이지요. 앞에서 안내해드리겠사오니 부디 발밑을 조심하시길."

아나스타시아가 내려다보는 어두운 계단에 프레데리카가 선두에 서서 발을 디뎠다. 스바루 일행도 그녀의 등을 따라서 지하로.

계단은 금방 끝나고 석조 바닥에 일행의 발소리가 크게 울렸다. 지하의 차가운 공기에 폐를 식히면서 프레데리카가 통로 막다른 곳에 있는 튼튼한 철문의 잠금을 풀었다.

그리고 희미한 긴장이 솟는 가운데, 삐걱거리는 소리와 함께 철문이 열리고——.

"어흥— 어흥—! 잡아— 먹는다—!"

"꺄— 살려 줘, 안 돼애!"

"음헤헤헤, 그렇게 도움을 청해도 아무도 구하러 안 온다고요."

열린 문 너머에서 통로로 밝은 빛과 앙칼진 소리가 흘러나왔다.

철문 뒤, 방 안에서 등을 보인 인영이 하나, 소녀다. 소녀는 자기 주위에 많은 봉제 인형을 둔 채 두 손에 든 인형을 만지작거리고 있었다.

배역이 몇 개인지는 모르겠지만 음색을 바꾸며 혼자서 소꿉놀이에 푹 빠졌다.

"아니야, 와 줄 거야아. 왜냐면 왕자님이랑 약속했으니까아······ 음음?"

조그만 여자아이 인형을 안고 힘차게 일어난 소녀가 위화감을 깨달았다.

그리고 소녀는 쭈뼛쭈뼛 뒤로 고개를 돌려 방 입구에 우두커니 선 스바루 일행의 모습을 보았다. 크고 동그란 눈을 번쩍 뜨고 입을 벙 벌린다.

짙은 파란색 머리카락을 땋아 내린, 순박하고 깜찍한 이목구비가 서서히 붉어지기 시작했다.

"여, 여어, 간만이다. 건강하게 지냈어?"

일단 스바루는 아무 일도 없었던 것처럼 손을 들고 말을 건넸다. 다른 사람들에게도 눈짓을 보내어 아무 말도 하지 말라고 다짐했다.

그러나──.

"후훗, 메일리도 참 귀엽다. 나도 눈을 뭉쳐서 소꿉놀이한 적이······."

"오, 오빠랑 언니는 바보오! 이젠 몰라! 모른다고오!"

당연하지만 눈짓의 뜻이 전해지지 않았던 에밀리아 탓에 소녀
는 멋지게 격발했다.

5

"이봐, 메일리. 미안했다니까."

"안 들려어."

"악의는 없었다고 그랬잖아? 야, 메일리."

"모른다 뭐어."

연금실 중심. 봉제 인형을 안은 메일리는 심사가 꼬여도 단단히
꼬여서, 꼬이게 만든 장본인인 스바루 일행은 쩔쩔매고 있었다.

어떻게든 말이나 들어 줬으면 하지만, 소녀의 마음이란 이게 또
좀처럼 만만치 않다.

"프레데리카 여사, 사전에 저 아이에게 우리 이야기는?"

"아니요. 복잡한 이야기가 되니까 직접 말하겠다고 스바루 님께
서 말씀하신지라……."

"스바루, 너는……."

"악의는 없다고! 잘되란 마음으로 한 거야! 에잇, 젠장, 이리된
바엔……."

배려가 역효과로 나온 건 인정하지만 그렇게까지 비난받아서야
감당할 수가 없다. 그러므로 스바루는 이내 최종수단으로 치고
나가기로 했다.

그 수단은 프리스텔라에서 돌아오는 길에 스바루가 용차 내에

서 꼼지락꼼지락 부업하던 결과물이었다.

"자, 메일리. 선물 받고 기분 풀어. 신작 봉제 인형인 다레판다."

"아──! 와아, 귀여워어!"

스바루가 내민 흑백 인형을 본 메일리의 눈이 순식간에 빛났다.

요 1년, 가사 도우미로서 비약적으로 스킬 업한 스바루의 재봉 기술은 마침내 인형 만들기나 여성복을 짓는 것마저 가능해졌다.

예를 들면 수감자 생활을 보내는 메일리의 옷과 인형, 이것들 전부 스바루가 손수 만든 작품이었다.

"후우, 나 원 참. 곧바로 비밀 병기가 나설 차례라니 못 말릴 공주님이군. ……왜 그래?"

"……아니, 네 준비성에 감탄하는 중이다."

"내는 굳이 말하자믄 어이없는 쪽일 끼다. 베아트리스도 그렇제, 페트라도 그렇제, 나츠키는 변명 못할 끼 아이가?"

"아니거든?! 내가 모으자고 마음먹어서 로리가 모여든 게 아니거든?!"

별안간 『여아 사역자』라는 이명이 현실미를 띄기 시작하지만 거기에는 스바루가 관여할 수 없는 복잡한 힘이 작용하고 있다고 주장했다.

어쨌든 '더위로 늘어진 판다'가 모티프인 신작 인형으로 메일리의 꼬인 심사는 상쇄된 기색이다. 메일리는 인형에 볼을 비비면서 말했다.

"으음, 으음, 그러네에. 정했어! 이 애는 대웅묘란 이름으로 할래애!"

"직역해서 판다라니, 본질을 찔렀네."

"──어머나아, 오빠들 왔었어?"

명명 센스를 제쳐 둔 스바루의 감상에 메일리가 그렇게 말하며 갸웃했다. 아무래도 아까 일은 넘어가 주겠다는 의사표시 같다.

고맙게 그 뜻을 받아들이기로 했다.

"──응? 왜 그러니, 메일리. 갑자기 그런 말을 하고…….."

"이야, 1개월 만이네! 우리가 멀리 떠났을 동안 외롭지 않았었 냐?!"

"나는 딱히이? 오빠가 없어서 외로움 타던 건 페트라잖아? 죄 많은 오빠…… 어머, 못 보던 얼굴?"

적응력이 모자란 에밀리아를 스바루가 가로막아서 메일리의 역 린을 가까스로 회피.

그사이에 인형을 찬장에 다시 세운 메일리가 율리우스와 아나 스타시아를 알아차렸다.

소녀의 변모에 아나스타시아는 불현듯 미소를 띠고 말했다.

"저 또래 아답데이. 미미랑 비교하믄 휘둘러 대는 기도 귀여운 기라."

"……그건 확실히, 맞습니다. 미미에게 감사해 두지요."

묘한 구석에서 합의에 이른 주종. 율리우스가 노란 눈을 실내로 돌렸다. 그는 한 차례 그 지하공간의 모습을 관찰한 뒤에 말했다.

"그나저나 연금실이라니 가혹한 환경을 상상했었는데…… 예 상이 다르군."

"들어가 있는 게 여자아이에다, 괴로워하길 바란 건 아니었는

걸. ……하지만 좀처럼 밖에 내보내 줄 수 없으니, 복잡한 마음이야."

눈썹 끝이 처진 에밀리아가 처량하게 중얼거렸다.

그 말대로 연금실——메일리가 유폐된 공간은 분명히 말해 포로를 연금할 장소로서는 파격적으로 느슨한, 거의 부자유가 없는 공간이었다.

원래는 돌로 구성된 차가운 공간이었지만, 중요한 연금실의 벽은 밝은색으로 덧칠했으며 지나치게 화려하지 않은 융단까지 깔려 있었다. 행동에 딱히 제한은 없고 찬장에는 스바루가 손수 만든 인형이 여럿 진열됐으며 심심풀이를 위한 책과 놀이 기구도 한 세트다.

즉, 유유자적한 방구석 폐인 공간이었다. 스바루 쪽이 은둔하고 싶을 지경이다.

"——다만, 이 독특한 공기의 근원은 저 아이 본인 같군."

방 모습을 검토한 끝에 메일리를 보는 율리우스. 그의 지적에 소녀가 미소 지었다.

미소 짓는 소녀의 온몸에서 넘쳐나는 흉흉한 기척. 이것이 그녀가 유폐된 이유다.

"용차에서 설명한 대로, 이 애…… 메일리는 원래 에밀리아 땅과 우리를 노리던 살인 청부업자 같은 입장이었어. 그건 알겠지?"

"그 시점에서 이미 모를 노릇 같기도 하지만, 마저 듣지."

"뒤끝이 있는 말투네. ……아무튼 살인 청부업자야. 그래서, 메일리가 어떤 수단을 쓰느냐면, 쉽게 말해 마수를 조종하는 『마수 사역자』다.”

“맞아. 난 나쁜 동물이랑 어엄청 친하거어든.”

메일리가 ‘에헴’ 하듯 가슴을 펴지만 그 내용은 처음 보는 이에게 경악스러운 한마디였다.

애초에 마수란 결코 인간을 따르지 않는 존재, 인류의 원수다. 예외적으로 마수는 뿔이 부러졌을 경우에 부러뜨린 상대를 따르는 성질이 있다고 하지만.

“엄마 이야기로는, 나의 『마조(魔操)의 가호』는 동물의 『뿔』이랑 같은 역할을 한대애. 그래서어, 난 그 애들이랑 친해질 수 있는 거야아.”

마수의 뿔과 같은 역할을 한다. ──그 말이 의미하는 바도 불명확하긴 하다.

마수의 생태. 현재 이 세계에서 그쪽 연구는 이루어지지 않는다고 한다. 물론 마수 사냥을 생업으로 삼는 사람들도 있다고 하지만 사냥꾼과 연구자는 보는 시각이 다르다.

“1년 전쯤에 메일리는 또 다른 한 사람이랑 같이 우리를 노렸지. 그걸 겨우 막았고, 그 뒤로 이 아이를 저택에서 보호하고 있어.”

“와 고래 했노? 적이니께 단디 책임을 지워야…….”

“그렇게 쉬운 얘기가 아닌걸. 하지만 이 아이 말을 들으니 해방하는 것도 켕겨서.”

“엄마한테 혼나아. 엘자도 죽어 버렸고 나도 실패했잖아? 들키면 죽을 거야아. 그러니까 여기 있는 게 제일 안전해애.”

자기 입장을 거리낌 없이 설명하지만 메일리는 현실을 잘 보고 있다.

파트너 엘자를 잃고 임무에 실패한 메일리. 그 보호자, 아마도 살인 청부업자의 두목 같은 인물은 그 실패를 결코 용서치 않을 것이다.

내쫓았던 메일리가 처분을 받는다. 그것은 자업자득이지만 꿈자리는 최악이다.

"스바루, 너나 에밀리아 님의 그러한 생각은 어제오늘 일도 아니지. 우리는 관계자가 아니다. 그 방침에 참견하진 않아. ……그런데, 저 아이가 말하는 어머니라는 건?"

"아쉽게도. 모친, 엄마라는 호칭 말고는 죄다 비밀로 했다더군요. 메일리의 말로는 얼굴도 본 적이 없다고……. 철저해도, 너무 철저하지요."

"로즈월 자식도 엘자가 죽었으면 창구가 없다고 하니, 참 쓸모없네……."

율리우스에게 대답하는 프레데리카. 그 옆에서 스바루가 들리지 않게 투덜거렸다.

에밀리아 및 저택 사람을 노리고 엘자를 고용한 사람은 다름 아닌 로즈월. 그것이 에밀리아 진영에서 일어난 가장 큰 스캔들의 진상이다.

그런데 로즈월의 말로는 엘자하고 메일리의 중개를 맡은 인간과 연락이 안 닿는다고 해서, 결과적으로 메일리의 어머니──위험인물의 정체는 알 수 없는 상태로 현재에 이른다.

"아무튼 그게 메일리의 포지션이야. 너무 어리광을 받아주는 것도 아닐걸, 아마."

"거기서 자신감이 없어지는 게 엄—청 스바루다운 점이지."

"그야 꿈자리 편할 걸 우선했더니 이렇게 됐잖아?!"

메일리 또래의 여자아이가 차가운 지하에 연금 상태라니 마음 아프지 않은가. 연금 상태가 충분히 벌에 합당하다면 그 이상의 조치는 필요 없다.

그것이 메일리의 대우가 유폐에 그치고 연금실에서 시간을 때우고 있는 이유였다.

"……죽을 뻔한 상대한티 참말로 자상하시네. 그거, 약점 잡히는 기 아이가?"

"물론 순진한 악의란 건 있고, 악행은 나이에 상관없이 악행이라고 생각이야 하는데."

아나스타시아의 물음에 스바루는 뺨을 긁으면서 생각했다.

곁눈질로 메일리를 살피니 그녀는 감정을 읽기 어려운 눈으로 스바루를 보고 있었다. 그러나 스바루에게는 아무리 해도 그 눈이 불안한 소녀의 눈빛으로 느껴졌다.

"판단력이 없는 녀석한테 나쁜 짓을 명령한 녀석이 있다면, 나쁜 건 명령한 쪽이라고 보거든. 명령받는 게 어린애라면 더더욱. 바득바득 그 아이에게 보복해 봤자 어쩌라고?"

"겉만 번지르르한 소리데이. 그 아가 지금꺼정 죽인 누군가가, 그걸로 넘어가리라 생각하나?"

"생각 안 하고, 그 사람들이 메일리에게 보복하고 싶어 하는 건 어쩔 수 없어. 나도 동료들 중에 메일리의 피해자가 있었으면 지금처럼 용서한다는 말은 못하지."

결국 어떻게 만나느냐에 따라서 스바루의 의견도 생각도 획획 바뀌기 마련이다.

그걸 두고 우유부단하다거나 심지가 곧지 못하다고 그러면 그 또한 어쩔 수 없는 일이다.

"나는 내가 꼬마일 때, 자기가 질 수 없는 책임을 부모님이나 어른에게 떠넘겼어. 그러니까 가까이 있는, 그 뭐냐, 친해질 수 있는 어린애의 책임쯤이야 맡아 줘도 되지 않을까?"

"……귀중하신 의견, 감사하데이."

수긍한 게 아니라 타협한 분위기로 아나스타시아가 화제를 매듭지었다.

물론 그런 반응을 받을 것도 각오한 바다. 판단에 공평과 결벽을 바란다면 메일리의 죄는 대죄로 심판받아야 마땅하다.

단지 스바루는 그런 건 엿 먹으라고 여기고 있을 뿐이지.

"나는……."

"응?"

"나는 스바루가 하는 말이, 그렇게 이상하다고 생각 안 하거든."

"……고마워."

부정당할 건 각오한 바라도 그렇게 말해 주는 에밀리아의 말에는 위안을 받는다.

스바루는 그런 속물적인 자기 자신을 반성하면서 메일리에게 고개를 돌려 시선을 맞추었다.

이곳으로 발길을 옮긴 건 로즈월 저택의 연금실 관광 투어가 목적이 아니다.

"네 힘을 빌리고 싶은 이야기가 있어. 말 좀 나눠 줄 수 있을까?"

"……좋아. 우리 대응묘를 봐서, 대화해 줄게에."

스바루의 요청에 메일리가 다레판다를 껴안으면서 끄덕였다.

소녀가 인형으로 얼굴을 가려 직전에 스바루 일행이 나눈 대화에 반응을 보이려 하지 않은 행동은, 이번에야말로 아무도 지적하지 않았다.

6

"정말로 사구로 갈 거야아? 아마 나 말고 딴 사람은 죽어 버릴걸……?"

메일리는 스바루 일행의 이야기를 듣고 자신의 댕기머리를 만지면서 말했다.

윤리관이 결여된 어린 살인 청부업자 메일리. 그 소녀가 스바루 일행을 믿기 어려운 존재처럼 바라보는 건 제법 얄궂은 이야기다.

"마수 애들 보충하느라 들른 적이 있지만 진짜로 온통 마수뿐인데에?"

"경험자의 말은 대단히 참고하고 싶지만 가면 죽는단 의견은 벌써 실컷 논의할 대로 논의한 판국이야. 일단 사막을 건널 안내인만은 확보해 놨어."

"그래그래, 그게 내 역할이제."

아나스타시아가 살랑살랑 손을 흔들어 안내역인 자신을 어필했다.

단, 『현자』가 사는 감시탑까지 가는 길을 잃지 않는다는 것만으로는 문제의 사막 공략으로서는 30점—— 이 시험에서 낙제점으로 낙방하는 건 죽음을 뜻한다.

문제는 크게 세 가지, 『길을 잃는 사막』과 『마수의 소굴』, 그리고 『독기』다.

여기서 마수 문제를 잘 아는 메일리에게 이야기를 듣는 게 이번 방문의 목적이었다.

"뭐랄까 좀, 어떻게 잘 마수를 유인하거나 일망타진할 방법 같은 거 없어?"

"오빠가 혼자서 쭉쭉 달려나가면 많이 몰려들걸?"

"그거, 진작 몇 번 했다가 쓴맛 봤습니다요."

작년만 해도 개와 고래 상대로 대활약했다. 슬슬 그만두고 싶다. 물론 달리 수단이 없다면 별수 없지만 사막에 홀로 남겨지는 위험 부담은 가능하면 피하고 싶었다.

"다른 쪽이라면 덮쳐드는 마수를 모조리 해치울 전법일까."

"그 경우, 나와 에밀리아 님이 주력이 되겠지만…… 메일리, 너는 어떻게 보지?"

스바루가 거론한 강행 작전의 가부를 율리우스가 메일리에게 물었다. 그러자 메일리는 에밀리아와 율리우스를 번갈아 보다가 말했다.

"언니들은, 안 먹고 안 마시고 안 쉬고 일주일쯤 싸울 수 있어?"

"그런 막장 참호전 같은 상황이 되냐?!"

"아, 알았어. 노력해 볼게……!"

"됐어! 이건 터무니없는 이야기로 넘어갈 흐름이야! 에밀리아 땅의 예쁜 머리카락과 피부가 푸석푸석해지니까 그만두자! 자, 그만그만!"

무턱대고 중앙 돌파는 애초에 작전으로서 무리가 있는 모양이다.

메일리 기억 속의 아우그리아 사구가 위험한 것뿐이라고 여기고 싶지만, 사구의 가혹함은 라인하르트에게도 들었기에 내뺄 곳이 없다.

그 뒤로도 메일리를 중심에 둔 대화에는 진전이 없었다.

"아람 마을에 마수를 접근치 못하게 하던 결계, 그건 어떤데?"

"그건 어디까지나 결계를 유지하는 술식을 주인어른께서 구성하고 있으니 성립하는 것이어서, 예를 들면 결계를 들고 나른다…… 같은 행위는 고려하지 않은 것 같아요."

"제길, 아예 로즈월더러 들라고 하고 다 같이 하늘로 쳐들어갈까…… ."

저마다 내놓는 제안을 기각하는 상황이 이어지자 스바루가 자포자기하듯 머리를 쥐어뜯었다.

그 자리에 한순간 침묵이 내려선 순간──.

"──아유우, 어쩔 수 없네에."

"앙?"

"내가 같이 가 줘도 돼애."

그 침묵을 깨고 일어난 메일리가 스바루 일행을 둘러보고 말했다.

메일리는 자신의 밋밋한 가슴을 만지며 "잘 들어봐." 하고 끄덕인 뒤 말을 이었다.

"나라면 마수들은 어떻게든 해 줄 수 있어. 멀리 쫓는 것도, 길들이는 것도, 서로 죽이게 하는 것도 『현자』 씨를 잡아먹게 하는 것도 자유야아."

"아니, 후반은 전부 하지 마라?! 근데……."

꽤 과격한 발언에도 눈이 휘둥그레졌지만 그 이상으로 그 제안에 놀랐다.

협력적인 자세는 물론이거니와 메일리가 스스로 밖에 나가겠다고 한 점에서 말이다.

"너, 저택 밖에 나가는 걸 그토록 싫어하더니……."

"딱히 저택 밖이라고 곧장 엄마한테 들키는 건 아냐아. 들키는 건 무섭지만, 그렇다고 평생 갇혀 살라면 싫은걸."

언젠가는 나가야만 한다는 의식이 메일리에게 있었다는 점이 뜻밖이었다.

하지만 바로 스바루는 그 생각을 거두었다. ──홀로 틀어박혀서 생각할 시간만은 얼마든지 있다. 그 지옥을 스바루도 알고 있었으니까.

"스바루……."

메일리의 결단에 묘한 공감을 느끼는 스바루. 그 소매를 에밀리아가 살며시 잡아당겼다.

에밀리아가 하고 싶은 말은 이해한다. 스바루도 같은 심정이다.

"즐거운 외출은 아닐 거라고? 모래와 마수, 게다가 『현자』의 감시까지 딸린 투어야."

"오랜만의 산책이니 자극적이라서 좋지 않아?"

어디까지나 드세게, 메일리는 특유의 맹랑함을 고수하며 서슴없이 말했다. 그 말이 어디까지 허세고 어디까지 진심인지는 모르겠지만——.

"설마 하던 전개지만, 마수 조언자, 메일리의 스카우트 성공!"

"말해 두겠는데에, 너무 기고만장하면 안 되거든?"

주먹을 쥔 스바루의 환호에 메일리가 살짝 질린 투로 한숨지었다. 그리고 메일리는 스바루 일행—— 주로 스바루와 에밀리아를 보고 충고했다.

"그런 식으로 곧바로 남이 하는 말 믿는 건 위험하다고 봐아. 혹시 내가 도망치려는 구실일지도 모르잖아."

"그 가능성은 물론 있지만 애초에 억지로 잡아 두던 게 아니라서 말이지."

메일리의 충고는 이해하지만 나가고 싶다고 말하면 대화에 나설 맘은 있었다. 그렇기에 그 충고도 새삼스럽지만.

"지금은 역시 안 했으면 하지만 네가 밖에서 살아갈 전망이 선다면 나가는 것도 맘대로 하면 돼. 무서운 엄마한테 안 들키게 해야겠지만."

"그거, 뒤탈 없어지면 어디서 죽어도 된다는 소리이?"

"옛날의, 삐딱한 나 멋있음 상태의 나라면 몰라도, 지금은 그런 생각 안 해."

메일리의 나이답지 않은 견해에 스바루는 자기 자신을 돌아보면서 고개를 가로저었다.

남과 다른 것이 멋있다고 오해하는 시기는 누구에게나 있는 법이지만——.

"인생에서 스친 녀석이라면 아무튼 멀쩡하게 살다가 죽기를 바라는 법이라고. 너도 나가는 거야 자유지만 기왕이면 편지 한 통쯤은 보내라. 내 요구는 그 정도야."

그 말을 끝으로, 애초에 나간다는 전제로 대화하는 것도 별소리라고 고쳐 생각했다. 메일리의 힘이 필요한 건 지금부터. 그녀의 인생도, 지금부터인데.

"——오빠는, 그으렇게 베아트리스랑 페트라를 길들인 걸까아. 진짜로 방심할 새도 없다니까아."

"으음, 남들이 오해할 소리를 듣는 느낌이군."

누명을 쓸 흐름에 스바루는 쓴웃음 짓고, 에밀리아 일행에게 동의를 구했다. 하지만 왠지 에밀리아와 프레데리카, 아나스타시아마저도 눈을 돌려 버렸다.

그리고 유일하게 눈을 돌리지 않았던 율리우스는 이해한 표정으로 끄덕였다.

"이렇게 말하면 뭐하지만 너는 정말로 소녀를 꼬드기는 게 특기 같군. ……남들이 보기에 좋은 특기라고는 할 수 없지만."

"너희가 그런 식으로 나를 자꾸자꾸 여아 사역자 취급하니까 그렇지! 말해 두겠는데, 메일리도 여아라 할 만큼 조그맣지 않거든! 진짜 여아란 건 말이다!"

정말로 감탄한 기색의 율리우스가 한 말에 스바루는 발을 구르며 입구를 손가락으로 가리켰다. 마침 문 너머에서 누군가가 다가오는 중이었다.

　"──시끄럽다 싶었더니, 또 스바루가 뭔가 소란피우고 있는 것이야."

　로즈월과의 밀담을 마친 진짜배기 '여아' 가 합류했다. 그 여아 취급에 여아 당사자가 항의하느라 한바탕 말썽이 있었지만 그건 또 다른 기회에.

7

　자, 메일리와 같이 가기로 결정 난 '두근두근 현자 투어'. 하지만 유폐 중인 메일리를 석방하는 건 그만한 물의를 빚을── 줄 알았더니, 그렇지가 않았다.

　"딱히 괜찮지─이 않아? 애초에 그 아이의 대우에 관해선 에밀리아 님께 결정권이 있지. 만일의 경우 고생할 사람은 스바루일 테─에고."

　저택 주인의 뜻이 그래서 메일리는 연금실에서 그날 석방됐다.

　일단 복잡한 처지임에도 협력자가 된 메일리는 로즈월 저택에서 전용 방이 주어졌다. 이번 여행이 끝난 뒤, 메일리가 어떻게 할지는 본인의 생각 나름.

　그런데도 돌아올 곳이 있다는 사실이 메일리의 선택지 중 하나가 된다면 좋겠다고 여겼다.

그런 이유로 저택에 들른 이유 중 절반은 소화했지만——.

"야, 페트라, 슬슬 기분 풀어 주라."

"전 딱히 화 안 났어요. 스바루 님은 또, 어디 먼 곳으로 가서 위험한 일이든 뭐든 하고 오면 되잖아요."

볼을 붉히고 복도에서 앞서 걷는 페트라. 스바루는 그 등에다 싹싹 빌었다.

보다시피 '두근두근 현자 투어'에 가장 난색을 표한 사람이 페트라다. 소녀가 분노한 원인은 또다시 약속을 어긴 스바루의 나쁜 버릇이다.

"프리스텔라에서 돌아오면 한동안 느긋하게 있자고 약속했지만…… 상황이 마땅하지 않은 패턴도 있으니까, 이해해 줘. 반성은 하고 있어."

"아유! 진짜 진짜 뭘 몰라!"

약속을 어겨 싹싹 비는 스바루의 말에 뒤돌아본 페트라의 눈이 험해졌다. 페트라의 서슬에 스바루는 무심코 등을 곧게 폈다.

페트라는 그런 스바루를 물끄러미 쳐다보다가 작은 한숨을 내쉬고 말했다.

"스바루……가 아니라, 스바루 님은 또 위험한 일을 하러 가는 거죠?"

"화, 확정은 아닌데? 어쩌면 안전 투어가 될 가능성도……."

"전 걱정돼요. 스바루 님은 언제나 위험한 곳의 선두에 있는걸. 프리스텔라에서도 큰일 나서 오토 씨까지 죽……을 뻔했는데."

"또또 오토가 죽을 뻔했구만."

심심하면 죽는 오토다.

인상으로 치자면 동감이지만 그리 쉽게 죽지 말았으면 한다. 오토가 죽으면 스바루는 『사망귀환』할 수밖에 없다.

죽음으로도 가르지 못하는 우정이라며 큰소리칠 맘은 없지만.

"딱히 스바루 님이 아니라도 괜찮잖아요. 누군가 다른 사람에게…… 더, 강한 사람에게 맡기면 되잖아. 주인어른이라면 되게 한가해 보이고."

"페트라가 평소 로즈월에게 얼마나 불만이 있는지 알겠어. 그러니까 구실만 생기면 로즈월을 내쫓으려고 하지는 말자. 우리 진영 내의 불화가 무서우니까."

페트라가 로즈월의 차에다 걸레 짠 물을 타는 것쯤이라면 못 본 척하지만, 그 이상이 되기 시작하면 역시 못 본 척할 수 없다. 폭탄은 폭발 전에 제거. 그것이 호감도의 철칙.

"_____."

다만 스바루를 염려하는 페트라의 눈은 진지해서, 농담으로 넘어가고 싶진 않았다.

건성으로 때우거나 대강 말로 둘러대어 진솔한 페트라를 무시하고 싶지는 않은 것이다.

"페트라의 걱정은 알겠어. 목적지인 사막에는 마수가 득시글거린다고 하고, 세상에서 제일 독기가 짙다는 기네스 기록도 있지. 덤으로 『현자』는 인간 혐오라 방문자는 400년 동안 문전박대했다는 꼴통이다. ……그런데도 남한테 맡길 맘은 없단 말이지."

"……어째서? 스바루 님, 설마 자기가 강하다고 착각해? 그런

창피한 착각은 가프 씨만으로도 충분해."

"페트라의 채점 진짜로 짜네! 가필에겐 못 들려주겠구만!"

들으면 대다수의 남자가 벌벌 떨 만큼 페트라의 채점은 엄격하고 따끔하다.

자신의 파인더를 통해 세계를 보는 페트라에게는 단지 영리하거나 강하다는 건 아무 가점 평가도 못 되는 모양이다. 그럼 무엇이 제일 채점에서 중요하냐면, 그건 또 안 가르쳐 주는 게 페트라의 까다로운 점이다.

"뭐, 가필이야 아무튼…… 딱히 나도, 나보다 더 적임자가 없을 거란 생각은 안 해. 상황만 마련되면 라인하르트에게 넘겨 버리는 게 제일 안전하지."

"그럼, 왜 안 그러는데?"

"——깨어난 순간, 처음에 보는 게 나이길 바라기 때문이야."

"————."

누구인지는 말하지 않았다. 말하지 않아도 페트라는 알아들었을 것이다.

지금도 여전히 깊은 잠에 빠진 소녀. ——『현자』의 탑에서 그 소녀를 깨울 방법이 발견된다면 자신이 그 단서를 잡고 싶다.

적임자가 더 있을지도 모른다. 다른 사람이 더 가능성이 크더라도, 이것만은 양보할 수 없다. 양보하기 싫다. 그것은 스바루의 이기심이었다.

"감정 빼고 얘기하면…… 깨우는 건 누구든 상관없어. 답이 없는 상황에서 구해준다면 그게 누구든, 과정이고 뭐고 상관없다고."

"……응."

"그런데 거기다 감정을 때려 넣으면 과정도 내 손으로 하고 싶어. 내가 구하고 싶어. 내가 깨우고 싶어. 내 모든 것으로, 걔를 구하고 싶어."

──그렇기에 나츠키 스바루가 가는 것이다.

더 강하고, 더 영리하고, 더 훌륭한 인격자가 얼마든지 있는데도.

그 모든 것을 이기적으로 무시하고, 나츠키 스바루가 간다.

구해서 칭찬받고 싶다. 오직 그것만을 위해서.

"이기적이고, 걱정만 끼쳐서 미안해."

"……진짜로 실망했어. 지금 말로 아무것도 안 바뀌는 나한테."

"음음?"

한심한 자아를 고백한 스바루는 미움받을 각오를 하며 페트라의 머리를 쓰다듬었다. 하지만 페트라는 잘 안 들리는 목소리로 중얼거리고 머리를 내맡기다가 고개를 들었다.

동그랗고 큰 눈이 굵은 눈물로 젖어 있어서 스바루는 동요했다.

다음 순간──.

"에잇."

"이소플라본?!"

뛰어든 페트라의 머리가 스바루의 명치를 힘차게 박았다.

폐가 놀라 호흡곤란에 빠지자 스바루는 그 자리에 무릎을 꿇었다. 그 팔에서 스륵 빠져나온 페트라가 무릎 꿇은 스바루에게 메롱 하고 혀를 내밀었다.

"스바루 님은 바──보! 자기밖에 몰라! 그냥 맘대로 해!"

"페, 페트라……!"

"스바루 님은 그렇게 내키는 대로 위험한 짓 하고 사람들한테 걱정이나 폐 많이 끼치면서 평소처럼 뻔뻔하게 돌아오면 돼! 흥이야!"

"그런 소리 들으니 나도 여러모로 나쁜 놈이군……."

명치를 쓰다듬면서 일어나 페트라의 말에 대꾸하지 못하는 자기 자신을 돌아보았다.

결국 소녀의 꽁한 마음을 풀어 주는 건 실패. 소녀는 모종의 형태로 자신의 감정에 스스로 결말을 짓고 평소처럼 스바루를 배웅해 줄 자세다.

또 주위 사람의 관용에 응석 부리고 있다고, 스바루는 한심한 마음으로 머리를 긁었다.

"알았어. 그러면 매번 이래서 미안하지만 평소처럼 위험한 곳에 쫄래쫄래 출타했다가, 여러 가지로 이러쿵저러쿵 사고치고 뻔뻔스럽게 돌아올 테니까 기다리고 있어. 외출했던 우리에게 처음으로 잘 다녀왔냐고 인사하는 건 페트라의 특권이야."

"……그건 프레데리카 언니도 람 언니도 먼저 못하게 할 거야?"

"응, 약속해."

"주인어른에게도?"

"저택에 돌아와서 처음 보는 사람이 로즈월이라면, 내가 먼저 후려칠걸."

"……응, 알았습니다. 그럼 그걸로 이해해드릴게요."

타협점을 발견한 것처럼 길게 숨을 내뱉은 페트라가 그 약속으로 넘어가 주었다.

약속 깨는 상습범이지만 이 약속은 어기지 않겠다고 마음에 단단히 맹세했다.

"아유, 스바루 님은 참 어쩔 수 없다니까……."

페트라의 중얼거림에 스바루는 뺨을 손가락으로 긁었다.

어쩐지 얼굴을 보는 상대마다 똑같은 말을 시키는 것 같아서.

이건 고개를 못 드는 수준이 아니라고 스바루는 생각했다.

8

──그 방에 들어갈 때, 스바루는 자연히 숨을 죽이고 발소리를 낮춘다.

만약 큰 소리로 노래하고 탭 댄스를 추며 입실해도 실내의 반응은 변함이 없을 것이다.

그런데도 무의식중에 정적을 지키려는 건 그 방의 침대에 잠든 소녀의 모습이 건드리는 것마저 저어될 만큼 덧없고 여리게 느껴지기 때문일지도 모른다.

"그건 또 뭐, 아무리 그래도 너무 시적이잖냐."

스바루는 자기 자신에게 어이없어하며 침대 옆에 의자를 끌어다가 앉았다.

1개월 만에 발길을 옮긴 방 안에서, 이전부터── 1년 전부터 하나도 변함없는 모습으로 여전히 잠들어 있는 렘의 얼굴과 재회했다.

스바루는 자고 있는 렘의 손을 들어 다정하게 쥐고 이야기하기 시작했다.

"얼굴 비치는 게 늦어져서 미안해. 이것저것 먼저 문제를 정리하다가…… 미안, 이건 변명이지."

"_____."

당연하지만 잠자는 렘은 스바루의 말에 대꾸하지 않는다.

그 사실을 알면서도 말을 거는 스바루의 표정은 온화하다.

이 소녀에게에게만 보여주는 나츠키 스바루의 민낯이다.

에밀리아에게만 보여주는, 뭐든 다 내던질 듯 절실한 표정.

베아트리스에게만 보여주는, 목숨을 맡길 듯한 신뢰의 표정.

그리고 렘에게만 보여주는, 스바루가 감추는 약한 표정이 있다.

──이렇게 스바루는 렘을 찾아가 그날 있었던 일을 말한다. 멀리 나갈 날이 있으면, 그때 생긴 일을 남김없이 속삭였다. 렘에게 말해 주려고 일기를 쓰는 습관까지 생겼을 만큼.

잠의 늪에서 뒤처지는 렘을, 자신들까지 내버리지 않도록.

잠든 사이에 있던 일을, 소녀가 알 기회를 모두 빼앗지 않도록.

그러한 나날이 1년간 내내 이어지고, 이제야 마침내──.

"──겨우, 이루어질지도 모르겠어."

"_____."

『폭식』의 권능을 받아치는 카운터로써 마침내 비친 광명이 『현자』의 존재였다.

그 답을 얻은 경위를 죄다 자기 말고 다른 사람이 마련했다는 사실이 한심스럽지만, 겨우 비친 광명── 오도 가도 못하는, 계절과 시간이 내버리고 가는 막막한 심경 속에서 마침내 렘을 위해 행동할 수 있다.

도시 프리스텔라에서 많은 이들이 렘과 같은 피해를 입어 구원을 바라고 있다.

그러나 스바루의 본심은, 속내는, 감시탑에 도전하는 이유는, 렘이 있기 때문이다.

불순하고 부적절하다. 그런 줄 알면서도 스바루는――.

"나는, 너를 되찾을 거야, 렘. ――그것이 내 맹세야."

가장 무력감을 맛보던 그 나날에, 시간에, 이 소녀가 힘을 빌려주었듯이.

렘이 누군가의 도움을 가장 필요해 하는 지금이야말로 스바루가 그 자리에 있어 주고 싶은 것이다.

"……아파."

"――흡?!"

결의를 말로 표현한 스바루가 눈을 꾹 감고 있었다가, 그 목소리에 얼굴을 펄쩍 들었다.

설마 싶은 놀란 마음에 눈을 부릅떴지만, 잠든 렘의 얼굴은 평온한 채로 잔물결조차 없었다.

그렇다면, 방금 목소리는――.

"손을 놔, 바루스. 보기 애처로워."

"……뭐야, 람이냐."

뒤돌아보니 방 입구에 서 있는 람이 싸늘한 눈으로 스바루를 바라보고 있었다.

그 목소리의 정체에 안도와 낙담. 그리고 스바루는 람에게 지적받은 쪽을 보았다가 자신이 생각 이상으로 세게 렘의 손을 쥐고 있었음을 뒤늦게 깨달았다.

　"하얗게 고운 렘의 손가락이 바루스의 정욕에 유린되는 건 차마 못 보겠어."

　"그런 식으로 표현하지 말아 줄래? 내 결의가 갑자기 추잡하게 보이잖아."

　"자신의 결의가 순수하고 청렴한 줄 아나 봐? 자신을 좀 더 공정하게 돌아봐. ……똑 닮은 용모의 렘에게 욕정하면 람도 신변에 위험을 느껴."

　"왜 이리 신용이 없어? 나랑 언니분도 알고 지낸 지 슬슬 오래됐잖아?"

　"핫."

　잡고 있던 손을 놓은 스바루를 대신해 람이 그 역할을 강탈했다. 동생의 손을 부드럽게 쥐고서 연홍색 눈을 가늘게 뜨며 평온하게 잠든 얼굴을 바라보았다.

　"출발 준비해야 해서 렘을 갈아입히러 온 거야. 땀이 안 나니 갈아입을 필요도 없겠지만 몸을 닦아 주고 싶으니까."

　"―――."

　"침 질질 흘리긴. 응큼해."

　"뭐라 말하기 어려워서 가만히 있었는데, 입 다물어도 그러냐!"

　람에게 경멸의 눈초리를 받자 스바루는 부조리한 대응에 발을 구를 뻔했다. 하지만 장소가 렘의 침실이기에 그냥 세게 주먹을 쥐는 걸로 그쳤다.

──렘의 수발을 드는 건, 『기억』과 『이름』을 빼앗겨 생명활동 대부분이 잔잔한 바다와 같은 상태에 있는 자에게는 불필요한 행위다.

옷을 갈아입히는 행위도, 몸을 닦아 주는 행위도, 모든 것은 렘을 위한 게 아니라 주위 사람을 위한 것. 소녀가 시간에 잊히지 않았다고 확인하기 위한, 의식 같은 행동이다.

그걸 무의미한 행위라고 단정하기는 쉽지만──.

"렘이 자신의 동생이란 실감은, 생겼어?"

정성 어린 손놀림으로, 정말이지 람이라는 소녀답지 않게 섬세한 손놀림으로 바지런하게 동생의 수발을 드는 모습에 느닷없이 스바루가 물어보았다.

"_____."

이렇게 다정하게 렘을 보살피는 람에게 동생의 기억은 존재하지 않는다.

희박한, 말조차 나눈 적이 없는 일그러진 자매 관계만이 여기에 성립해 있다.

하지만 추억은 잃었어도 새로이 형성되는 게 있을 터.

그 무언가가, 말을 나눌 수 없는 자매의 1년 동안에 람 안에 싹터 주었다면.

"실감이라. ……기억에 없는 걸 넘어 람은 이 아이와 말을 나눈 적도 없어. 아마 람과 닮아서 우수하고 늠름한 아이였겠지만."

"우수한 건 틀림없지만 늠름하단 기억은 별로 없어. 의외로 얼빠지고, 자못 허둥대고, 지레짐작하며 폭주하는 버릇에 난처하던 적도 꽤 있어."

그 지레짐작 때문에 한 번뿐만 아니라 두 번씩이나 죽은 적이 있었지만, 그건 이 와중에 할 소리가 아니다.

스바루의 답변에 람은 "그래." 하고 마음이 어디 떠난 투로 대꾸했다.

"사라진 추억 이야기는 너무 퇴행적이야. 람은 안 좋아해."

"그래……? 그렇게 말한다면, 그러겠지만."

"……깨어나면, 그래서 기억해 낸다면 얼마든지 추억 이야기를 할 수 있어. 만약 기억해 내지 못하더라도 깨어나기만 한다면, 얼마든지."

람은 잠자는 동생의 얼굴을 들여다보며 표정을 바꾸지 않은 채 그 앞머리를 손가락으로 간질였다. 렘의 머리카락이 하얀 이마 위에 사락 흐르고, 그 모습에 람의 속눈썹이 떨렸다.

람의 옆얼굴은 스바루가 여태까지 보았던 것 중에서도 가장 아름답게 보였다.

기억이 없어도, 추억을 잃어도, 정까지 사라지는 것은 아니다.

만약 사라졌더라도 다시 쌓지 못하는 건 아니다. 그렇게 생각했다.

"──맡겨만 둬. 『현자』의 플레아데스 감시탑, 철저히 공략해서 희소식과 자다 깬 렘을 같이 데리고 돌아와 주마. 그러면 감동의 자매 상봉이다."

그렇기에 스바루는 짐짓 큰 목소리로 무턱대고 밝게 단언해 보였다.

야릇한 공기. 침울해진 시간. 그런 건 스바루와 람 사이에 어울리지 않는다.

"뭔 소리를 하는 거야, 바루스."

"엉?"

그런데 스바루의 그런 기개에 람은 어이없다는 표정으로 갸우뚱했다.

그리고 그 눈매와 목의 각도를 지킨 채 말을 이었다.

"람도 함께 갈 건데. 감동의 상봉이라면 람이 알아서 하겠어. 어디서 생색을 내려고."

"처음 듣는 소리인뎁쇼?!"

눈을 부릅뜬 스바루의 반응에 람이 "핫." 하고 질리게 들은 콧방귀를 꿰었다.

그러나 스바루가 놀라든 캐묻든, 람의 결의와 결정은 뒤집힐 낌새가 없었고──.

──람과 렘 자매의 동행이 확정되어 '두근두근 현자 투어' 는 예정을 넘는 대인원이 되었고, 어려운 여행길이 예상됐다.

9

결국 '두근두근 현자 투어' 의 멤버는 합계 8명의 대인원이 되고 말았다.

물론 꼭 필요한 인원이며 각자가 맡을 역할이 있는 건 확실하다. 확실하지만, 8명이나 되는 대인원으로 떠나는 긴 여행길은 스바루에게도 미지의 영역이었다.

"실제로, 괜찮긴 할까⋯⋯."

"왜 그래? 스바루. 뭔가 불안한 점 있어?"

스바루가 고개를 모로 꼬며 앞날 생각에 골머리를 썩이자 에밀리아가 물었다.

먼 길을 떠날 때의 가벼운 차림새인 에밀리아의 물음에 스바루는 "음." 하고 목에서 소리를 내고.

"그 복장도 귀엽네, 에밀리아땅. ⋯⋯뭐, 불안은 많지. 애초에 목적지가 위험 지대잖아? 그런 와중에 인원이 많으면 지킬 일손이 충분하기나 하련지."

"응, 그렇지. 이번엔 람과 렘도 함께 있고, 같이 가 주는 메일리나 안내역인 아나스타시아 씨, 그리고 스바루도 지켜야 하니까."

"어라?! 스리슬쩍 지켜지는 쪽으로 꼽혔어?!"

물론 전투력으로 따지면 스바루&베아트리스는 람과 비등비등한 위치다.

전투가 벌어지면 주력은 에밀리아와 율리우스 두 명. ——남자아이다운 여러 속사정 때문에 어느 쪽에게든 그다지 떠맡기고 싶은 마음이 없다.

——현재, 스바루 일행은 로즈월 저택의 앞뜰에 용차를 세우고 출발 준비 중이었다.

이번의 긴 여행용으로 준비된 대형 용차는 10명 안팎이 타도 충분히 공간이 남는 물건이다. 이미지로 말하자면 캠핑카에 가깝다. 물론 이동력은 여전히 지룡에 의지하고 있으며, 끌어 주는 지룡 중 한 마리는 스바루의 애룡, 파트라슈였다.

파트라슈와 함께라면 이번 여행도 불안은 전혀 없다. ……그렇게 말하고 싶지만——.

"너, 『마수 사역자』라는 별명이 붙었는데 지룡과 친해지지도 못해?"

"아이 참, 오빠는 심술궂은 말 하지 마아."

스바루가 건넨 말에 메일리가 볼을 부풀렸다.

메일리는 수감자 복장에서 갈아입었지만 본인의 짐은 적었다. 그 적은 짐을 들고 용차에 타려던 순간, 파트라슈와 한바탕 씨름했다.

메일리는 무조건적으로 마수에게 호감을 사지만 지룡은 예외 같다. 파트라슈 외의 동행하는 지룡도 하나같이 메일리에게 으르렁대고 있다.

"다들 나한테 묻은 마수 애들 냄새가 싫은가 봐아. 그래서 화내는 거야아."

"아, 오호라. 그런 문제가…… 파트라슈, 얘는 괜찮아."

메일리의 설명에 스바루는 파트라슈의 목덜미를 어루만지며 타일렀다. 도도한 암컷 지룡은 스바루의 목덜미에 코를 묻고 노골적으로 냄새를 맡았다.

아마 눈앞에 있는 소녀의 냄새를 스바루의 냄새로 덮고 있는 것이리라.

"마음씨 고운 파트라슈가 이렇게까지 대놓고 티를 내다니, 진짜로 궁합이 안 좋구나……."

"다른 애들은 몰라도 그 애는 절대로 무리야아. 오빠에게 너무 길들었거든. 나랑 그 애, 절대 둘만 두지 마아. 나, 잡아먹힐지도 모르니까아."

"그런 무서운 일이 생길까보냐! 우리 파트라슈는 초식이야!"

스바루는 살짝 흥분한 애룡을 달래며 메일리를 얼른 용차로 밀어 넣었다.

그렇게 큰일 하나 마쳤다고 이마의 땀을 훔치고 있을 즈음.

"스바루, 여자아이의 비위를 맞추느라 바쁜 건 알겠지만 잠깐 괜찮을까―아?"

"누가 듣고 오해하니까 그런 소리 마. 무지무지 능력 있는 놈인 것처럼 들린다."

악의 있는 부름에 대답하니 손을 흔들며 웃고 있는 로즈월과 눈길이 마주쳤다.

익살스러운 의상의 변경백 옆에는 에밀리아와 율리우스가 있었다. 희한한 구성이라는 생각과 함께 그쪽으로 돌아서자 로즈월은 세 사람에게 한쪽 눈을 찡긋하고 말했다.

"자, 이번 여행 말인데, 긴 여정과 어려운 난관이 예상되―지. 그 사이 한 가지만 부탁해 두고 싶은 게 있어서―어. ――람 얘기다."

"――메이더스 변경백, 그 이야기는 제가 동석해도 괜찮은 겁니까?"

로즈월의 말에 스바루와 에밀리아는 침묵하고 율리우스가 얇은 눈썹을 찌푸렸다. 동행자이긴 하지만 진영을 따지자면 외부인, 그런 자신에게 왜 그 이야기를 들려주느냐는 말이었다.

"나도 함부로 혼란을 부추기진 않아. 율리우스, 자네가 저택에 보여준 행동거지, 그 밖에는 스바루 일행이 대하는 모습을 봐서 신뢰할 수 있다고 판단했다. 그렇기에 하는 부탁이라면, 어떠—언가?"

"오랜만에 최고로 수상쩍게 보인다, 로즈월."

"미안, 나도 같은 생각했어……."

로즈월이 율리우스에게 대답하지만 그것이 도리어 스바루 일행의 불신감을 샀다.

전과를 무시해도 로즈월답지 않은 발언이기 그지없었기 때문이다. 그 사실은 본인도 자각하던 것이리라. 바로 "미안하구—운." 하고 쓴웃음 지었다.

"설득력이 없는 건 어쩔 수 없지—이. 어쨌든 율리우스에겐 꼭 얘기를 들어 줬으면 하는군. 여하튼 이건 목숨이 걸린 일이라서."

"목숨…… 그건, 람 여사의 체질과 관계가 있는 일입니까?"

"어—이쿠, 눈치채고 있었을 줄이야……. 이건 또, 생각 이상으로 우수하구—운."

율리우스가 설명보다 앞서서 문제의 개요를 잡아내자 로즈월이 감탄했다.

로즈월은 끄덕인 뒤 허공에다 손가락으로 그림 비슷한 것을 그리면서 설명했다.

"눈치채고 있었다면 설명하기 편하지. ——람의 육체는 그 아이의 터질 듯한 재능을 다 막지 못하고 있어. 그래서 육체는 항상 비명을 지르고 있지. 권태와 고통이 끊임없이 그 아이를 괴롭히고 있어. ……하기야 당찬 람은 그런 티를 내지 않지마—안."

"거짓말, 그런 상태였다니……."

"에밀리아 님께서 놀라실 만도 하지요. 그 아이는, 너무 강한 아이니까요."

에밀리아의 말문이 탁 막히자 로즈월이 느릿느릿 고개를 가로저었다.

에밀리아가 느낀 놀라움은 스바루도 공유했다. 이전에 람이 뿔을 잃어서 과거의 힘을 잃었다는 말은 들었다. 렘 역시 람의 힘은 오니족(鬼族) 중에서도 남다르다는 말을 했었다.

그러나 사라진 뿔이 지금도 여전히 괴롭히고 있을 줄은 몰랐다.

"——과연. 메이더스 변경백의 뜻은 알겠습니다."

거기까지 이야기를 듣자 율리우스가 생각을 정리한 표정으로 끄덕였다. 그 반응에 로즈월이 "호오." 하고 눈썹을 세웠으며, 스바루와 에밀리아도 얼굴을 마주 보았다.

지금 나온, 그저 람의 체질만을 확인한 이야기 중에서 무엇을 알았느냐고.

"육체의 이상, 게이트의 결함 등이 여사의 육체를 좀먹고 있다면, 뭔가가 그걸 대신할 필요가 있지요. 아마도 메이더스 변경백, 지금까지는 변경백이 그 역할을 하셨을 겁니다."

"정확해, 율리우스. 자네를 기억하지 못하는 게 진심으로 아쉬워지는데—에.”

“……그래! 그렇게 된 거구나.”

율리우스의 발언에 로즈월이 감탄하고, 이어서 에밀리아도 이해해서 손뼉을 쳤다.

기초 지식이 뒤처지는 스바루는 세 사람의 반응을 쫓아가지 못해 애가 타는 표정을 지었다.

“이봐, 이봐, 자기들만 알았다는 티 내지 말라고. 요컨대 무슨 소리야?”

“쉬운 얘기지. 람 여사의 육체는 너와 비슷한 문제를 안고 있다. 베아트리스 님이 네게 하듯이 누군가가 여사의 육체를 조정할 필요가 있는 거야.”

“평소에는 밤마다, 내가 몰래 조정해 주고 있지마—안.”

“흐음, 밤마다…… 아?”

율리우스와 로즈월의 설명에 스바루 안에서 어느 기억의 톱니바퀴가 맞물렸다.

매일 밤 부리나케 로즈월의 처소를 드나드는 람의 기억이었다. 솔직히 처음에는 주인과 메이드의 부도덕한 관계라고, 남사스러워서 눈을 돌렸던 기억이지만.

지금 생각하니 그건 람을 위한 일종의 치료 행위였다는 뜻이다.

“죄송합니다, 메이더스 변경백. 그 요청에 응하기에는 제가 힘이 부족할 듯합니다.”

스바루는 1년 넘은 오해를 깨달아 얼굴이 뜨뜻해졌는데, 율리우스가 그에 아랑곳하지 않고 말했다. 생각지도 못한 말에 로즈월은 좌우의 색이 다른 눈을 가늘게 떴다.

"겸손해 한다거나, 다른 진영 편을 들고 싶지 않은 눈치는 아니 군. 람의 오드를 조정하려면 여러 속성을 다루는 적성이 필요해. 그 점에서 자네가 적임이라고 여겼다만……."

"변경백의 기대는 아마도 제 주위에 있는 그녀들을 말씀하시는 거겠죠."

왠지 힘없이 입술에 미소를 띠는 율리우스.

그 순간, 그의 주위에 어렴풋이 옅게 깜빡이는 여러 빛들이 떠올랐다.

하늘하늘 일렁이는 여섯 색깔의 빛. 그것은 율리우스와 계약한 준정령(準精靈)……이었던 존재다.

"제 봉오리들입니다만…… 지금, 그녀들과 저 사이에 있던 연결 고리는 사라졌습니다. 본래의 제 직함을 댈 수 있다면 그 말씀을 받는 데 아무런 주저도 없겠습니다만."

"이름을 빼앗겨서 정령과의 계약도 끊겼단 말이지. 그런데 계약이 사라진 지금도 그 정령들은 자네 곁에서 떨어지고 싶어 하지 않는 모야—앙인데?"

"사라진 연결 고리의 잔재인지, 혹은 보이지만 않을 뿐이지 연결 고리는 남아있는지. 어쨌든 간에 이건 어디까지나 봉오리들의 온정. 제 작은 힘으로는 도움이 될 수 없습니다."

준정령들의 모습을 바라보며 율리우스는 맥없이 한숨을 쉬었다.

"——지금은 그저, 일개 기사로서 최선을 다하는 처지입니다. 죄송합니다."

"그—으래. 그건 아쉽군. 기대가 어긋나서 뼈아프긴 한데……."

"괜찮아. 율리우스가 못하는 만큼 내가 힘내 볼게."

침울해진 율리우스 옆에서 에밀리아가 한 걸음 나와 자기 가슴을 세게 두드렸다. 그 남보라색 눈에 솟구친 감정은 자신감이 아니라 의욕이었다. 의욕이, 에밀리아를 불태우고 있다.

앞으로 나서서 뭐든지 해 보겠다고 단언하는 의지. 그것이 현재 에밀리아의 무기였다.

"로즈월, 내게 맡겨 줘. 람을 위한 일이라면 열심히 할게."

"네, 물론입니다. 율리우스에게 힘을 빌릴 수 없는 이상, 람의 명운은 에밀리아 님께 맡길 수밖에 없지요. 자잘한 조정은 람 본인과 베아트리스에게 물어보시길."

"람은 몰라도, 베아코에게?"

"마나의 이론과 운용에 관해서 베아트리스는 아—주 우수해. 계약 상대가 스바루니까 돼지 목에 진주지만 지식이라면 나만 못하지―이."

"돼지라서 미안하네. 그만큼 제대로 러브하고 있거든."

스바루는 반론 같지 않은 반론을 하고 베아트리스에 대한 애정을 주장했다. 상황만 맞았으면 스바루의 휴대 전화와 PC의 대기 화면은 베아트리스일 정도다.

어쨌든 웬일로 로즈월이 정당하게 부탁했다.

람을 위한 일이라며 에밀리아도 의욕을 북돋우니, 베아트리스에게도 말을 전달하겠다고 스바루는 마음먹었다.

"그나저나 진짜로 정당한 부탁이라 놀랐네. 어디 아프냐?"

"신경 쓸 만도 하지. ──람이 내 곁을 떠나겠다는 말을 꺼낸 건 처음이거든."

"────."

로즈월이 스바루의 농담을 받지 않고 진지한 음색으로 말했다.

아무리 스바루라도 로즈월의 그 말에는 숨을 죽이고 입을 다물었다.

"람 본인부터 기억은 못해도 느끼는 건 있겠지. 저렇게 나한테 감정적으로 거스르는 람을 보면 간이 철렁해. ──그러니까, 너희에게 부탁하고 싶다."

"……그래, 기억해 두마."

람을 염려하는 발언에 스바루는 로즈월의 심경 변화 비슷한 것을 감지했다.

1년 전의, 『성역』의 사건이 있었음에도 람은 여전히 로즈월에게 헌신하고 있다.

소중한 하나 말고는 뭐든지 부차적인 거라고 치부한 로즈월도, 람의 헌신에는 마음이 움직인 게 아닐까.

이해할 수 없는 괴물이기보다 감당하지 못하는 감정에 고민하는 인간이 훨씬 낫다.

"──슬슬 시간이 됐나 보군."

다시 입을 열기 전에, 로즈월이 고개를 돌렸다.

그 등 뒤에서 저택 문이 열리고 문 너머에서 네 소녀가 나타났다. 누구나 직함은 로즈월 저택의 메이드로, 하나로 맞춘 복색은 제법 장관이었다.

물론 그중 한 명은 잠에 빠졌고 똑 닮은 다른 한 명은 여행 채비를 했기에 완성된 그림이라기엔 딱 한 걸음 모자란 수준일까.

"주인 어르신, 두 사람의 준비를 마쳤사옵니다."

"수고했다. ——람, 가는 길에 부디 조심해라."

　로즈월이 나긋나긋 보고하는 프레데리카에게 대답하고 여행 복장을 입은 람에게 말했다. 람은 그 말을 듣자마자 살짝 고개를 끄덕여 감사의 뜻을 표했다.

"사정을 들어주셔서 감사합니다. 반드시 로즈월 님의 뜻에 맞을 성과를 가지고 오겠습니다."

"기대하지. 단, 무리는 하지 말도——오록. 그리고 에밀리아 님과 스바루가 무리하는 것도 주의해. 그 감독도 네 역할이지——이."

"명심하고 있습니다."

　어느 입이 그딴 소리하느냐고 타박하고 싶지만, 그건 람의 날카로운 눈총에 막혔다. 그 눈초리에 눌린 스바루는 람 옆에 있는 사람 쪽으로 눈길을 돌렸다.

　그곳에 렘이 있었다. 외출복으로 갈아입힌 모습으로 지금은 페트라가 미는 휠체어—— 스바루가 원래 세계의 기억에 의지해 재현한 물건에 실려 있다.

　현 로즈월 저택의 주소는 루그니카 왕국에 이름 높은 공업도시 코스투르 바로 근처. 도시 장인들의 힘을 빌려서 이세계 지식을 선보인 성과 중 하나였다.

"먼 여행길이면 점검하는 데 불안한 구석이 있지만, 그 부분은 내가 똑바로 챙길게."

"스바루 님은 손재주가 있으시고 장인 여러분께서도 험하게만 안 쓰면 된다고 말씀하셨습니다. 다만 모래에는 조심하시어요."

"조심하세요, 스바루…… 님. 렘 씨를 부탁해."

프레데리카의 보증을 받고 페트라로부터 휠체어의 핸들을 넘겨받았다. 역할을 대신해서 렘 뒤로 돌아갔다. 평탄한 길에서 이동하는 데 불안은 없다.

"OK, 감도 양호다. 페트라와 프레데리카도 부재중일 동안 잘 부탁해."

"주인어른의 수발은 맡겨 주시어요."

"오토 씨랑 가프 씨 보살피는 것도 말이야."

휠체어 상태를 확인한 스바루의 당부에 페트라와 프레데리카가 끄덕임과 함께 대답했다.

이번 여정은 아무리 짧아도 2개월 가까이 걸릴 것으로 보고 있으며, 아마도 그사이에 프리스텔라에 있는 오토와 가필도 요양을 마치고 로즈월 저택으로 돌아올 터다.

스바루는 그사이 빈자리를 믿음직한 메이드들에게 맡기고 휠체어를 용차 쪽으로 밀었다.

"그럼 미련이 남지만 출발해 보실까."

"――바루스."

문득 출발을 촉구한 스바루의 뒤통수에 람의 목소리가 닿았다.

"응? 왜 그래? 뭐 걱정거리 있어?"

"아니, 그게 아냐. ……알아서 알아채."

"알아채라니……."

람의 말에 눈썹을 찌푸리다가 금세 그 시선이 스바루의 손에 쏠려 있음을 깨달았다. 다시 말해, 렘의 휠체어다.

"너, 바꿔 달라고 하고 싶으면 솔직하게 그냥 말해라."

"람이 동행하는 의미와 목적을 생각하면 그 부분은 당연히 양보해야 될 거 아냐. ……말로 안 꺼냈는데 알아차린 구석은, 약간 다시 봐 주겠어."

스바루가 마지못해 자리를 양보하자 람이 스바루를 대신해 휠체어를 밀었다. 앉은 채로 잠들어 있는 동생을 위로하듯 천천히 휠체어를 용차로 밀고 갔다.

그 등을 바라보고 있으려니 느닷없이 누군가가 빈손을 잡는 감촉을 느꼈다.

"베아코냐."

"그렇게 청승맞은 표정 안 지어도 저 계집애를 생각하는 마음으로 자매 중 언니에게 질 리 없어. 스바루는 스바루대로 할 수 있는 일을 해 주면 될 뿐이지."

"그거 때문에 풀 죽은 게…… 아니, 그랬던 건가?"

역할을 빼앗겼다, 같은 식의 마음이 있었던 것 같진 않았는데. 스바루는 비어 있는 쪽의 손으로 자신의 뺨을 꼬집거나 잡아당겨 보았다.

그러자 이번에는 그러던 손을 다른 하얀 손이 낚아챘다.

"그래그래, 그런 짓 하는 손은 내가 가져갈래."

"어후, 에밀리아땅……."

"저 계집애가 일어나면, 두 손이 다 채워지기 쉬운 스바루가 어쩔지, 볼 만할 것이야."

"아, 그거 나도 궁금할 것 같아."

스바루는 에밀리아와 베아트리스 둘 사이에 끼어 쩔쩔매는 표정으로 둘을 쳐다보았다. 그러나 돌아오는 것은 마뜩잖은 눈빛과 즐거운 눈초리, 둘뿐이었다.

덤으로 등 뒤에서는 페트라의 시선이 꽂히고, 용차 앞에서 뒤돌아보는 람의 차가운 경멸의 눈총까지 날아오고 있다.

생각도 못한 사면초가라며 스바루의 얼굴이 굳어 있는데, 그 모습을 보던 율리우스가 "흠." 하고 왠지 끄덕이는 게 보였다.

"그 반응은 뭐야. 하고 싶은 말이 있으면 말해! 자, 어서!"

"그렇군. 그렇다면 한 가지만. ──아리따운 여성에 둘러싸여 남자로서 실로 기쁠 처지야. 너의 두 손이 그 꽃들을 만족시킬 수 있을지 내게는 의문이지만."

"이거 뭐야. 내가 욕먹는 흐름이냐?! 내가 무슨 나쁜 짓 했어?!"

근심 어린 표정으로 어깨를 으쓱인 율리우스의 말에 스바루의 처량한 절규가 하늘에 울려 퍼졌다. 안타깝지만 그런 스바루를 두둔할 내정관도, 무관도 이곳에는 안 계셨다.

오는 2개월의 여행길에서 스바루는 고군분투할 수밖에 없다.

절망적인 사실을 알고서 두 손을 타고 전해지는 온기에 신뢰와 친애, 그와 막상막하인 불안이 치밀어오르는 ── 출발 날의 아침이었다.

제2장 『모래시간을 넘어라!』

1

　——저택에서 아우그리아 사구까지 가는 길은 약 20일 동안의 긴 여정이었다.

　여행을 시작한 첫 아침은 불안으로 가득했지만, 다행히 긴 여행 도중에는 이렇다 할 돌발 상황과 조우하지 않고 스바루 일행에게 한때의 평온한 시간이 찾아왔다.

　가도를 곧게 타고 동쪽을 향해 직진하면서 지루하다고 하기엔 사치스러운 시간이 지나간다.

　"프리스텔라와의 왕복길에서도 생각했고, 리파우스 평원도 그랬지만…… 루그니카 왕국은 가도의 치안이 꽤 좋더라."

　"가도 정비와 치안 유지는 국토의 평화를 유지하는데 중요한 역할이지. 루그니카는 다른 나라와 비교해 특히 그 부분에서 철저해. 도적 및 마수의 피해도 현격하게 적을 거다."

　"흐음. 그거, 다른 나라는 이렇게 안전하지 않단 소리야?"

　"만년설에 뒤덮인 구스테코 성왕국에선 가도 정비도 뜻대로 안 되지. 볼라키아 제국이나 카라라기 도시 국가는 다종족이 뒤섞였으니 습속이 다른 이들이 많아. 관습이 다르면 다툼도 늘고. 따라서 네 의문의 답은 긍정이다."

"오호."

유유히 바람을 가르며 달리는 용차의 차부석에서 스바루와 율리우스가 그런 대화를 나누었다.

대형 용차를 끄는 두 마리 지룡. 그 고삐를 잡은 스바루 옆에 율리우스가 주위를 경계하면서 앉아 있는 형국이다. 전원이 차내에 있으면 유사시의 대응이 늦어진다는 의도의 포진이지만, 지루한 김에 나눈 대화로 알 수 있듯 여행길은 평온하기 그지없었다.

"후암."

"──스바루."

마냥 지루하고 경치도 별다를 바가 없어서 그만 하품이 나왔다. 그 즉시 율리우스로부터 엄한 목소리가 날아와서 스바루는 "오냐, 오냐." 하고 건성으로 손사래 쳤다.

"긴장감을 지속할 수 없는 속내는 짐작하겠지만, 그런 방심이 가장 위험해. 마음을 놓지 말라고는 안 하겠지만 누가 봐도 알 수 있게 해이해지는 건 탐탁지 않군."

"하품 하나 가지고 얼마나 들볶냐. 너도 하면서 왜 그래, 하품. 하지?"

"물론, 그런 생리 현상은 내게도 있고말고. 다만 기사라는 자각이 있으면 남 앞에 드러내지 않으려 마음가짐을 가질 수 있지 않나? 네게는 아직 자각이 부족해."

"네이, 네이. 자각이 부족한 서훈 기사임다──."

꼬장꼬장한 율리우스의 지적이지만 스바루의 받아 흘리는 모습도 몸에 밴 것이었다.

프리스텔라에서 오는 길과 저택에서 아우그리아 사구로 가는 길. 율리우스와 여행을 함께한 지 벌써 20일이 넘었다. 율리우스와 어울리는 요령도 대강 알 만한 참이다.

"진지한 얘기 중일 때는 상대를 보는 게 예의라고 생각한다만?"

"진지한 얘기를 진지하게 듣지 않는다는 말은, 그 진지한 얘기가 필요하지 않을 타이밍이란 뜻 아냐. 너도 어깨 힘 좀 빼. 너무 힘 줬어. 하품이나 해."

"―――."

스바루는 목뼈를 뚜둑 꺾으며 담담한 음성으로 말했다. 율리우스는 그 말에 의표를 찔린 듯이 눈을 깜빡였다.

"――네 눈으로 봐도 지금의 나는 너무 초조해하는 내색이 역력한가 보지?"

"신경이 너무 곤두섰다고 다들 생각하고 있을걸. 평소와 같다면 평소와 같은 느낌일지도 모르겠지만……."

"그 평소를 아는 건 현재 너뿐이니 말이지."

체념이 섞인 율리우스의 말에 스바루는 "그렇지." 하고 낮은 목소리로 대답했다.

등 뒤, 용차 안에 있는 여성진의 대화는 들리지 않는다. 즉, 반대로 여성진에게 둘의 대화도 들리지 않을 것이다.

남자끼리 이래저래 복잡한 관계지만 지금은 협력하는 동료 사이.

좀 더 속을 터놓으며 이야기를 해 두어야 할 거라고 생각을 바꿔 먹었다.

"로즈월에게도 얘기하던데, 그 뒤로 준정령들과는 어때?"

"……변화는 없어. 봉오리들은 내 곁에 있어 주고 있지만 뻗친 손을 횃대 삼아 날개를 쉬진 않더군. 그녀들도 당황스러운 눈치야."

스바루의 질문에 율리우스가 팔을 들어 올리고 준정령들을 드러나게 했다.

옅게 빛나는 여섯 색깔의 준정령은 여행 중에도 계속 율리우스와 함께 따라오고 있었다. 하지만 내뻗은 팔에는 앉지 않고 당황한 낌새로 그 자리에서 하늘거리고 있을 뿐.

"내 『유정(誘精)의 가호』는 건재한 모양이더군. 그게 도리어 그녀들의 인식 오류에 한몫하고 있지. 내게서 왜 떨어지기 어려운지 답을 못 내는 것 같아."

"재계약은, 계약이 끊긴 게 아니니까 어려운가. ……이런 식으로 말하면 뭐한데, 문제가 해결될 때까지 다른 정령으로 타협하는 건 어때?"

"에밀리아 님처럼 가는 곳곳의 미정령(微精靈)으로부터 힘을 빌릴 수 있는 술사는 희귀해. 내가 힘을 끌어낼 수 있는 건 몇 년간 관계를 가진 봉오리들뿐. 너와 베아트리스 님과 마찬가지다."

"에밀리아땅과 팩도 그랬으니 말이지. 역시 파트너는 특별한가."

스바루는 머리를 긁고 무리한 제안을 했다며 속으로 반성했다.

같은 정령술사로서 바로 다음 정령을 찾으라는 제안은 하고 싶지 않았다. 유대가 끊기면 베아트리스를 포기할 수 있을까? 그것과 완전히 같은 질문이니까.

"따라서 지금의 나는 검술로밖에 기사의 책무를 다할 수 없지. 물론 검술도 정령술에 떨어지지 않게 연마했지만 나 자신의 역량이 크게 떨어진 것은 사실이다."

"네 검술로 역부족이라니, 그 소리를 나한테 하는 건 최고로 아니꼽거든."

덧붙여 그 검술만으로 완봉당한 게 스바루와 율리우스 간에 생긴 인연의 시작이다. 그때는 갓난아기 손을 비트는 수준이었는데, 지금은 다섯 살짜리까지는 됐을까.

"라인하르트도 그렇지만 너희는 자신을 과소평가하는 안 좋은 버릇이 있더라. 겸손도 과하면 해로운 법! 이거 어디에나 끼워 맞출 수 있는 말이라고 생각해."

"고스란히 돌려주고 싶지만, 글쎄. ——너나 나는 몰라도 라인하르트는 겸손과도 과소평가와도 다른 부류일 테지."

"겸손과도 과소평가와도 다르다……?"

동시에 떠오른 빨강 머리 영웅이지만 그에 대한 인식 차이에 스바루는 갸우뚱했다.

누가 보더라도 초인, 최강, 완전무결. 그것이 라인하르트 반 아스트레아라고 생각하는 만큼, 그에 대한 평가가 엇갈린 건 뜻밖이었다.

"오해하지 말았으면 좋겠지만, 라인하르트의 실력을 높이 평가하는 점에선 같은 의견이야. 원래 그건 그 친구를 아는 모든 사람이 공통적으로 품는 의식이겠지. 그 남자야말로 인류의 도달점이라고."

"그게 과한 말이 아니라는 게 깜짝 놀랄 지경이군."

"실력만이 아니라, 그 친구의 자세는 자의식까지 완성되어 있어. 내가 라인하르트와 처음 만난 건 열 살도 되지 못했을 적이었지만…… 그 친구는, 줄곧 변함이 없어."

"열 살 적부터 그 모양이라니, 진짜냐."

라인하르트가 언제부터 라인하르트인가. 철학적인 명제지만 10년 이상이나 전부터 라인하르트를 아는 율리우스의 말에 따르면 그 시점부터 그는 완성되어 있었다고 한다.

조모를 여의고 그 가호를 물려받아 『검성』이 된 열 살 미만의 소년──.

"어떤 기분일까."

"응?"

"15년 전이라면 라인하르트도 다섯 살 정도잖아? 그런 나이에 할머니 가호를 물려받고 전설의 영웅의 피를 잇는 집안에서…… 책임이 얼마나 얹힌 거야."

──부모의 기대가 얹히는 무게는 스바루도 조금은 이해한다고 생각한다.

물론 스바루와 라인하르트는 짊어진 것의 무게도, 책임도 너무나 달라서 비교하는 행위 자체가 실례일지도 모르겠지만.

"난 솔직히 약하니까. 약하고 힘이 부족해서 분한 경험만 해서, 주체 못 할 만큼 강하면 좋겠다고 망상하지 않는 밤이 없을 지경이야.”

“그건, 꽤 허무한 밤을 보내고 있군.”

“시끄러. ——아무튼 그런 내 고민과 정반대 위치에 있는 것 같잖아. 라인하르트가 다섯 살 때부터 라인하르트였다고까지 생각하진 않지만 어땠을까 싶어.”

“……당시의 그 친구 속내를 헤아리는 건 아무리 나라도 불가능해. 다만.”

거기서 한 번 말을 끊은 율리우스가 고개를 들었다.

정면, 용차의 진로—— 아니, 저 먼 하늘을 바라본 율리우스가 내리쬐는 햇볕에 실눈을 떴다.

“——그때, 라인하르트를 발견한 건 나의 큰 전환점이었어.”

왠지 자랑스럽게까지 들리는 음성이었다.

햇살에 눈을 가늘게 뜬 율리우스. 혹여 그것은 태양이 눈부셔서 눈매를 찌푸린 게 아니고, 기억 속에 선명하게 새겨진 동경에서 나온 움직임이었을지도 모른다.

“———.”

스바루는 그런 율리우스의 옆얼굴을 바라보면서 이 자리에 없는 라인하르트를 생각했다.

스바루 일행이 플레아데스 감시탑을 향하는 것과 비슷하게 라인하르트가 떠맡은 큰 임무—— 대죄주교, 『분노』의 이송도 걱정된다.

프리스텔라에서 포박된 시리우스를 왕도로 이송하는 역할. 날짜로 따지면 스바루 일행이 아우그리아 사구에 도착할 무렵에는 진즉에 그쪽 결과가 나왔으리라.

아무 일도 없으면 좋고, 라인하르트라면 걱정할 필요는 없을 거라 생각하지만——.

"——라인하르트라면 괜찮아. 그 친구라면, 반드시 해내고말고."

"남의 마음을 읽지 마라. 무섭긴."

"후. 너와 같이 여행한 지 오래 지났으니. 왠지 모르게나마 짐작이 가기 시작하더군."

앞머리를 쓸어 올리고 왠지 모르게 뽐내는 듯한 율리우스의 말에 스바루는 한숨지었다.

다루는 재주가 능숙해진 건 피장파장이라는 뜻이다.

"이렇게 아무 일도 안 일어나면 탑에 도착할 무렵에는 율리우스 박사가 되겠군."

"안심하도록. 이미 틀림없이 너는 나를 제외하면 세상에서 제일 나를 잘 아는 인간이야."

"절대로 획득하고 싶지 않은 칭호를 획득했다! 율리우스 박사라니, 너, 그거 요슈아 녀석이 들었다간……."

넉살을 주고받으며 그 흐름을 이어가려던 스바루의 말문이 막혔다.

"————."

요슈아 유클리우스. ——율리우스의 남동생이며, 심각한 브라더 콤플렉스를 가진 인물.

그리고 『폭식』의 피해를 입어 렘과 똑같이 세계로부터, 형제로부터 그 『이름』과 『기억』을 빼앗겨서 잠자고 있는 청년이었다.

"……차라리, 무슨 일이 일어나는 편이 확실히 마음은 후련해질지도 모르겠군."

스바루가 침묵한 이유를 짐작해 웃음이 사라진 율리우스가 그런 말을 흘렸다.

정말이지 그답지 않은 발언이, 배려하는 마음에서 나온 것인 줄 모를 만큼 바보가 아니다.

바보는 아니지만──.

"아아, 제길. 바보냐, 나는. 아니, 바보지, 나는……."

한심해서 머리를 긁는 스바루는 입안으로만 그 짜증을 내뱉었다.

"──────."

결국 이날, 율리우스와 더 이상 이야기꽃을 피우지는 않았다.

일행이 사구에서 가장 가까운 마을, 『미루라』에 도착한 것은 그로부터 3일 뒤였다.

2

아우그리아 사구에서 가장 가까운 마을 『미루라』는 직설적으로 말해 쇠퇴한 역마을이었다.

마을 규모는 웬만큼 되지만 당연히 유명한 대도시와는 비교할수도 없을 만큼 작다. 이렇다 할 특색이나 시설도 없으며, 사구가 원인으로 관광객이 들르지도 않는다.

세계도 동쪽 끝의 마을이라는 간판도 쓸모가 없어 마을 경관은 적적하기만 할 뿐이었다.

"……모래바람 속을 잘도 오셨구려."

문을 밀어젖히고 가게 안에 들어가자 카운터 너머에서 유리잔을 닦던 가게주인이 말을 건넸다. 목소리에는 전혀 환영하는 낌새가 없었지만 그것도 별수 없다.

이 『모래시간』에 모래투성이 손님이 방문하면 비꼬는 말 한마디쯤은 하고 싶어지기 마련이다.

"＿＿＿＿."

가게에 들어가기 전에 털 만큼 턴 줄 알았지만 뒤집어쓴 모래가 보통 양이 아니다. 여관 사람이 말리는 말을 안 듣고 『모래시간』에 강행한 대가가 이 꼴이었다.

그 대가를 이렇게 들른 술집의 주인장에게 떠넘기는 건 미안하지만.

"주문은?"

"우유, 차가운 거."

"우유, 따뜻한 거."

카운터석에 앉은 둘의 주문에 주인장이 우락부락한 얼굴을 찌푸리는 걸 알 수 있었다.

두 사람은 그런 주인장의 반응을 아랑곳하지 않으며 길게 숨을 내뱉고는 입가에 둘렀던 천을 풀고 잠시 뒤에 정상적인 호흡을 되찾았다.

"하아, 살겠다. 진짜로 모래시간에 나도는 건 목숨이 위험한데."

"응, 맞아. 스바루가 바람을 막아 줬는데도 입안이 텁텁한걸."

그렇게 말한 에밀리아가 깜찍하게 혀를 내밀자 스바루는 쓴웃음과 함께 끄덕였다.

하얀 로브를 머리부터 뒤집어써서 아름다운 은발과 얼굴을 살며시 가린 상태다. 시골 마을에 에밀리아 같은 미소녀가 나타나면 마을 사람들이 컬처 쇼크로 쓰러진다――고 하는 말은 스바루의 농담이지만, 에밀리아도 고귀한 신분이다. 내력을 숨기는 건 배려의 일환이다.

물론 머리 및 입가를 천으로 가린 건 단순히 트러블을 피하려는 의도만이 다가 아니다.

동쪽 사구로부터 불어오는, 모래가 실린 『모래폭풍』. 그 바람으로부터 몸을 지키기 위한 대비이기도 했다.

"장사 잘되는 분위기가 아니군. 역시 모래시간 중에는 장사 접나 봐?"

스바루가 쓰고 있던 후드를 벗고 휑뎅그렁한 가게 안을 둘러보면서 물었다. 그 질문에 무뚝뚝한 주인장은 "그래." 하고 주문한 우유를 놓으면서 대답했다.

참고로 차가운 것은 스바루, 따뜻한 것은 에밀리아가 주문했다.

"가뜩이나 외지인 왕래가 적은 마을이다. 낮 중에, 하물며 모래시간에도 가게를 열고 있는 건 소일거리 같은 거지. 설마 손님이 올 줄이야."

"오호라. 그럼 외지인인 데다가 손님인 우리는 귀한 고객이란 뜻이군."

"술집에서 우유 주문하고 유세 떨어 봤자. 자, 아가씨 거야."

"와, 고마워."

데운 우유를 받은 에밀리아가 도기를 잡고 한숨 돌렸다. 주인장은 우유에 입김을 부는 에밀리아를 흘긋거렸다가 카운터 너머로 스바루를 노려보았다.

"그래서? 이 모래시간의 미루라에서, 너희는 도대체 뭘 한 거야."

"잘 물어봐 주셨습니다. 아니, 여관 사람도 말리긴 하던데, 일단 예행 연습도 겸해 모래시간에 도전해 볼까 해서. ——실전은, 이런 수준이 아니잖아?"

"실전이라. 그 실전이란 건……."

"까놓고 말해 아우그리아 사구의 공략이지."

손가락을 세운 스바루의 단언에 주인장이 숨을 죽였다. 그리고 주인장은 천천히 스바루와 에밀리아를 번갈아 보고 자신의 짙은 눈썹을 손가락으로 덧그리다가 말했다.

"뭔 농담인지 모르겠지만, 놀러 가는 기분으로 가는 거면 때려치워. 죽을 뿐이다."

"이봐, 이봐. 뭔 소리를 하는 거야. 우리가 설마, 노는 기분으로 보인단 거야? 에밀리아땅도 뭐라고 말해 줘."

"후—후—아뜨뜨…… 응? 왜? 미안, 못 들었어."

"봐라. 무지막지 E · M · T잖아."

"됐으니까 죽기 전에 돌아가."

스바루와 에밀리아의 대화에 주인장의 신뢰도가 더더욱 떨어졌다.

물론 주인장에게 악의가 없는 건 확실할 것이다. 실제로 아우그리아 사구의 위험성은 사전 평판만으로도 잘 안다. 하지만——.

"물러난다는 선택지는 우리에게 없어서 그래. 나아가는 길밖에 없는 이상, 할 수 있는 일은 되도록 안전한 길을 택하는 것뿐. 몰라?"

"뭘 모르는 건 너희다. 알겠나? 그 사구는 방법이 없는 곳이야. 마수 천지에다 마녀의 독기가 감돌고, 멀찍이 보이는 탑에는 접근할 수 없어."

끈질긴 스바루의 태도에 주인장이 짜증이 난 기색으로 사구의 위협을 설명했다. 모래폭풍을 막으려 닫은 창문을 손가락질하며 마을 동쪽을 가리킨 주인장이 입술을 뒤틀었다.

"너희처럼 무모한 녀석들은 끊이질 않더군. 하지만 모래바다에 있는 『현자』의 탑에는 아무도 당도하지 못해. 살아서 돌아오면 대박, 웬만한 녀석은 모래 속에서 쿨쿨 잠들지."

"————."

"모래바다에 탑이 세워진 지 400년이다. 그동안, 탑을 향한 바보는 줄지 않는데 도달자는 한 명도 이름 대고 나서질 않아. 그, 『검성』도 나가떨어졌으니까."

라인하르트의 실패는 아무래도 예상 이상으로 넓고 큰 파장을 남긴 모양이다.

어쩌면 주인장에게는 비장의 수였을지도 모른다. 하지만 스바루 일행은 이미 아는 정보고, 다 각오한 다음에 여기에 왔다.

"애초에 여자애까지 낀 놈이 저런 지옥에 가다니……."

"——미안해. 당신은 우리를 엄—청 걱정해 주는 거구나."

주인장의 진지한 정론에 뭐라 대답할지 고민하는 스바루를 제지하며 에밀리아가 말했다. 부드러운 사과부터 시작하는 에밀리아의 말에 주인장의 눈이 동그래졌다.

"단골손님도 아닌데 여러모로 가르쳐 줘서 고맙습니다."

"아니, 나도 잔소리가 많아서 미안하다. 다만 틀린 말은 안 했다 생각해. 아가씨들 같은 젊은 녀석들이 매번매번 이래서야."

"그렇게 『현자』를 만나고 싶은 사람이 많은 건가요?"

"대개는 『현자』와 만났다는 명예가 목적이겠지. 개중에는 『현자』로부터 지혜를 얻자는 녀석도 있겠지만…… 애초에 그 상품이 진짜인지도 미심쩍어."

주인장은 어깨를 으쓱이고 질린다는 표정으로 고개를 저었다.

그 말처럼 플레아데스 감시탑에 덤비는 무모한 도전자를 몇 명이고 지켜봐 왔으리라. 얼굴에 비해 사람이 좋은지 이 환경에 부끄러운 마음이 있는 모양이다.

"그건 탑에 가도 『현자』를 만나지 못한단 소리예요?"

"거기까지 간 녀석의 얘기도 못 들었어. 소문에 『현자』님은 지금도 탑 위에서 사구를 내려다보며 발칙한 무리에게 천벌을 내린다는데…… 『현자』에 마수, 독기까지. 나는 저 사구 자체가 미끼를 드리우고 먹잇감을 사냥하려는 함정이란 생각밖에 안 들어."

"먹잇감을 사냥하려는, 함정……."

주인장의 표현에 에밀리아가 살짝 숨을 삼켰다. 그 반응에 주인장이 끄덕이고 다시 한번 창밖을 돌아보며 말했다.

"모래시간 때 이동을 그만둔다. 마수와의 조우를 철저하게 피한다. 하지만 그렇게까지 해도 독기는 피할 수 없어. 사구를 넘을 수 없는 가장 큰 난관은 농밀한 독기야."

"그 독기라는 게 감이 잘 안 잡힌단 말이지."

거듭해서 말끝을 흐리는 주인장의 설명에 스바루는 고개를 갸웃거렸다.

독기. 그 단어 자체는 여러 번 들었고 문면을 보아 상상이 안 가는 것도 아니다. 요컨대 심신에 악영향을 끼치는 공기, 같은 것이리라. 유독 가스에 가까운 것일까.

"음, 저기, 스바루. 독기라는 건 말하자면 나쁜 것에 오염된 마나를 말해. 눈에는 안 보이지만 마나는 어디에나 있잖니?"

"어, 독기가 마나였어?"

에밀리아의 설명에 스바루는 생각 이상으로 가까운 존재였다고 놀랐다.

그러나 오염된 마나라고 들어도 역시 감이 잘 안 잡힌다. 보이지 않는 마나를 도통 가깝게 느끼지 못하는 건 현대인의 고정 관념이었다.

"일반적으로 마나에는 아무 색도 없잖아? 하지만, 독기…… 나쁜 것에 더럽혀진 마나는 몸속에서 나쁜 짓을 해. 그런데 게이트가 마나를 흡수하는 건 자연스러운 일이니까……."

"숨을 계속 멈출 수 없듯이, 독기를 흡수하는 것도 멈출 수 없다?"

"아가씨 생각이 정답이다. 그리고 아우그리아 사구는 그 독기가 세계에서 가장 짙어. 게이트로 계속 흡수하다 보면 몸도 마음도 오염에 삼켜지지."

"그러면, 어떻게 되는데? 병에 걸리거나 머리가 이상해져?"

"몸도 마음도 침식당해 결국엔 그렇게 된다더군. 실제로는……
뭐, 부정은 못해."

주인장은 말을 아끼며 고개를 젓고 그 이상 명언하길 피했다.

하지만 그 안색을 봐도 알 수 있다. 그는 실제로 독기에 침식된
인간이 죽은 모습을 본 것이다.

그 경험으로 주인장은 진정 스바루 일행을 염려하는 마음에 충
고해 주고 있다.

"저따위 곳, 안 가는 게 훨씬 나아. 너희도……."

"──우유, 잘 먹었습니다. 말씀도 고마워요."

그러나 우유를 다 마신 에밀리아는 주인장의 충고에 고개를 끄
덕이지 않았다.

그 태도를 보자 주인장이 포기한 투로 한숨을 쉬었다. 처음에는
싫어하던 사구 이야기를 적극적으로 설명하기 시작한 건 스바루
일행이 생각을 고쳐먹기를 기대했기 때문이리라.

그러나 서글픈지고. 그럼에도 스바루 일행이 갈 곳에는 변함이
없는 것이다.

"돈은 두고 갑니다. 스바루, 가자."

"응, 그렇지. 고마워. 도움이 됐어."

에밀리아가 은화를 꺼내어 카운터에 놓고 스바루의 소매를 끌
었다. 우유 두 잔에 치르기엔 과하게 많은 돈은 받은 정보와 배려
만큼의 팁을 포함하고 있었다.

"──근 1년 정도의 얘기지만, 사구 쪽으로 날아가는 새를 볼

수 있게 됐어."

"_____."

로브를 고쳐 쓰고 모래바람에 대비하는 스바루와 에밀리아 등에 날아온 목소리. 뒤돌아보자 주인장은 뒤돌아선 채로 유리잔을 닦으면서 혼잣말처럼 말을 이었다.

"목격한 녀석들 말로는 그 새는 탑을 향해 날아가는 것처럼 보였다더군. 그러니까, 만약 사구에서 길을 잃으면 새를 찾아. 운이 좋으면 탑까지 안내받을지도 몰라."

"아저씨……."

"흥. 사구에서 오도 가도 못하는 시점에서 운이 더럽게 없는 거겠지만."

내뱉는 것만 같은 주인장의 독설에 스바루와 에밀리아는 머리를 숙이고 술집 밖으로 나갔다.

가게 밖, 모래바람의 영향도 다소 약해져 모래 먼지에 뒤덮여 있던 노란 시야가 겨우 트였다. 슬슬 여관으로 돌아가 다른 이들과 합류하고 싶었다.

"아까 가게 분, 다리를 하나 잃은 것 같아."

"……그건 눈치 못 챘네."

"어디서 다쳤는지 모르겠지만…… 그래도, 그런 것 같아."

남보라색 눈에 슬픔을 채운 에밀리아의 말에 스바루도 끄덕였다.

알지도 못하는 무모한 여행자에게 친절하게 사구의 위험을 호소한 주인장. 그 호소가 경험에서 나온 충고라면, 스바루 일행은 얼마나 배은망덕한 것인가.

"——플레아데스 감시탑."

나직이, 은방울 같은 음성이 그 단어를 입에 담았다.

그 소리에 스바루는 고개를 들어 마을 동쪽—— 술집 안에서도, 노랗게 흐려 보이는 마을의 길에서도 줄곧 보이던 기이한 존재감을 풍기는 건조물로 눈길을 돌렸다.

그것은 가도 위를 가는 중, 미루라에 당도하기 전부터 자신의 존재를 뽐내던 큰 탑이었다.

플레아데스 감시탑이라고 불리는, 하늘을 뚫을 것만 같은 거대한 탑. 설령 사막의 모래폭풍이 아무리 강렬하더라도 어떻게 저 탑을 놓칠 수가 있을까.

하지만 라인하르트가, 술집 주인이, 입을 모아 어렵다고, 무모하다고 충고한다.

"사연 있는『현자』의 탑이라."

중얼거리는 스바루의 시야 끝에서 꼭대기가 안 보이는 탑이 둔중하게 모래에 일렁이는 모습이 보였다.

3

미루라에서 휴식일을 하루 잡아 긴 여행길의 피로를 푼 뒤 출발할 아침이 찾아왔다.

저마다 사구를 넘을 장비를 새로 갖추고 새벽의 마을 입구에 집합했다. 거기서 스바루는 대기하던 용차의 모습을 바라보며 감탄의 숨결을 흘렸다.

"하, 이게 사구 돌파용 최종병기인가!"

그렇게 말한 스바루가 바라보는 것은 용차에 매인 낯선 지룡의 모습이었다.

평평한 머리에 굵고 다부진 체격, 황토색 비늘을 두른 사족보행의 지룡. 체격은 오토의 애룡인 플르푸와 가깝지만 그 이상으로 중량감과 스태미나가 있어 보이는 생김새였다.

"모래땅에 강한 가이라스 종(種)이야. 모래바람이나 건조한 환경에 적응한 용종으로, 종족상 대형이지만 성미는 온화해서 다루기 쉬워. 이 주변의 고유종이지."

"고유종! 그런 것도 있나. 프리스텔라의 수룡도 그렇지만 세상은 넓구만."

용차를 바라보는 스바루 옆에서 율리우스가 새로 보는 지룡에 대해 설명했다.

플레아데스 감시탑까지 가는 여정에는 본격적인 사막 횡단이 필요하다. 그 때문에 여기까지 함께였던 지룡과 현지의 지룡을 교체해 모래 대책을 세우는 것이다.

"그런데 아무리 성격이 온후하다고 해도 신입인데 대뜸 호흡을 맞출 수 있나?"

"문제는 없어. 사람과 호흡을 맞추는 게 지룡의 습성이야. 특히 가이라스 종은 목을 어루만져 주면 바로 진정시킬 수 있지. 혹시 모르니 너도 기억해 둬."

"네이, 네이. 뭐, 파트라슈에겐 안 통하겠지만."

스바루는 새로운 지룡이 용차에 매이는 광경을 왕자의 풍격으로 지켜보는 칠흑의 지룡── 파트라슈 쪽을 보고 어깨를 으쓱였다. 덧붙여 미루라에서 대기하게 된 다른 지룡과 달리 파트라슈는 이다음 여정에도 동행이 확정됐다.

"하지만 모래의 프로페셔널이 필요한 곳인데 파트라슈는 괜찮은 거야? 우리 진영에서 으뜸가는 숙녀에게 고생을 시키기는 싫은데."

"안심해. 네 애룡은 다이아나 종…… 과거, 육해공 모든 곳의 패권을 장악한 최초의 조룡(祖龍)의 후예야. 무슨 환경이든 완벽하게 힘을 발휘할 수 있을 거다."

"야야, 왜 주인공 같이 설정을 키우고그래. 완전 슈퍼 엘리트잖아……."

"내 샤크나르도 데려올 수 있었으면 좋았겠지만 생각해 봤자 별수 없는 일이지."

그렇게 말한 율리우스가 먼 곳을 바라보는 시선을 하늘로 보냈다. 율리우스가 말한 샤크나르란 그의 애룡인 푸른 지룡이다.

아쉽게도 그 애룡의 기억에서도 율리우스의 존재는 사라졌다. 결국 율리우스는 애룡을 따르게 하려는 노력을 포기해서 그 신병은 『철 어금니』와 함께 프리스텔라에 잔류 중이었다.

되찾기 위한 여행길이지만 남기고 온 것이 너무나 많다. 스바루 또한 그 사실을 이 20일의 여정 동안 율리우스와 같은 수준으로 깨우친 느낌이다.

"그건 그렇고 자신의 애룡을 으뜸가는 숙녀라니…… 지룡 다루는 법을 안다고 칭찬해야 할지, 주위 여성에 대한 평가를 나무라야 할지, 판단하기 어렵군."

"너도 파트라슈의 현모양처 모습을 알면 생각을 고쳐먹을걸."

여하튼 프리스텔라에 방치되어 있던 사건에 꽁해서 스바루가 사과할 때까지 일절 교류를 거절하던 파트라슈다. 오토가 중재해 유사시에 스바루 곁에 있지 못한 자신을 부끄러워한다는 사실을 알자 뭐라고 해야 할지 알 수 없어졌다.

"아무튼 껴안자는 생각밖에 안 나. 사랑한다, 파트라…… 흥가?!"

그리고 스바루 진영에서 으뜸가는 숙녀는 입에 발린 사랑의 말도 받아주지 않았다. 휘두른 꼬리 일격을 맞은 스바루는 모래가 쌓인 땅바닥 위를 화려하게 굴렀다.

대자로 나자빠져서 사구에 도전하기 전부터 모래 범벅이다.

"……중대사 전인데 긴장감이 없기도 하지. 바루스의 그 뺀들뺀들한 신경이 부러워."

땅바닥에 쓰러진 스바루의 시야에 거꾸로 뒤집혀 비쳐드는 얼굴이 있었다. 비꼬는 말과 함께 모습을 드러낸 사람은 모래막이 대책용 로브로 몸을 감싼 람이었다.

람의 차가운 말에 스바루는 "아." 하고 머리를 긁으면서 대꾸했다.

"그거, 넌 긴장하고 있단 뜻이냐? 그거야말로, 너답지 않잖아."

"못하는 말이 없어. 보는 바대로 람은 가냘픈 아가씨야. 어떤 때라도 온갖 위험에 겁내고 있어. 작은 새의 심장이 터질 것만 같아."

"어디서 잡은 작은 새인데. ······진짜로, 괜찮은 거지?"

스바루가 다리를 들어 올렸다가 휙 내린 반동을 타고 일어섰다. 몸을 두드려 모래를 털어내면서 뒤돌아보고, 람을 정면으로 응시하며 다시금 물었다.

"──바루스 주제에 꼼꼼하게 신경 쓰다니 건방져."

"독설이 평소같이 날카롭지 않으니까. 말해 두겠는데, 지금이라면 아직 출발 안 했다고."

안색이 안 좋은 것도, 숨결이 거친 것도 아니다. 얼핏 람의 평소 행동과 변함이 없는 듯 보이지만, 스바루의 말을 부정하지 않았다.

허세는 안 부리고 숨기려고도 하지 않는다. 그 부분에서 람은 의외로 성실하다.

"1년하고도 15일이야. 그만큼 허비했는데 목적을 앞에 두고 가만있으란 거야? 냉혹하긴."

"람, 그런 식으로 말하지 마."

스바루의 말에 눈꼬리를 치켜 올리며 시선의 온도를 낮춘 람. 그 발언을 듣고 나무란 사람은 큰 짐을 용차에 다 실은 에밀리아였다.

허리에 손을 짚은 에밀리아가 "알겠니?" 하고 람에게 다가서서 말했다.

"스바루도 람이 걱정되는 거야. 그건 나도 마찬가지거든. 매일 꼬박꼬박 로즈월에게 들은 치료는 해 주고 있지만······."

"에밀리아땅과 베아코가 협력해도 전문가인 로즈월만큼 잘되진 못하나."

"……그걸 핑계로 삼을 생각은 없어. 폐도, 안 끼칠 생각이야."

"걱정은 끼치고 있거든?"

가는 말이 고와야 오는 말도 곱다는 건 아니지만, 차분한 말의 응수에 람이 불만스러운 표정을 지었다. 하지만 역시 그녀의 연홍색 눈에서 보이는 패기는 평소보다 약해 보였다.

본인도 자각은 하는 것이리라. 람은 한숨을 내쉬고 용차 쪽을 돌아보았다. 차내의 가장 깊은 곳에 특별히 고정된 휠체어와 그 위에서 자고 있는 렘의 모습이 있었다.

"──제발, 람을 두고 간다는 말 하지 마."

그것은 짤막하며, 그렇기 때문에 애틋한 소원이 담긴 말이었다.

그 말에 스바루는 머리를 긁었다. 그리고 람처럼 용차 안의 렘을 보고 말했다.

"안 해. 그냥, 네가 평소 느낌이 아니란 건 훤히 보이니까 무슨 일 있으면 바로 말하라고. 숨기든 얼버무리든 헛수고다. 억지로 도와줄 거니까."

"———."

"후훗."

손가락을 들이대고 단언해 주자 람이 희한하게 머쓱한 표정을 지었다.

그 옆에서 에밀리아는 부드럽게 미소 짓고, 웃음기 서린 남보라색 눈으로 스바루를 보았다.

"난 스바루의 그런 점, 엄─청 좋다고 봐."

"……어?! 방금, 다시 반했다는 의미?!"

"자고 있는 렘 앞에서 그런 이야기는 그만둬. 여자의 해악."

"여자의 적이 아니라 해악?!"

스바루의 괴상한 목소리에 람이 "핫." 하고 콧방귀를 뀌었다. 그 뻔뻔스러운 태도에서 평소 정신성이 나타난 것처럼 느껴졌다.

"꾸물거리지 말고 일어나 해, 바루스. 바루스의 지정석은 용차가 아니라 밖에서 애룡과 함께 앞장서서 이끌어 가는 거잖아. 느릿느릿하게 굴면 두고 갈 거야."

"또 언니분은 금방 그런다. 지금 하던 이야기의 결론을 제대로……."

"──들을 만큼 들었어. 그거면 되잖아. 얼른 가기나 해."

람은 딱딱한 말을 남기고 스바루를 밀어젖히더니 용차 안에 올라탔다. 그 등을 지켜보던 스바루는 머리를 긁으면서 에밀리아에게 눈짓했다.

"에밀리아땅, 안에 대해선……."

"괜찮아. 맡겨 둬. 스바루야말로 충분히 조심해."

"넵넵."

스바루는 끄덕이고 마지막으로 한 번 더 용차를 바라봤다가, 자신의 담당 구역으로 발길을 돌렸다.

모래 대책으로 목덜미의 천을 끌어 올리고 짧게 숨을 내뱉었다.

"그럼 뭐, 가 보실깝쇼. 모래바다와 감시탑……!"

기합을 넣고서, 저 너머에 보이는 사구의 탑에 선전포고했다.

──그렇게 스바루가 멀어진 직후의 용차 안에서.

"……에밀리아 님, 그 표정은 무엇이지요?"

"으응, 딱히 아무것도 아냐. 하지만 어쩐지 람이 귀엽구나 싶어서."

"섭섭하신 평가군요. 에밀리아 님치고는 건방져요."

"흐―응."

용차 안, 휠체어 옆에 자리 잡은 람이 에밀리아의 눈길에 고개를 돌렸다. 희한하게 말이 헛나왔다고 실수를 후회하는 표정이다.

"후홋. 항상 스바루에게 보여주는 표정, 나한테도 겨우 보여줄 맘이 들었어?"

"……정신머리가 없었습니다. 무례를 용서해 주시길."

"딱히 화 안 났어. 오히려 조금 기뻐. 그래 주는 편이 왠지 더 람이 마음을 열어 준 느낌인걸. 난 스바루가 부러웠단 말이야."

악감정 없는 에밀리아의 답변에 람은 잠깐 침묵했다.

그리고 금세 람은 김이 샌 표정으로 에밀리아를 보며 말했다.

"에밀리아 님은 바뀌셨네요. 처음 만나 뵈었을 때는 유리 장식품처럼 여리고, 보기에만 그럴듯한 각오밖에 없으셨는데."

"지금의 나는, 더 튼튼하게 보여?"

"자칫하면 더 물러터진…… 유리 장식품이 설탕 장식품이 된 것 같기도 합니다만."

"그거, 엄―청 맛있을 것 같네. ……무슨 뜻이야?"

빈정거림이 안 통해서 갸웃하는 에밀리아의 모습에 람은 한숨을 쉬었다.

그 한숨 뒤에 살며시 어깨에 들어간 힘이 빠졌다. ——그 또한, 사실이었다.

4

——미루라 마을에서 출발한 지 두 시간, 아우그리아 사구의 공략이 마침내 시작됐다.

마을에서 동쪽으로 다시 10여 킬로미터 진행하면 주위의 경치부터 완전히 녹음이 사라지고 일대의 모래땅이 펼쳐진 풍경에 건조한 모래와 독기를 머금은 바람이 불어온다.

"＿＿＿."

이번의 편성은 대형 용차 한 대, 그리고 그 옆을 파트라슈가 홀로 달리는 스타일이다.

신참 지룡의 발걸음은 묵직해서 속도가 나오지 않는 대신에 안정감이 있었다. 짝이 바뀐 파트라슈도 처음에는 신경이 날카로웠지만 몇 시간씩 함께 달리니 상대의 장점을 발견했는지 도도한 그녀도 수긍해 준 모양이다.

"굳이 말하자면 이 지룡의 불만은 아마 베티에게 있을 거야."

이는 스바루 품속에 쏙 들어간 베아트리스의 말이다. 스바루는 품속에서 웅크린 소녀를 안고 고삐를 다루면서 "아니, 아니." 하고 고개를 저었다.

"그건 억측이 심하지. 파트라슈는 그렇게 속 좁은 드래곤이 아니야."

"……스바루는 좀 더 안목을 기르는 편이 현명한 것이야."

지룡 위에서 옆으로 앉아 치마를 손끝으로 잡은 베아트리스가 그렇게 말했다.

전과 비교해 스바루의 기룡 기술도 꽤 숙달되어 이렇게 베아트리스와 둘이 탄 모습도 몸에 배었다. 그렇기에 베아트리스의 지적은 헛다리라고 생각하지만.

"뭐, 실제로 파트라슈가 왜 나를 좋아해 주는지는 알 수 없지만."

"맞아. 애당초 스바루는 이유 없이 호감을 살 외모가 아닌 것이야."

"즉, 너는 확고한 이유가 있어서 나를 아주 좋아한다고?"

"그거야 물론, 베티는…… 무슨 말을 하게 할 셈이야?!"

밀착해 있기에 얼굴이 빨개진 베아트리스의 항의하는 찰싹찰싹을 피할 수 없다. 스바루는 약해빠진 손바닥에 얻어맞으면서 "워 워." 하고 베아트리스를 달랬다.

스바루와 베아트리스가 화목한 대화를 나누고 있을 때.

"──너희를 보는 건 흐뭇하지만 슬슬 본격적으로 모래바다로 들어갈 모양이다."

나란히 달리는 용차의 차부석에서 율리우스가 긴장감이 없는 둘에게로 말을 던졌다.

용차의 고삐를 잡고 만난 지 얼마 안 된 지룡과 수월하게 호흡을 맞추는 실력은 과연 대단하단 말밖에 할 수 없다. 그러나 지룡에 올라탄 게 아니라 차부석에 있는 모습이 참으로 어울리지 않는 남자다.

그 불균형적인 구성에 더 일조하는 건 율리우스 옆에 앉은 소녀의 모습이었다.

"그래애. 오빠랑 베아트리스가 사이좋은 건 좋지만, 너무 내버려 두면 나도 삐지거든."

그렇게 말한 메일리가 나이에 안 어울리는 추파를 보냈다.

본격적인 사구 공략이 시작되어 드디어 메일리의 본분이 발휘될 장면이다. 『마조의 가호』의 힘을 빌리면 마수에게 습격당할 위험 부담을 현격하게 줄일 수 있을 것이다. 아마.

메일리가 주위를 내다볼 수 있는 차부석에 앉은 것도 그 역할을 다하기 위해서였다.

그만큼 심심풀이 상대는 옆의 율리우스가 맡아야 하는데.

"네 에스코트라면 옆의 기사님이 해 주고 있잖아? 나보다 훨씬 스마트하고 스타일리시하고 스펙터클한 엘레강트라고."

"무슨 말 하는지 모르겠어. 그리고 기사님에 불만은 없는데에, 날 데려온 건 오빠잖아? 그럼 내 상대를 할 의무가 있는 거 아냐아?"

"말 안 듣는 애 같은 말 하지 마라. 그 역할은 베아코로 꽉 찼어. 그치?"

"울컥—한 것이야."

크게 화가 난 베아트리스에게 또 가슴을 얻어맞아 휘청대는 스바루가 메일리를 쳐다보았다.

"한창 응석 부릴 때인 네 응석을 받아주고 싶지만, 권리니 의무니 주장하고 싶으면 우선은 자기 역할이나 확실히 완수한 다음에

하자고."

"네에. 베아트리스는 받아 주면서, 오빠는 심술쟁이야아."

심술쟁이는 아니지만 결과적으로 그렇게 여겨도 별수 없는 말주변이었다.

스바루는 기분 탓인지 만족스러운 눈치인 베아트리스의 목을 간질이고 율리우스에게 손을 들었다. 그 몸짓에 율리우스는 조용히 턱을 주억였다.

조그만 숙녀의 비위 맞추기는 역시 잘하는 사람이 물려받는 게 최적일 것이다.

무엇보다——.

"스바루, ——『모래시간』이 시작되는 모양이야."

베아트리스의 말과 정면을 응시한 파트라슈의 희미한 울음소리가 그 소식을 알렸다.

미루라로부터 내내 놓칠 리 없을 만큼 윤곽이 뚜렷하던 장대한 탑의 모습이 눈앞에 있었다. ——그 탑 방향에서 노란 모래 먼지가 닥쳐들고 있었다.

아우그리아 사구의 세례, 독기를 띤 모래바람이 부는, 『모래시간』의 도래였다.

——미루라에서 정보를 수집한 결과, 『모래시간』의 시간표는 대강 파악이 됐다.

하루에 세 번, 아침과 점심, 심야 시간대에 강한 모래바람이 부는 『모래시간』. 술집 주인장의 조언을 떠올리면 독기를 머금은 모래바람은 슬금슬금 다가드는 위협이라고 할 수 있으리라.

특히 심야의 『모래시간』은 몇 시간씩 이어져 그사이에는 이동도 뜻대로 할 수 없다. 그 때문에 아우그리아 사구의 공략은 낮 시간, 아침과 점심의 『모래시간』을 피해서 나아가게 된다.

지면을 뒤덮은 모래 입자는 가늘고 소문과 똑같이 불편한 발판에 몇 번씩 발목이 잡힌다. 행군은 느릿느릿해서 페이스가 올라가지 않으며 답답함은 모래처럼 심화될 뿐이다.

다만 그런 와중에도 스바루가 맥 빠진 점도 있었다.

그것은——.

"모래바람이 꺼끌거리고 발밑이 불편하긴 한데…… 생각만큼 심하지 않은데."

강한 모래바람에서 고개를 돌리고 천 위로 입을 막아 호흡을 확보. 얼핏 이가 모래알을 씹는 감촉을 느꼈지만 이 정도의 피해라면 미루라 마을 내와 별 차이가 없다.

모래가 날리는 시야는 노랗고 옷 속에 모래가 들어오는 불편함은 있지만——.

"그 정도란 말이지. 사구라고 들어서 죽도록 더울 것도 각오했었는데."

"이 주변이 모래땅인 건 극단적인 독기가 녹음을 죽이기 때문인 것이야. 그래서 이 사구에는 비도 내리고, 급격하게 기온이 떨어지는 일도 없어."

스바루 머릿속에서 사막이라면 역시 뜨거운 지옥이란 이미지가 강하다.

하지만 아무래도 이세계에는 사막화 원인도 스바루의 상식과는 다른지 게임 및 만화로 얻은 뜨거운 모래의 인상은 뒤집혔다. 오히려 실물은 이미지보다 지내기 편할 정도다.

"미루라가 그 상황이었는데 사막이 갑자기 열 지옥이란 것도 이상하긴 하군."

"그런 것이야. 세계도 서쪽 끝에 있는, 기랄 적구(赤丘)와는 달라."

"참고로, 그 기랄 적구란 건 어떤 곳인데?"

"언덕의 모래알이 전부 작은 마석 파편으로, 연중 폭발하고 있는 토지인 것이야."

"그렇게 위험한 곳이 있어?!"

스바루의 상상을 초월하게 위험한 명소를 소개받아 아우그리아 사구의 호감도가 올랐다.

혹여나 『현자』가 그곳에 탑을 세웠더라면 도저히 당도할 수 있을 것 같지가 않다.

"그 점에서, 여기서 주의할 건 바람과 독기, 마수쯤이니."

"그리고 목적의 탑을 놓쳐서 길을 잃지 않을 것도."

"길을 잃지 말라고 그래도 말이지……."

가슴 속에 가벼운 체중을 싣고 의식을 다잡게 하는 베아트리스. 스바루는 그녀의 체중을 받아내면서 정면── 멀리서 장렬한 존재감을 풍기는 탑의 위용을 보았다.

"길을 잃니 마니 그러지만, 저걸 놓치는 게 더 어렵지 않냐?"

"베티도 같은 의견인 것이야. 하지만 무슨 일이 일어나도 이상하지 않아. 『현자』가 얼마나 만만치 않은지 모르겠지만 실제로 아무도 당도하지 못한 게 증거지."

물론 스바루도 사구를 얕볼 작정은 추호도 없다.

현실적으로 생각해 저만큼 거대한 표식을 놓치기란 생각하기 어렵다. 하지만 이 사구에 도전했다가 공략에 실패한 전원이 같은 생각을 했을 터.

그렇다면 이곳은 베아트리스의 말대로 무슨 일이 일어나도 이상하지 않은 마경이다.

"──아나스타시아 씨, 정말로 똑바로 가도 되는 거지?"

"와 이라노, 나츠키는 의심도 참 많다카이."

파트라슈를 용차에 붙이고 객차의 창 너머로 차내의 아나스타시아에게 확인했다. 그 대답에 스바루는 "당연하잖아?" 하고 한쪽 눈을 감았다.

"이번 사구 공략, 그쪽 지식만 믿고 있다고. 야무지게 길 안내 부탁하자."

"물론 내도 남 일이 아이니께 대충 하고 그러진 않는다 안카나. 피차 같이 죽고 같이 사는 몸인기라. 믿어 줘도 된데이."

"……여우를 믿으라니, 쉽게도 말하고 있어."

"─────."

아나스타시아── 아니, 에키도리가 작게 중얼거린 베아트리스의 핀잔에 눈을 가늘게 떴다.

일행 중에서 스바루로부터 유일하게 에키도리의 정체를 들은 베아트리스는 자신의 존재를 은닉하는 동류를 강하게 경계하고 있다.

그렇긴 하나 마냥 의심만 해도 진보가 없다. 말마따나 이미 아우그리아 사구에 들어온 시점에서 같이 죽고 같이 사는 몸. 남은 건 상대가 역할을 완수할 거라 믿는 수밖에 없다.

"그렇잖아, 아나스타시아 씨."

"그라네, 나츠키. ——걱정은 필요 없어. 계약은 지키고말고."

마지막 한마디만, 스바루에게만 들릴 성량으로 에키도리가 강조했다.

그 말에 고개를 끄덕인 스바루는 이어서 차부석 쪽으로 빙 돌아가도록 애룡을 몰았다. 그러자 진지한 표정의 율리우스 옆에서 즐겁게 몸을 흔들대는 메일리에 눈길이 멎었다.

"왠지 놀러 가는 기분이란 느낌인데, 메일리는 일하고 있어?"

"그거, 나한테 하는 말이야아? 사막에 들어와서 아직 한 번도 마수랑 부딪히지 않았잖아. 그거, 내가 일하고 있단 증거인데에?"

"하지만 네 노력은 티가 안 나잖아? 네 덕에 마수가 다가오질 않는지, 이 주변에 마수가 없을 뿐인지 구별도 안 가고."

"——흐—응, 그으래?"

사악 눈을 가늘어져 팔을 들어 올린 메일리의 모습에 스바루는 꺼림칙한 예감을 느꼈다.

"잠깐, 말 함부로 해서 미안해! 여태까지 모래바람 말고는 사전 평판다운 위험성을 느끼지 못해서 그만 말이 헛 나왔어!"

"아냐아. 화 안 났어. 그냥 내 고마움을 가르쳐 주고 싶을 뿐이지이."

메일리가 스바루의 변명과 사과를 가로막고 불길한 발언과 함께 미소 지었다.

그 불온한 내용에 스바루가 숨을 죽이며 사과의 말을 거듭——하려던 직후였다.

"뭣……?!"

스바루 일행의 진로에서 대강 5미터 정도 벗어난 거리일까.

희미한 땅울림이 일고 모래의 대지가 갑자기 폭발을 일으켰다.

——아니, 폭발이 아니다. 모래 밑에 숨어 있던 존재가 그 커다란 덩치를 지상으로 드러낸 것이다.

"————."

팔다리는 없고, 길고 두꺼운 몸통을 꿈틀거리는 모습에선 뱀이 연상된다. 그러나 모래와 같은 색의 미끌거리는 질감의 가죽, 풍기는 악취와 퇴화해서 눈을 잃은 머리의 특징으로 스바루는 깨달았다.

이건 뱀이 아니다. ——지렁이다.

전장이 20미터쯤 하는, 무식하게 큰 지렁이가 지하에서 지상으로 기어 나와 그 머리와 큰 입을 이쪽으로 돌렸다. 한순간 죽음을 각오했다.

"자아, 끝. 냄새 나니까, 이제 딴 데 가버려어."

"————."

전율에 빠진 스바루의 의식을 메일리의 무성의한 음성이 제정신으로 되돌렸다.

그와 동시에 모래에서 기어 나온 지렁이는 몸을 떨고 다시 지하

로 들어갔다. 고분고분 소녀의 지시에 따라서 괴수 같은 존재감은 몇 초 만에 그 모습을 감추었다.

너무나 강렬한 시위 행위에 스바루는 감탄이든 후회든 입 밖에 내지 못했다.

"……방금 그건, 모래지렁이라고 불리는 마수다. 기꺼이 모래 속을 거처로 삼는 마수지만 내가 아는 것보다 약간 컸어."

"약간이면, 얼마나?"

"내 기억으론 큰 것이라도 성인 남성의 팔뚝 정도였을 거다."

지렁이가 그 사이즈라면 충분히 그로테스크한 위협이다. 하지만 방금 모래지렁이는 율리우스가 가진 지식의 수십 배 크기였다. 아우그리아 사구에선 재래종의 마수도 광포화해 있다고 하던데, 그 스케일감도 폭력적일 만큼 변모한 모양이다.

어쨌든 간에, 할 수 있는 말은——.

"어때애? 조금은 날 다시 봤어?"

"아니 아주 진짜, 메일리 선배님께는 고개를 못 들겠습니다!"

메일리의 말에 경직이 풀린 스바루가 진심으로 아낌없는 칭찬을 보냈다.

"그래애? 역시? 오빠, 감사하고 있어?"

"아아, 진짜 존경한다. 네가 없었으면 여기가 얼마나 위험한 장소인지 사무치게 알았다고. 아우그리아 사구, 무셔! 진짜로 무셔——!"

목숨 아까운 줄 모르는 수많은 모험가가 도전했다가 불귀의 객이 된 이유 중 일부를 이해했다.

술집의 주인도 말릴 만하다. 사구의 세례가 만만하다는 생각이 나 한 자신이 바보였다.

"평화 만세, 평온 최고다. 이대로 울트라 따분한 여로로 가자!"

"참 내, 까불거리는 것이야……. 아무리 베티라도 기가 막혀."

"그렇게 허세 부리지 마. 너도 나랑 똑같이 살짝 지렸지? 다 알 아."

"지린 것이야?!"

시끌벅적 말다툼이 시작되지만 일단 아무도 그 행동을 나무라 지 않았다.

소동을 일으키면 마수를 자극할지도 모르지만 그에 대항할 수 단의 유용성은 증명됐다. 그러므로 율리우스조차 둘의 말다툼을 말리려 하지 않았다.

다만 상상 이상의 살얼음 위를 걷고 있다고, 전원이 의식을 다잡 았다.

그 사실 자체에 충분히 의미가 있었다고 돌아볼 수 있는 사구 공 략 첫날이었다.

5

아우그리아 사구의 공략 첫날은 일몰이 되자마자 접었다.

심야가 되면 하루에 세 번 부는 바람 중에서도 가장 가혹한 『모 래시간』이 찾아든다. 그 시간이 오기 전에 오늘 캠핑하기 좋은 장 소를 확보해 두는 것이 목적이다.

독기의 영향인지 사구의 밤하늘에는 별도 보이지 않는다. 당연히 표식이 될 플레아데스 감시탑도 사라지므로 얌전히 몸을 쉬는 게 정답일 것이다.

"여담으로, 메일리가 자도 마수는 안 덤벼? 괜찮아?"

"……오빠도 너~무 겁먹는다아. 그건 알아서 잘하고 있어."

사구에 사는 마수가 얼마나 위험한지 알자 머뭇대는 스바루의 질문에 메일리는 흡족하게 콧방귀를 뀌었다.

자신의 유용성을 증명해서 콧대가 높으신 아가씨지만, 마수에 잡아먹혀 죽은 경험이 있는 스바루는 마음을 놓을 수가 없다. 메일리의 팔에 매달린 채 자고 싶을 정도다.

"영차! 응, 이걸로 괜찮겠네."

그런 대화를 아랑곳하지 않은 채 땅바닥에 쭈그려 앉아있던 에밀리아가 손뼉을 치고 일어섰다. 그 옆에는 방금 막 생겨난 큰 얼음벽이 있었다.

정차한 용차를 둘러싸듯이 얼음으로 만든 모래막이다. 이 얼음벽으로 야간에 불어오는 모래바람을 차단하는 게 목적이었다.

"에밀리아 님의 힘만 빌려서 참 송구합니다……."

"괜찮아. 스바루랑 율리우스는 이동 중에 애써 줬잖아. 그리고 왠지 사구에 들어온 뒤로 엄―청 몸 상태가 좋아서 뭐든지 할 수 있을 것 같아!"

"진짜로? 굉장한걸. 난 모래알 너무 퉤퉤 뱉는 바람에 수분이 부족한데."

말랑해 보이는 알통을 만든 에밀리아의 큰소리에 스바루와 율리우스는 지친 표정을 교환했다.

──독기가 뒤섞인 사구의 공기에는 독특한 '무게'가 있다.

묘한 신체 피로는 아마도 그 무게가 시발점일 것이다. 이동 중에 일행의 말수가 적은 이유도 무관하지 않을 테고. 가능하면 빨리 사구를 빠져나가고 싶지만.

"초조해하는 건 금물이야. 앞길을 서두르고 싶은 네 마음은 쓰라리도록 알겠지만."

어두운 동쪽 하늘을 바라보는 시선만으로도 스바루의 속마음을 짐작한 율리우스가 어깨를 두드렸다. 그의 말에 스바루는 콧방귀를 뀌고 고개를 빙글 돌리면서 말했다.

"좋아. 내일을 대비해 오늘은 쉴까. 『모래시간』이 끝나는 건 동틀 녘이니……."

"그 전에 람의 치료를 해 줘야 돼."

"아, 그런가. 그렇지. 그럼 에밀리아땅이랑 베아코, 부탁한다."

"응, 맡겨 줘."

일찍 자고 일찍 일어나자는 상담을 뒤로 미루고 밤의 일과를 에밀리아와 베아트리스에게 부탁했다. 받아들인 둘은 용차 안, 좌석에서 기다리는 람 쪽으로 가고──.

"──흐윽."

닫힌 문 너머로 람의 몸을 조정하는 소리가 새어 나왔다.

아픔을 참듯이 왠지 달아오른, 떨리는 그 소리는 람의 목소리. 람이 잃어버린 뿔의 역할을 에밀리아와 베아트리스가 협력해서 대행한다.

람이 지고 있던 핸디캡. 그 또한 이 여행을 통해 처음으로 안 사실 중 하나였다.

"얄궂단 말이야. 혼자서 살 수 있을 만큼 터프한 성격인 람에게 혼자서 살 수 없는 몸의 위험 부담이 있다는 건."

"……글쎄. 확실히 람 여사는 굳센 자립성이 있지만, 그 사실과 당사자의 소원은 반드시 일치하지 않아. 무엇보다 본인은 그 문제를 부끄러워하지 않겠지."

"——뭐, 그건 그렇군."

외부인이 자의적인 상상으로 이야기를 지어내는 짓은 당사자로서는 전적으로 탐탁지 않은 행위이리라.

람의 생각은 람의 생각. 그걸 수박 겉핥기로 왈가왈부하는 건 불성실할 것이다.

"그나저나 너도 사람을 잘 보네. 람과 그렇게 대화를 나눈 것도 아니면서."

"자신을 돌아보고 통감해서 말이지. 사람은 혼자서 살 수 없어. 기적적으로 네가 기억해 주지 않았으면 지금쯤 나는 어쩌고 있었을까 싶더군."

"————."

허물없는 태도로 어깨를 으쓱인 율리우스가 『이름』을 빼앗긴 경험담을 담담히 논했다. 스바루는 평정을 가장하긴 해도 침통한 본심이기도 하다고 느꼈다.

율리우스 본인부터 깨닫고나 있을지. ——이 20일간, 율리우스는 틈만 나면 자기 이야기를 스바루에게 하고 있다.

그 행동은 잊히는 것에 대한 트라우마에서 비롯한 것 같았다.

"──나츠키, 율리우스, 잠깐 괜찮긋나? 내일 이후 얘기인디."

"이크, 그건 중요한 얘기군."

음울한 침묵이 내려앉으려던 순간, 아나스타시아가 끼어들었다. 모래땅에 애먹으면서 스바루와 율리우스 쪽으로 걸어온다.

"후우, 힘들구마. 율리우스는 용케 멀쩡히 다 걷네."

"단련하고 있는지라. 이때를 위해서 한 거란 말까진 안 하겠습니다만."

"바닥이 안 좋을 때는 오히려 힘차게 내딛는 게 정답이라고. 이거, 클린드식 가르침이다."

파쿠르의 스승인 클린드에게 배운, 험로를 달릴 때의 기본이다.

아나스타시아는 그 말에 감탄한 기색으로 끄덕이다가, 살며시 입가의 천을 끌어내리고 말했다.

"모래바람도 그렇지만도, 숨이 막힌데이. 빨리 사구를 벗어나 심호흡을 하고 싶데야."

"동감. 그리고 목욕하고 싶어. 얼굴이든 머리든 벌써부터 모래 범벅이야."

사막지대에 사는 사람이 머리에 터번을 두르는 이유를 현지 체험하고 말았다.

모래 대책과 한난 대책. 가혹한 대지에 사는 사람들은 당연하지만 합리적인 생활을 영위하고 있다. 스바루도 적절하게 대책을 세웠지만 이 정도로는 모래를 다 막을 수 없었다.

"목욕에 대해서도 동감한데이. 그카지만도, 사구를 벗어나는 기는 역시 까다로울 것 같다. ──둘 다, 눈치챘제?"

도중에 웃음을 지운 아나스타시아의 살짝 목소리를 낮춘 물음.

목적어가 없는 그 물음이 무엇을 의미하는지 스바루와 율리우스는 시선을 주고받고 끄덕였다.

"그래, 알아. 오늘 반나절을 들여서 감시탑 쪽으로 똑바로 갔는데……."

"──탑과의 거리가 줄어들지 않았지."

스바루의 발언 후반을 율리우스가 받고, 동시에 한숨이 흘러나왔다.

사구 공략 첫날, 『모래시간』 대책 및 메일리의 대(對) 마수 효과 등, 아우그리아 사구에 도전해서 반응과 수확은 확실히 있었다.

하지만 뒤집어 보면 그 이상의 성과는 얻지 못했다는 뜻이나 마찬가지다.

"라인하르트가 탑에 당도하지 못했다는 게, 이런 구조 때문인가……."

"전에 그 친구에게서 이야기를 들은 시점에서 이런 일이 일어날 수 있다고는 생각했지만…… 실제로 직면해 보니 제법 버겁군."

"아니 어렴풋이 눈치채고 있었냐! 더 빨리 말해라!"

"확신이 없어서. 이상한 기대나 낙담을 주고 싶지 않았어."

"너희는 꼭 그런 식으로 하다가……."

스바루를 염려한 율리우스의 발언에, 정작 스바루는 그를 밑에서 쏘아보았다.

"그렇게 분위기 잡지 말지그래? 그냥 떠오른 생각 말해도 화 안

낸다고! 오히려 그쪽에서 실마리를 찾을 수 있을지도 모르잖아. 너희의 '이 일은 내 가슴속에만 묻어 주지.'라는 정신 대체 뭐야? 그걸로 상황이 호전된 적이 진짜로 있어? 적어도 나는 입 다물어서 좋았던 적 한 번도 없다!"

"으, 으음, 미안하다."

"사소한 거라도 바로 말하라고. 보고, 연락, 상담은 사회인의 기본이잖아. ……아나스타시아 씨도, 아직 숨기고 있는 게 있으면 싹 다 말해."

람에게도 철저하게 타일렀던 말을, 다시금 율리우스와 아나스타시아에게도 꺼냈다. 그 지적에 율리우스도 반성한 표정으로, 『가장 뛰어난 기사』답지 않게 쩔쩔맸다.

한편, 아나스타시아는 스바루의 서슬에 "하고고." 하고 입에 손을 짚었다.

"나츠키로부터 한 소리 듣다니, 처음 만났을 때 떠올리자니 생각도 몬 했네. 하지만도 주장은 지당하셔. 내도 반성하긋다."

"그리고 반성한 김에 고백 타임이다. 지금이라면 화내지 않고 넘어가 줄 수 있어."

"나츠키 꼬드기는 솜씨에 도 텄네. ……반나절, 사구를 걷다가 어렴풋이 확신한기라. 조금도 탑에 다가가지 몬 한 건 공간이 뒤틀린 기가 원인이데이."

"공간이 뒤틀려……?"

뜸을 들이다가 아나스타시아가 밝힌 사구의 진상에 스바루는 갸우뚱했다. 스바루의 물음표에 아나스타시아는 탑이 있는 방향으로 손을 뻗고 말했다.

"즉, 탑과 사구 사이는 연결된 것 같으면서도 연결이 안 됐단 소리제. 어쩌믄 내내 같은 곳을 뺑뺑이 돌고 있을 뿐일지도 모른데이."

"그게, 아우그리아 사구를 마경으로 만든 이유입니까. ──타당하군요."

아나스타시아의 단출한 설명에 율리우스가 깊이 끄덕이고 수긍한 표정이다.

당연히 그건 안내역인 아나스타시아＝에키도리에게는 이미 아는 정보일 테지만──.

"말했제? 내도 반나절 차분히 보다가 겨우 확신한 기라꼬."

스바루의 시선에 아나스타시아가 선수를 치며 속인 건 아니라고 두 손을 내저었다.

왠지 모르게 수상쩍지만 여기서 추궁하기엔 율리우스의 눈도 있다. 일단 에키도리에 대한 의심은 포기하고.

"그럼 수많은 모험가가 침몰한 공간의 뒤틀림, 거기에 우리는 어떻게 대응하지?"

"그게 어려운 점이지만도, 깨트린다는 건 생뚱맞은 짓일지도 모른데이? 이거, 독기가 만든 천연의 함정이라 사람 손을 탄 게 아이라서 노림수고 뭐고 있지도 않고."

"천연의 함정이라니, 이게?!"

생각지도 못한 의견이 나와 스바루는 눈을 부릅뜨며 대경실색했다.

지극히 드물지만 자연은 그 존재 자체로 살의가 있다는 생각밖에 안 드는 함정을 준비한다.

사막지대에서 종종 볼 수 있는 신기루나 눈 많은 지역의 낭떠러지를 숨긴 눈밭, 큰 범주로 보면 바닥 없는 늪이나 밀물썰물도 인간의 생명을 위태롭게 할 수도 있다.

하지만 플레아데스 감시탑이 존재하는 사구까지 천연의 함정이라기엔——.

"원래 이런 현상이 일어나는 장소라서 감시탑을 세웠다, 그렇게 추측할 수도 있지. 그건 조리에 맞는 발상이야. ——감시탑의 목적을 감안하면."

율리우스의 한마디가 사고정지에 빠질 뻔하던 스바루를 가까스로 잡아 놓았다.

플레아데스 감시탑을 위한 함정이 아니라, 자연의 요해를 이용해서 감시탑을 만들어냈다.

확실히 그거라면 수긍할 수 있을지도 모른다. 왜냐하면——.

"——애초에 감시탑은 『질투의 마녀』가 봉인된 사당을 감시하는 곳이기 때문인가."

도출된 결론의 앞뒤가 맞자 스바루는 떫은 표정을 지었다.

아우그리아 사구의 동쪽 끝, 그 어딘가에 있다는 『질투의 마녀』를 봉인한 사당. 플레아데스 감시탑은 『현자』가 오랜 세월에 걸쳐 그 봉인을 지켜보기 위한 장소다.

사람이 만든 수수께끼라면 풀어서 정답에 다다를 수 있다. 하지만 자연이 만든 천연의 수수께끼에 과연 인간이 납득할 답이 있을까.

"의외로,『현자』가 남들 앞에 나오지는 않는 이유, 그냥 못 나와서 그런 것뿐이지 않나."

"재미있는 가설이데이. ……근디 나츠키, 내를 얕보믄 안 대."

"엉?"

말 그대로 미궁에 빠져든 기분인 스바루에게 아나스타시아가 자신만만하게 미소 지었다. 그 태도에 스바루의 눈이 동그래지고 율리우스가 눈동자에 기대를 드리웠다.

"플레아데스 감시탑으로 안내하긋다 나선 기는 내라카이. 상인이 나선 이상, 고건 이기러 간다는 뜻이데이. 당연히 여기서도 똑같제."

"그럼 아나스타시아 님께선 탑으로 가는 길이 보이신다는 말씀이십니까?"

"길을 보는 긴 내가 아이다. 하지만도 길을 발견할 방법은 점을 찍어놨제."

그렇게 말한 아나스타시아는 슬며시 그 눈을 감시탑이 있는 방향으로 돌렸다. 서서히 바람이 강해져서 에밀리아가 만든 빙벽에 모래바람이 부딪치는 소리가 들렸다.

그 모래 소리에 귀를 기울이면서 아나스타시아는 눈을 가늘게 뜨고 말했다.

"바람이 강해지는『모래시간』은 공간이 뒤틀렸다가 돌아올 때의 반동인기라. 즉,『모래시간』동안에는 공간의 뒤틀림이 풀리고 있다는 뜻. ──풀린 곳 너머 있는 데가, 탑과 이어지는 진짜 모래바다데이."

"진짜, 모래바다…….."

"그리고 그 풀린 빈틈을 발견하기 위해 가장 중요한 역할을 다할 사람은……."

거기서 아나스타시아가 입가에 미소를 띠며 들어 올린 손을 어느 한 곳으로 내밀었다. 그 방향으로 눈길을 돌린 스바루와 율리우스는 동시에 눈썹을 찡그렸다.

그곳에 있던 것은 용차였다. 그 용차 안에선 에밀리아와 베아트리스가 람을 치료하는 중이다.

"──람 씨가, 우리가 모래 미로를 벗어나기 위한 열쇠데이."

6

"사정은 알았어. 사람을 참 혹사하네."

"그렇게 말하면 끽소리도 못하겠지만…… 너, 정말 알고는 있는 거야?"

"뭘? 무리하지 말라던 입과 같은 입으로, 람에게 고생을 시키는 바루스의 극악함을? 그래, 충분히 알고 있어. 이 인간 말종."

"으그극."

스바루는 입을 ㅅ자로 만들어 람의 매서운 눈초리에 어깨를 움츠렸다.

그러자 차 안에서 같은 이야기를 들었던 에밀리아가 "람." 하고 고운 눈썹 끝을 내린 채 말했다.

"스바루도 원해서 하는 게 아니야. 단지, 가장 좋은 방법을 생각하면 금방 자기가 한 말을 홀랑 뒤집을 뿐이지……."

"그만해, 에밀리아. 보탬이 안 되니까 스바루가 기죽는 것이야."

베아트리스가 에밀리아의 지원 사격에 사살당해서 그로기에 빠진 스바루를 감쌌다. 람은 그런 대화를 본체만체하며 기가 막힌다는 기색으로 한숨을 쉬었다.

"그래서, 어때? 내 제안이지만도, 람 씨는 할 수 있긋나?"

"바루스에게도 말한 바와 같습니다. 아나스타시아 님의 제안은 람만이 가능한 역할이겠죠. 그리고……."

거기서 람은 말을 끊고 시선을 용차 안쪽── 잠들어 있는 렘에게 보냈다.

가도를 거니는 길이든 사구의 먼 여행길이든, 잠든 소녀가 불평불만을 떠들 일은 없다. 그렇기에 격화되는 건 소녀를 소중히 여기는 주위 사람들의 초조함과 자책.

더욱이 추억은 없어도 쌍둥이 언니인 람의 감정은 남보다 곱절 더 강하다.

"──이유가 있어요. 그러니 람에게 망설임은 없습니다."

따라서 람은 굳게 다짐하고 자신에게 부과된 역할을 받아들였다.

"하지만 람의 몸 상태가 불안하지. 『천리안』이던가? 그거 지치지 않니?"

"달리 적임자가 없습니다. 일단 오니족의 비술이라서 다른 분은 쓸 수 없으니까요."

"그래……. 내가 대신해 줄 수 있으면 좋겠는데."

사구에 들어온 뒤로 쌩쌩하다고 자기 신고한 에밀리아가 눈을 내리깔았다.

에밀리아에게 람은 저택에서 가장 신세를 진 상대다. 여행 동안, 그녀에게 은혜를 갚고자 불타는 에밀리아는 자신이 힘이 되지 못하는 데에 부끄러운 마음이 있는 것 같았다.

"_____."

그런 에밀리아를 람이 자상하게 바라보는 모습을 스바루만이 알아챘다. 필시 그건 람이 렘을 볼 때의 자상한 눈을 가장 가까이서 봐 왔던 사람이 스바루이기 때문일 것이다.

"람은 각오가 됐다고 치고, 메일리는 어때?"

스바루는 그런 람의 눈빛을 언급하지 않고 메일리 쪽으로 말을 돌렸다. 좌석 위로 턱을 괴던 메일리는 "나아?" 하고 갸우뚱했다.

"그래. 인해전술…… 좀 특수한 패턴이지만 그 때문에 네 힘이 필요해."

"마수가 있는 곳 말이지이? 분명하게 어디라고 말하긴 어렵지만, 어렴풋이 어디냐는 것쯤이라면 가르쳐 줄 수 있어."

"그 대답을 듣고 싶었지."

메일리의 수긍에 스바루는 주먹을 쥐었다. ──이로써 작전의 실행 자체는 가능하다.

아나스타시아의 제안, 『모래시간』의 빈틈을 찾아내는 계획은 지극히 단순한 것이었다.

그것은──.

"람의 『천리안』으로 이 사구에 있는 마수의 시야를 빌린다. 『모래시간』 중에도 활동하는 마수라면 어딘가에서 뒤틀린 공간과 마주치는 녀석도 있을 거야."

"그걸 위해 메일리 양이 마수의 위치를 특정하고, 람 여사에게 전달한다. 상당한 시행 횟수가 필요한 계획이지만…… 여사는, 자기 몸을 아끼지 않겠지."

그렇게 말한 스바루와 율리우스는 둘이서 각자 지룡의 고삐를 잡으면서 용차 안에서 이루어지는 시행착오── 그, 성공의 신호를 기다리는 중이었다.

『모래시간』에 대한 람의 결사적인 도전은, 대화한 다음 날부터 바로 시작됐다.

"────."

차내의 람이 의식을 집중해 『천리안』을 발동하고 마수의 시야를 훔친다.

훔친 시야가 『모래시간』의 일그러진 곳을 알아채면 횡재, 그 마수의 위치를 특정해 용차를 몰아서 그곳을 넘으면 된다. 그러나 당연하지만 그렇게 쉬운 이야기가 아니다.

광대한 사구와 심상치 않게 수와 종류가 많은 마수. 람의 『천리안』도 파장이 맞는 상대하고만 시야를 공유할 수 있다는 조건이 있다. ──시행 횟수는 방대한 수에 이르렀다.

"──메일리, 지하에 있는 마수의 보고는 생략해. 시력이 없으면 의미가 없어."

"그렇게까지 구별 못해애. 언니야말로 바로 포기하지 말지이?"

실패가 거듭되면 육체와 정신의 피로도 심화된다.

특히 이 작전의 주력인 두 사람의 소모는 크다. ──아니, 메일리는 마수의 위치를 전달할 뿐이지만 실제로 비술을 행사하는 람의 피로는 늘기만 할 따름이다.

"『모래시간』은 하루 3회, 즉 기회도 그것밖에 없어. ……초조함은 금물이지만."

"식량과 물에도 한도가 있지. 이 땅의 독기는 그쪽에도 악영향을 끼쳐. 물러날 결단에는 용기가 필요하지만 미루라로 돌아간다는 선택지는 항상 간직해 둬야겠지."

2일, 3일씩 일정이 늘면 사구 공략의 진척 외에 다른 점에도 주의를 기울일 필요가 생긴다.

용차에 실은 물과 식량에도 한도가 있으며 나아가느냐 돌아가느냐 판단은 매일, 매시간 같은 빈도로 엄습한다. 철수 판단이 가장 어렵다는 건 어느 등산가가 하던 말이었을까.

"힘내라! 힘내, 요제프! 네 용력이 모두의 희망이다!"

"미안해. 하지만 엄──청 힘내 줘…… 부탁해!"

에밀리아의 얼음벽 대책은 있더라도 『모래시간』의 맹렬한 모래바람을 버티며 꾸역꾸역 나아가려면 신참 지룡── '요제프'의 활약이 필수. 극지에 특화한 그 능력으로 모래땅을, 폭풍을 밀어붙이며 나아가는 모습은 압권이다.

하지만 한도가 있다. ──그것은 지룡만이 아니라 공략에 도전하는 스바루 일행에게도.

"……큭, 틀렸어. 접속이 끊겼어."

람이 분한 듯 내뱉고 천천히 고개를 가로저었다.

요 며칠, 『천리안』을 거듭 허탕 치는 람의 피로는 우습게 볼 수 없을 만큼 쌓였다. 에밀리아와 베아트리스가 땀이 맺힌 이마를 닦고 살며시 치유의 마법을 걸었다.

매일 밤 람을 치료하는 방식의 응용, 그 효력으로 안색이 조금은 나아지지만──.

"좋지가 않군."

"……말 안 해도 알아."

스바루와 율리우스는 용차 밖에 나란히 서서 밝은 햇살을 올려다보고 있다.

『모래시간』이 끝나서 모래바람이 약해지면 두터운 구름이 벗겨져 맑은 하늘이 엿보인다. 여행 상황과 반대로 화창한 푸른 하늘이 지금의 스바루에게는 얄밉게 느껴졌다.

"생각 자체는 틀리지 않을 끼데이. 남은 건 단순히 팔자일까."

용차에서 내려온 아나스타시아가 두 사람과 합류했다. 그 말에 스바루는 "팔자라." 하고 머리를 쥐어뜯었다.

"요컨대, 운이잖아. ……우리 전원, 운이 좋다고는 못할 멤버다만."

"불운, 악운, 비운까지. 애초에 고게 여행의 계기니께네."

서글픈 자기 인식이지만 스바루 일행은 꽤 높은 확률로 운에게 버림받았다. ──그렇기 때문에 원하는 결과는 본인들이 직접 끌어올 수밖에 없는 것이다.

"운 따위, 눈에 안 보이는 것에 답이 좌우당해서 쓰겠냐."

스바루는 하늘로 뻗은 손을 꽉 세게 움켜쥐었다.

스바루의 중얼거림에 율리우스와 아나스타시아는 아무 말도 하지 않았다. 단지 둘 다 그 말에 동감인지 스바루와 마찬가지로 텅 빈 푸른 하늘을 노려보았다.

그렇게 셋이서 별 뜻 없이 하늘을 우러러보고 있을 때였다.

"——아, 새데이. 이런 하늘, 용케 날 맘이 드는구마."

아나스타시아가 손으로 차양을 만들고 하늘을 바라보며 중얼거렸다. 별생각 없이 그쪽을 쳐다보니 확실히 그녀의 말처럼 하늘을 나는 새의 모습이 보였다.

이렇게 나는 새를 본 것도 오랜만이었다. 아우그리아 사구에 들어오기 전의, 동쪽으로 가는 여행길에선 드물지도 않았지만 지금은 유난히 신선미가 느껴졌다.

사구의 하늘은 독기로 범벅됐다는 사전 평판이 있으면 특히 더——.

"——새?"

그런 잡상이 느닷없는 위화감에 딱 막혔다.

스바루는 인상을 쓰고 위화감의 정체를 찾다가, 깨달았다. ——술집 주인장의 이야기다.

"아——! 람! 『천리안』은 가능하냐?!"

직감과 동시에 스바루는 용차 입구를 열고 안의 람을 불렀다. 차내에서 한창 치료 중이던 람은 희미하게 붉어진 얼굴로 스바루를 노려보았다.

"──무슨 일이야, 바루스. 용차에 들어올 거면 말이나 좀 하고……."

"미안해! 하지만 나중에 하자! 지금 새가 날고 있어! 저거랑 시야를 겹칠 수 있어?"

"새……? 왜, 새 같은 거랑……."

스바루의 기세에 곤혹해하며 람이 고운 눈썹을 찌푸리자 그녀 바로 옆에서 에밀리아가 입에 손을 짚으며 "아!" 하고 동그랗게 눈을 떴다.

"스바루, 새라면……."

"그래, 술집에서 들었던 얘기야. ──사구의 새는 탑을 향해 날아간다던."

엄밀히는 그렇게까지 확신 같은 말투는 아니었다. 하지만 『모래시간』을 넘기 위한 단서를 원하는 현재, 현지인의 말에는 귀를 기울어야 마땅하다.

"람!"

"소리 그만 질러. ──집중이 흐트러져."

스바루와 에밀리아의 대화로 긴급성을 알아차린 람의 행동은 빨랐다. 좌석에 깊이 앉아 한 번 크게 숨을 내뱉었다. 그리고 공기가 변했다.

"_____."

람의 『천리안』이 발동하고 시야가 주위 생물과의 링크를 연결한다. 그중에 노린 상대가 있으면 그 시야를 훔쳐볼 수 있다. 단, 확실하지는 않다.

노린 사냥감, 하늘을 나는 새와 람의 파장이 맞을지, 그것은 신만이 아는——.

"——잡았어."

"——율리우스! 용차 출발한다! 베아코, 와!"

——천재일우의 호기가 방문해 스바루 일행은 반사적으로 움직이기 시작했다.

스바루가 베아트리스를 안고서 파트라슈에 뛰어오르고, 에밀리아가 람 옆으로 돌아서 그녀를 받쳤다. 아나스타시아가 차내로 굴러들어가고 메일리가 차부석에.

그리고 고삐를 세차게 울린 율리우스가 지룡에게 달리도록 지시를 내린다——.

"출발! 이번에야말로 『모래시간』을 넘자!"

상황을 타개할 의지를 굳센 말로 표현하며 스바루 일행은 다시금 모래바다를 달리기 시작했다.

7

——하늘을 나는 새를 쫓는다니, 근거 없는, 어떻게 보면 이성을 잃은 판단이었다고 생각한다.

스바루도 새를 발견한 게 사구 공략 첫날이라면 술집 주인장의 말을 믿고 새더러 하늘에서 인도해 달라는 발상은 안 했을 것이다.

하지만 며칠을 사구에서 보내다가 깨달은 점이 있다.

"마수라면 몰라도, 이 하늘을 평범한 새가 난다니 말도 안 되지."

물론 먹이 및 물의 부족 등 요인은 다양하지만 가장 큰 이유는 역시 마수와 독기다. 하늘을 나는 새여도 나쁜 환경과 포식의 위협은 항상 있을 수 있다.

그렇게 살기 힘든 환경인데 왜 구태여 날개가 있는 새가 오갈 필요가 있단 말인가.

"역설적으로 생각하면, 저 새는 평범하지 않아. 뭔가 내막이 있을 거야."

그것이 사구에서 며칠 지새운 스바루가 이 마경의 하늘을 나는 새에게 품은 의혹이었다.

실제로 그 짐작이 엇나간 게 아니었음은 람의 『천리안』이 증명해 주었다.

"곧게, 한시도 탑에서 눈을 떼려고 하지 않아. ——바루스의 의혹은 정답이야. 뭐든지 금방 의심하고 드는 바루스의 괴팍한 성격이 복이 됐어."

"표현 봐라!"

철새가 며칠씩 쉬지 않고 나는 건 드물지 않아도 그 눈이 한 장소만 집중해서 바라보고 있다면, 그건 그거대로 비정상적인 사태일 것이다.

날개를 쉬지 않고 나는 새를 쫓는 건 날개 없는 신세로선 혹독한 임무다.

——하물며 모래폭풍 속에 돌입해야 할 판국이라면 더더욱.

"＿＿＿＿＿."

예의 새를 쫓아가는 중, 마침내 아우그리아 사구는『모래시간』에 돌입하고 있었다.

불어 닥치는 모래바람은『모래시간』과 그렇지 않을 때와의 낙차가 극심하다.『모래시간』의 모래바람은 그야말로 폭풍이나 다름없어서 몸에 맞는 모래알에도 통증이 느껴졌다.

망토와 후드, 입가의 천으로 극한까지 맨살을 가려 모래와 바람을 버티며 나아간다.

밤의 검정과 모래의 노랑. 모래 먼지에 뒤덮인 시야를 람의『천리안』이 보는 광경에 의지하며.

"————."

파트라슈의 등에서 스바루는 베아트리스를 껴안은 채 모래바람을 견뎠다.

눈을 뜨고 있을 수 없다. 전후좌우, 온통 모래뿐이었다. 바로 옆에서 용차가 달리고 있을 텐데 그 확신조차 얻을 수 없다. 모래바람 속에서 홀로 있는 게 아닌가.

그런 약한 소리를 부정하기 위해서 더욱더 세게 품속의 소녀를 끌어안았다.

"——쭉. 쭉 바로 가."

용차 안, 일행의 명줄인 람은 그 신경을『천리안』에 퍼붓고 있었다. 본래라면 들리지 않을 람의 목소리. 그것을 굳센 용차의 발걸음이 대변했다.

문득 웃음이 나왔다. 이렇게 힘겨운 여행길은 동료를 못 믿으면 못 간다. 람에게 생명을 맡기겠다고, 망설임 없이 믿을 수 있는 자신에게 웃음이 나왔다.

그리고——.

"——아?"

천을 끌어올려 가린 입, 극한 상태의 웃음으로 푸들대던 입술에서 공기가 새어 나왔다.

갑자기 시야가 확 트이며 그토록 요란하게 으르렁대던 모래바람 소리가 사라졌다. 몸을 갈아내듯 후려치던 모래알도 허깨비였던 것처럼 죄다 사라져 있었다.

여태까지 겪은 『모래시간』의 끝에는 더 여운이 있었다.

모래를 휘감은 바람이 서서히 기세를 죽이다가 이윽고 물결이 빠지듯이 천천히 사라지며 독특한 모래 냄새가 주변에 감돈다.

——그런 게 없었다. 마치, 뚝 끊긴 것처럼.

마치 모래바람이 부는 곳과는 별개의 무대로 스바루 일행이 끌려 나온 것처럼.

"——율리우스."

메마른 입술을 움직이며 뒤돌아보니 그곳에 용차가 서 있었다.

차부석의 율리우스는 스바루와 마찬가지로 모래바람을 빠져나왔다는 사실에 넋이 나가 있었다. 그러나 그는 스바루의 부름을 알아채자 고삐를 고쳐 잡고 턱을 주억였다.

"————."

그리고 누가 먼저랄 것 없이 주먹을 쳐들고 『모래시간』의 돌파를 서로 추켜세웠다.

"해냈다, 돌파다! 해냈어, 해냈다고——!"

"에잇, 귓전에서 자꾸 시끄러웠던 것이야——!"

환희작약하는 스바루의 턱을 바로 밑에서 베아트리스의 손바닥이 쳐 올렸다.

멋들어진 일격에 몸을 뒤로 확 젖힌 스바루는 그대로 몸을 되돌리고 베아트리스를 째려보았다.

"갑하히, 머하는 지시야?! 함학 놀셔서 혀 해물어짜나!"

"베티를 껴안으면서 혼자 신나서 시끄럽다고! 다운버스트니 오프로드니, 뭔 말인지도 모르겠던 것이야! 귀가 계—속 쨍쨍거렸어!"

혀를 깨문 스바루의 또렷하지 않은 말에 베아트리스가 몸을 뒤로 젖히며 맹렬히 항의했다.

모래바람 속에서 불안함을 베아트리스의 존재로 메꾸던 스바루는 자신의 헛소리가 다 들렸다는 사실에 얼굴이 빨개져서 "어흠." 하고 헛기침했다.

"아, 아무튼, 『모래시간』은 잘 돌파했단 말이지. 자, 만세—!"

"……만세인 것이야."

토라진 베아트리스의 태도야 어쨌든, 모래의 장애물을 돌파한 것은 틀림없었다.

스바루는 애써 준 파트라슈를 치하하고 정면, 밤의 어둠 속에 어렴풋이 떠오른 감시탑으로 눈길을 보냈다. 『모래시간』을 벗어나서 독기의 영향이 흐려졌는지 밤하늘에는 어른어른 별빛이 엿보이고 야경에 잠긴 감시탑의 실루엣이 가까워지고 있음을 알 수 있었다.

그 증거로 지금까지 보이지 않았던 감시탑 밑의 경치도 잘 보였다.

"보라고. 스테이지가 바뀐 증거야. 사구가 온통 꽃밭으로——."

"————."

"온통, 꽃밭……?"

천천히 『모래시간』을 넘은 흥분이 사그라지자 스바루는 뺨을 굳혔다. 품속의 베아트리스도 몸이 뻣뻣해지며 크고 동그란 눈을 부릅떴다.

『모래시간』의 위협을 넘어서서 플레아데스 감시탑과의 거리를 단숨에 좁힌 일행.

그 일행을 둘러싸고 있던 것은 화사하고 아름다운 꽃들의 낙원이었다.

8

——『모래시간』을 벗어나니 그곳은 비밀의 화원이었다.

바야흐로 백화요란의 절경 속에서 스바루의 머릿속에 그런 글귀가 떠올랐다.

이것이 단순한 꽃밭이라면 눈요기했다고 훈훈해졌을지도 모른다. 하지만 이곳은 독기와 마수가 혼재한 불모의 모래땅—— 이것은 있을 수 없는 꽃밭이다.

형형색색의 꽃이 흐드러지게 핀 꽃밭은 주위 일대를 알록달록하게 가득 메우고 있다.

말 그대로 발 디딜 곳도 없이 모래를 모조리 뒤덮은 꽃의 낙원이었다. 너무나도 상궤에서 벗어난 그 광경에 스바루는 기묘한 기시감을 느꼈다.

　기이함과 이상함, 부자연스러움과 부조리함의 결합, 생겨나는 의문의 정체는──.

　"──꽃단장곰이야아."

　스바루가 답을 직감한 것과 소녀가 중얼거린 건 거의 동시였다.

　힐끔 곁눈질로 보니 용차의 차부석으로 이동한 메일리가 꽃밭을 노려보고 있었다. 항상 여유로운 태도로 있던 소녀의 옆얼굴에서 핏기가 싹 빠진 채 절박감이 눈을 채우고 있었다.

　"메일리, 꽃단장곰이란 건……."

　"꽃으로 위장해서 사람을 덮치는 마수. 보통은 숲에서 암수가 나란히 위장한 수준이어야 하는데에……."

　메일리의 설명을 들으면서 스바루는 다시금 꽃밭으로 눈길을 주었다. 시야를 컬러풀하게 가득 메운 화원── 마수의 체격을 봐야 알겠지만, 도저히 한두 마리 같지가 않다.

　이만한 수의 마수에게 습격을 받는다는 상상만 가지고도 스바루의 등줄기가 얼어붙었다.

　"스바루, 무슨 일이 있었어? 람이, 갑자기 『천리안』이 끊겼다고……."

　"──스톱, 에밀리아땅. 진정해, 조용히."

　용차의 작은 창으로 얼굴을 내비친 에밀리아를 스바루가 잽싸게 몸짓으로 제지했다.

스바루의 음색과 갑작스러운 꽃밭에 에밀리아도 바로 이상함을 깨닫고 입을 다물었다.

"이, 꽃밭은……."

"『모래시간』이 제1관문이라면 제2관문은 마수의 화원……
『현자』의 악질성이 하늘을 꿰뚫는군."

첫 번째 관문을 넘어 긴장을 풀린 차에 두 번째 함정이 옭아매는, 그런 구조다.

메일리의 충고와 마수가 자고 있던 타이밍, 그 두 요인이 없었더라면 지금쯤은.

"안심하기엔 일러. ……모든 건, 이곳을 빠져나간 다음인 것이야."

"이 상태로 안심할 수 있을 만큼 내 신경은 굵지 않아. ──탑은, 저쪽에 있나."

베아트리스의 말에 스바루는 가까스로 눈앞의 꽃밭에서 의식을 거두었다. 『모래시간』 전보다 더 가까워진 탑의 실루엣. 람의 『천리안』에 의지한 것은 정답이었다.

단──.

"마수는 일어난 순간이 제일 흉포해애. 그러니까……."

다들 조용히 하란 말이라도 하고 싶었을까. 그러나 메일리의 귀중한 조언은 중단됐다.

이유는 명백하다.

──벌떡. 그야말로 지면을 뒤집듯이 꽃밭이 '일어선' 것이다.

"──으."

눈앞 몇 미터 거리에서 일어선 마수의 모습에 스바루의 목이 꿈틀거렸다.

갑작스러운 상황이라서가 아니다. 마수의, 그 끔찍스러운 겉모습이 원인이다.

"_____."

메일리가 꽃단장곰이라고 부른 마수는 그 이름대로 실루엣이 곰과 비슷했다. 그러나 어디까지나 실루엣뿐. 그 실태는 치명적으로 엇나가 있었다.

3미터 가까운 몸길이. 다리가 짧지만 대신에 팔이 지면에 스칠 만큼 길다. 그 몸의 뒷면에 화사한 꽃잎이 흐드러지게 피어 있지만 오히려 인상적인 건 몸의 앞면이었다.

검은 짐승털로 착각할 만큼 빽빽하게 꽃 뿌리가 마수의 온몸에 뻗어 있다. 뿌리에 정기가 빨리고 있는지 우묵한 눈구멍과 빛이 없는 눈동자가 살아있는 송장 같았다.

꽃단장곰은 꽃과 짐승이 공존하지 못하고 있다. 명백하게 꽃에게 생명이 살해당하고 있었다.

"으."

"──움직이면 안 돼."

송장 같은 마수가 코를 실룩이며 스바루 일행의 존재를 확인하려고 했다. 그 몸짓에 신음하려던 순간, 옆에서 메일리가 막았다.

폭력적으로 달콤한 향이 감돌았다. 추한 마수에게 어울리지 않는 꽃향기에 욕지기가 나왔다. 그 폭력적인 모래바람이 그립다. 그 기세로 모든 것을 날려 달라고 절실하게 빌었다.

그런 스바루의 소원도 헛되게 바람 한 점 없고, 꽃단장곰은 스바루 일행에게 발톱을——.

"쉿——."

순간, 잇새로 숨을 뱉는 소리가 나고 꽃단장곰의 주의가 스바루 일행에게서 떨어졌다. 그 결과를 만든 사람은 이 자리에서 가장 냉정함을 유지하던 메일리였다.

메일리는 입술에 손가락을 짚어 마수 무리를 경계하는 스바루 일행을 먼저 진정시켰다. 그다음 입술에 짚은 손가락을 앞으로 내밀어 꽃단장곰의 주의를 자신에게 유도했다.

"쭈쭈쭈."

손가락을 아래위로 흔드는 메일리의 입술에서 혀를 톡톡 차는 소리가 튀어나왔다.

마치 사람이 새끼 고양이를 어를 때 보이는 몸짓 같았다. 그게 소녀와 새끼 고양이의 만남이라면 흐뭇한 그림이겠지만 흉악한 마수가 상대라면 호러 영화의 한 장면이다.

"쭈쭈쭈쭈."

메일리의 혓소리와 손가락 움직임은 연동하고 있으며 차츰 꽃단장곰의 의식이 메일리 개인에서 흔드는 손가락 쪽으로 빠지기 시작했다.

"쭈쭈쭈…… 쭈."

꽃단장곰의 의식을 손끝에 모은 메일리가 그 손가락을 돌려 용차 옆을 가리켰다. 손가락 움직임을 따라 꽃단장곰의 눈길이 유도한 곳으로 가고, 다리가 둔중하게 한 걸음 그쪽으로 움직였다.

"――오."

꽃단장곰이 떨어질 기색을 보이자 스바루의 목에서 무심코 안도의 숨결이 새어 나왔다.

몸이 굳은 에밀리아와 베아트리스도 눈에 서린 긴장이 누그러지는 걸 알 수 있었다. 일어선 한 마리가 멀어지면 꽃밭 대책도 이야기할 수 있다.

아직 『모래시간』을 극복한 사실도 서로 나누지 못했다. 여기서부터――.

"크르르―――!"

그 순간, 나지막한 으르렁거림이 꽃밭에 울려 퍼졌다.

갑작스러운 긴장 상태를 강요받으면 마음이란 쉽게 금이 간다. 그것은 인간도 그렇고, 지룡 또한 마찬가지다. ――그렇기에 아무도 요제프를 탓할 수 없다.

"아차――."

정적을 깨트린 요제프의 울음소리에 눈앞의 꽃단장곰이 뒤돌아보았다. ――아니, 반응이 있던 건 그 한 마리만이 아니었다. 휴면 중이던 꽃단장곰이 일제히 일어섰다.

백화요란의 꽃밭이 단숨에 뒤집히고 사나운 마수가 우렁차게 외쳤다. 독살스러운 꽃의 향기와 본능적인 살의가 만연하며 발톱을 쳐든 마수가 용차로 달려들더니――.

"――그만!"

급속히 형태를 얻은 마나가 얼음 창으로 변해서 발사된 한 방이 마수의 안면을 관통했다.

벌어진 큰 입에 얼음의 창끝이 침입하고 머리의 파괴와 동결이 동시에 이루어졌다. 소리도 못 지르고 절명한 꽃단장곰이 뒤로 쓰러져 몇 마리의 동료를 길동무로 삼으며 날아갔다.

"뛰어——!"

그것이 에밀리아가 쏜 선제공격이라고 이해한 순간, 스바루가 외쳤다.

그 외침에 호응한 율리우스가 고삐를 끌어 맹렬히 용차를 몰았다. 당연히 파트라슈도 그에 따라 달리기 시작해 우두커니 선 마수를 튕겨 내며 꽃밭으로 쳐들어갔다.

그보다 한 박자 늦게 마수 무리가 달아나는 스바루 일행을 쫓아 달리기 시작했다.

"왔다 왔다 왔다 왔다 왔다 왔다 왔다 왔다——!"

주위의 광대한 꽃밭이 뒤집히며 달콤한 향을 동반한 사나운 마수가 밀어닥쳤다. 사방팔방에서 방대한 물량과 기세로.

꽃단장곰의 긴 팔 끝부분은 선인장 글러브를 낀 것처럼 생긴 악몽 같은 형상이다. 그걸 곰의 완력으로 휘둘러 대면 일격을 맞았을 때 참상을 상상하기 어렵지 않다.

그 호쾌한 한 방이 용차에 닿으면 완강한 차체도 여지없이 못 버티겠지만——.

"에잇! 야압! 영차! 요게…… 많이, 맞아라!"

어느 틈에 용차 지붕에 뛰어오른 에밀리아가 두 손을 휘둘러서 무수한 얼음 칼을 만들어 내어 마수의 맹공을 물리쳤다.

파르스름한 빛의 난무가 아름답고 잔혹한 죽음을 마수에게 초

래하고, 포위망에 구멍을 뻥 뚫었다.

"와아아아아! 역시 에밀리아땅! 또 반했어!"

"여유가 있구나, 바루스. 죽기 싫으면 죽도록 달려!"

"그야 물론…… 엇, 어라, 람?!"

에밀리아의 분전에 구원받은 스바루가 쾌재를 외친 순간, 냉랭한 목소리가 날아왔다. 쳐다보니 용차 고삐를 잡는 역할이 율리우스에서 람으로 교체되어 있었다.

얼굴에는 『천리안』의 피로가 남았지만 고삐를 놀리는 손길에 문제는 없다. 람에게 용차의 컨트롤을 맡기고 역할을 바꾼 율리우스는 기사검을 뽑고 있었다.

그리고 용차 측면으로 돌아가더니 교묘한 검술로 몰려드는 마수를 베었다.

"에밀리아 님께만 부담을 지워드릴 수는 없어서 말이야."

스바루의 시선을 알아채자 율리우스의 입술이 우아하게 응수했다.

율리우스는 기사검을 번뜩이며 여러 마수의 팔을, 머리를 노려 전투력을 없앴다. 그러고도 다가드는 한 마리에겐 찌르기를 날리고, 섬광 같은 한 방이 마수의 뇌수를 파괴했다.

최소한의 움직임으로 최대한의 효과. 그야말로 『가장 뛰어난 기사』의 검술이다.

"제길, 질 수 없지! 베아코, 가능해?!"

"당연하지! 스바루야말로 연료 고갈되면 섭한, 것이야——!"

파트라슈 위, 스바루는 한 손으로 고삐를, 한 손으로 베아트리스를 안아 들어 용 위에 작은 몸을 세우고 기합을 외쳤다.

둘의 손이 연결되고 스바루의 배 속에서 뭔가가 타오른다.

"미냐!"

영창과 함께 생성된 보랏빛 결정이 파트라슈의 앞길을 막는 마수를 노린다. 조준을 맞추고 가속은 한순간, 결과는 직후다.

보라색 화살의 직격을 맞아 몸을 꺾은 마수의 머리가 결정화, 유리가 깨지듯이 바스러졌다.

"좋아, 잘했다, 베아코!"

"하지만 남발은 못해! 신중하게 절약해서…… 미냐!"

"신중하게 절약한다며?!"

베아트리스의 전투 지속력은 스바루의 마나 잔량에 의존한다.

그리고 밀어닥치는 마수에 대처하기엔 서글프게도 스바루의 저 장량은 참새 눈물 수준. 베아트리스의 조정력은 절묘하지만 그럼에도 한 발마다 스바루의 영혼은 깎여나간다.

에밀리아, 율리우스, 그리고 스바루&베아트리스의 분전, 거기에 촉발되어──.

"아앙, 진짜 진짜! 이거, 꼭꼭 아꼈던 거라고오!"

여태까지 침묵을 지키던 최종 병기가 일어서서 벌게진 얼굴로 발을 굴렀다.

그리고 자신을 따르지 않는 마수들을 응시하며 그 손바닥을 내밀었다.

"나쁜 아이들한테 벌 줄 거야아! 이리 온, 모래지렁이야!"

토라진 어린아이의 생트집, 그것이 어마어마한 위력으로 꽂단장곰 무리를 밑에서 쳐올렸다. 뒤집히는 모래바다. 땅속에서 거수, 모래지렁이가 모습을 드러냈다.

"우우———!"

"이게 생시냐?!"

악취를 풍기는 커다란 마수가 하늘로 날아간 여러 꽃단장곰을 큰 입으로 맞이했다. 꽃단장곰을 씹고 몸을 꿈틀대는 충격파가 주위를 날려 버리는 광경은 압권 그 자체였다.

"가라아, 모래지렁이야! 전부 다아, 짜부라뜨려어!"

"진짜냐, 야! 진짜냐 진짜냐 진짜냐, 야야야야!"

앞으로 쓰러지는 거구가 꽃단장곰을 열 마리 넘게 한꺼번에 짓뭉개고, 단말마와 꽃향기가 모래바다에 번졌다. 꽃단장곰의 덩치도 작지는 않지만 전장 20미터의 덩치에는 명함도 못 내밀었다.

경악은 더욱 이어졌다. ——메일리가 손뼉을 치자 다른 장소에서도 잇달아 모래가 솟구쳤다.

첫 번째 한 마리와 비교하면 작은 편이지만, 그럼에도 여섯 마리나 되는 모래지렁이의 증원은 파격이었다. 이미 괴수 대결전의 양상을 드러내며 모래바다는 마법과 마수가 뒤섞인 전장으로 바뀌었다.

에밀리아와 베아트리스의 마법이, 율리우스의 검술이, 메일리의 이능이 개척한 길을 맹진하는 스바루 일행은 꽃밭을 점점 가로지르고—— 감시탑이, 지척에 다가왔다.

"이제 조금 남았어! 이대로 감시탑으로 돌진하면……."

그런다고 마수가 물러날 리는 없지만 상황이 바뀌면 타개책이 생길지도 모른다. 그 희망을 믿으며 스바루는 한껏 목소리를 내어 동료들에게 호소했다.

좀 더, 조금만 더, 힘내 달라고.

그 앞에, 목적지인 플레아데스 감시탑이——.

"——?"

불현듯 파트라슈에 매달린 채 베아트리스를 지탱하던 스바루가 검은 눈을 가늘게 떴다.

조그마한 위화감. 빛이다. ——탑 중심에서, 뭔가가 빛난 느낌이 든 것이다.

"뭐……."

'야.' 하는 마지막 한 문자는 이어지지 못했다.

"————."

빛이 허공을 달려 정확하게 스바루의 머리를 직격했다.

그 순간, 나츠키 스바루의 목 위가 증발하고 의식은 찰나의 사고도 허용치 않은 채 사라졌다.

——그 한순간의 참상에 소리를 지르는 이는 없었다.

왜냐하면 그것을 볼 이도, 비명을 지를 이도, 예외 없이 증발했기 때문이다.

소리와 함께 머리를 잃은 지룡이 쓰러지며 용차가 옆으로 굴렀다.

흘러나오는 피가 모래바다의 메마른 모래에 흡수되고, 삼켜져, 사라졌다.

이윽고 모래 입자는 천천히 허물어지는 모든 것을 그 바닥 속에 삼켜 감추었다.

여행 흔적으로, 피의 붉은 꽃조차 남기지 않고 모래 속으로 집어삼켜서.

──일행은, 여기서 전멸했다.

제3장 『감시탑의 세례』

1

──보인 것은 빛뿐이었다.

정면의 탑을 올려다본 기억은 있다.

직후에 시야에서 빛을 포착하고 안구가 반응한 것도.

다만 기억은 거기서 끝났다. 이후로는 아무 기억도 없다.

고통이든 충격이든 공포든, 아무것도 느끼지 못했다.

나츠키 스바루에게 그것들은 어느 것이나 『죽음』의 방문에 빠트릴 수 없는 동반자였다.

울부짖을 것만 같은 고통도, 혈육을 빼앗기는 충격도, 모든 것을 상실하는 공포도 없다.

어쩌면 그 『죽음』은 스바루가 아는 그 어떤 『죽음』보다도 자상했을지 모른다.

물론 죽음을 맞이한 순간, 뇌까지 증발한 스바루에게 『죽음』의 자상함을 감지할 유예는 없었으며 돌이켜보고 여운에 잠길 여백 또한 없었다.

마치 눈을 깜빡이듯, 한순간 시야가 어둡게 닫혔나 싶은 찰나, 나츠키 스바루의 상실된 생명은 재생하고, 역류하여, 다시 현실로 내동댕이쳐졌다.

　──내동댕이쳐져 있었다.

　"──쭈쭈쭈."

　"_____."

　그 순간, 숨이 막힐 것만 같은 갑갑함이 오감을 옭아매어 스바루는 눈을 부릅떴다.

　온몸에 피가 흐르는 소리가 시끄럽게 느껴지며 근육의 신축에 아픔을 느낀다. 손톱이 손바닥에 박혀들 만큼 세게 움켜쥔 고삐와 가슴에는 뜨거운 체온으로 존재를 주장하는 베아트리스.

　"……아?"

　어두컴컴한 경치 속에서, 베아트리스의 뒤통수를 지척에서 내려다보고 있다.

　콧구멍으로 스며드는 폭력적인 달콤한 향기는 소녀를 안아 들었을 때 느낀 향기와는 별개로, 끈적거리는 독과 같이 억지로 강요하는 냄새였다.

　냄새는 기억과 가장 밀접하게 연결됐다는 말을 어디서 들은 적이 있었다.

　있었지만, 이 달콤한 향기의 기억은 더듬을 필요도 없다. 왜냐면 내내 맡고 있었으니까.

　불과 몇 초나마 그 냄새의 기억이 끊겼다는 사실이 더 문제다.

"쭈쭈쭈쭈."

혀를 톡톡 차는 소리가 혼탁한 스바루의 의식을 리듬과 함께 두드린다.

품속의 베아트리스가 몸을 굳히고 파트라슈조차 숨을 죽이며 지켜보는 것은 에밀리아와 렘을 태운 용차이며, 그 용차 코앞에 끔찍한 마수가 서 있다.

온몸에 가느다란 뿌리가 난, 피에 굶주린 사나운 마수—— 꽃단 장곰이다.

그때, 기시감 같은 말로는 표현하지 못할, 생생한 『죽음』의 현 실감에 몸서리를 쳤다.

이 감각은 의심할 필요도 없다. 『사망귀환』이다.

나츠키 스바루는 방금, 『죽음』을 체감하고 이 시간으로 돌아온 것이다.

"——우."

——하지만 하필이면 이 시간에 돌려놓는단 말인가.

죽은 사실보다 『사망귀환』한 재시작 지점이 안 좋다는 사실에 스바루는 이를 악물었다.

혀를 차는 소리로 마수의 주의를 끌어 용차 앞에서 온건하게 치우려는 메일리. 그 의도는 거의 다 성공했으나, 막판에 가서 그르친다.

용차를 끄는 지룡, 요제프가 마수의 압력에 끝내 못 버텼기 때문이다.

"————."

그 사실을 알면서도 스바루는 즉각적인 판단을 망설였다.

정작 중요한 요제프의 모습이 이 위치에선 보이지 않는다. 그리고 고삐를 쥐고 있는 율리우스는 지룡의 이변을 깨닫지 못했다. 제아무리 율리우스라도 눈길을 보낼 여유가 없는 것이다.

용차에 탄 이들은 모두 메일리의 꽃단장곰 접촉이 성공하길 기도하고 있다.

그러나 그 소원은 안타깝게도——.

"쭈쭈쭈…… 쭈."

메일리의 혀 차는 소리가 변화하고 그 손가락이 용차 오른쪽을 가리켰다. 꽃단장곰은 손가락 움직임에 따라 성큼성큼 그쪽으로 발을 움직였다.

그 모습에 용차에, 그리고 베아트리스에게도 안도하는 분위기가 퍼졌다.

그러나 긴장의 실이 느슨해진 감각에 요제프는 버티지 못했다.

"율리…… ."

"크르르————!"

——늦었다. 부르는 소리는 요제프의 포효에 덧칠됐다.

먼젓번의 재탕처럼 으르렁댄 요제프가 지면을 구르고 그 울음소리와 발구름에 꽃단장곰의 의식이 일제히 각성, 꽃밭이 피와 폭력을 갈구하며 벌떡 일어섰다.

빛이 없는 눈을 부릅뜨며 침 흘리는 꽃단장곰이 달려들었다. 그 머리가 파르스름한 얼음 창에 꿰뚫리고 얼음 조각이 깨져나가는 흐름까지 완전히 일치했다.

"그만!"

용감하게 부르짖으며 마법을 쏜 에밀리아가 춤추듯이 용차 지붕으로 뛰어올랐다. 공기가 얼어붙는 소리가 나고 어마어마한 양의 얼음 칼이 지상에 쏟아져 피보라가 날았다.

"다, 달려 달려 달려 달려 달려 달려——!"

그때, 파트라슈를 가속시키고 외치는 스바루를 쫓듯이 용차도 달리기 시작했다.

곁눈질로 차부석을 보니 뛰쳐나온 람이 율리우스와 차부를 교대하고, 기사검을 뽑은 율리우스가 접근하는 꽃단장곰을 베어 물리치는 걸 알 수 있었다.

——완전히, 같은 흐름을 따르고 있었다.

"큭——."

이렇게까지 『사망귀환』을 허무하게 보낸 것은 처음이라고 해도 무방하다.

『사망귀환』으로 얻은 정보를 못 다루고 다시금 같은 원인에 죽은 적은 몇 번쯤 있었다. 하지만 『사망귀환』을 해 놓고 속수무책으로 같은 상황을 따라간 실패는 이번이 처음이었다.

"스바루! 멍하니 있을 겨를은 없어!"

후회로 어금니를 깨문 스바루, 그 가슴에 베아트리스가 세게 등을 부딪쳤다. 가벼운 충격과 목소리에 앞을 보니 사나운 마수가 대거 밀어닥치고 있었다.

동시에 내뻗는 조그만 손바닥을 잡고, 용 위에 선 베아트리스의 요격이 시작됐다.

"미냐! 미냐! 한 발 더, 미냐인 것이야!"

잡은 손으로 이어진 스바루 체내의 마나가 베아트리스에 의해 파괴의 힘으로 승화한다.

생성된 보라색 결정이 앞길을 막는 마수를 뚫고 그 추한 몸을 결정으로 만들어, 바스러지는 파편을 짓밟으며 파트라슈가 전진한다.

"꼭꼭 아껴 둔, 모래지렁이!"

될 대로 되라는 식으로 외친 메일리의 목소리가 들리고, 시야 구석에서 모래가 폭발을 일으켰다.

꽃단장곰이 뒤덮은 모래땅의 꽃밭, 그보다 더 아래쪽에서 몸을 일으킨 모래지렁이가 그 거대한 입에 마수를 몇 마리 삼키고 산과 같은 체구로 한꺼번에 열 마리 넘게 짓뭉갰다.

괴수대결전 리턴── 하지만 이로써 불리한 형세가 뒤집히는 건 아니다.

"──바루스! 죽기 싫으면 죽도록 달려!"

구체화되지 않은 초조함에 쫓기는 스바루에게 질타하는 목소리가 꽂혔다.

차부석에서 고삐를 다루며 흥분한 요제프를 멋지게 제어하고 있는 람의 목소리다. 렘에게 지지 않는 숙달된 솜씨로 지룡을 지배하에 두고 있지만, 이대로는 위험하다.

"이대로 탑으로 가면 안 돼! 람, 길을 바꿔!"

"뭐── 무슨 소리를 하는 거야? 탑까지 일직선, 다른 길은 마수투성이라고!"

"그건 지당하지만 그래선 안 된단 말이야!"

"바루스, 뭘 알아차렸어! 확실하게 설명해!"

"확실하게 설명할 수 있으면 고생 안 지! 아무튼 진로를 바꿔!"

짜증 어린 람의 노성에 스바루도 덩달아 거칠게 소리칠 수밖에 없었다. 답답하지만 확실한 말을 하나도 할 수 없다. ──『죽음』의 원인을 스바루도 모르기 때문이다.

여태까지 맞이해 온 수많은 『죽음』, 그 어느 『죽음』에도 앞뒤가 있으며 스바루는 그 정보에 기대어 막막한 상황을 타파해 왔다.

그 가느다란 운명을 끌어당길 실이 어디에도 없다. 찾을 시간도 없다.

──이건 은근하게 최악의 『사망귀환』 봉쇄였다.

"람! 스바루 말대로 해!"

흥분한 바람에 정신이 나갔다고 여길지도 모를 지시에 항의하는 람에게 용차 위의 에밀리아가 외쳤다. 에밀리아는 무수한 얼음덩이를 마수에게 쏴대면서 힘차게 끄덕였다.

"스바루가 아무 생각도 없이 이상한 말을 할 리가 없으니까!"

"바루스는 일상적으로 망언과 헛소리를 흘리며 살고 있습니다!"

"스바루가 위험할 때 아무 생각도 없이 이상한 말을 할 리가 없으니까!"

"일부러 고쳐 말해 줘서 고맙다!"

양치기 소년 취급을 한탄해야 할지, 위기일 때 믿을 수 있는 남자 취급인 걸 뽐내야 할지.

반성과 자랑을 모두 미루고, 스바루의 의지에 따른 파트라슈가

모래땅에 다리를 푹 꽂으며 급선회, 땅을 박찬 다리로 거칠게 꽃
단장곰을 날려 버리고 진로를 바꾸었다.

"큭──! 위와 옆의 두 명! 흔들리다가 떨어지지 마!"

선회하는 스바루 쪽을 따라서 람도 교묘한 조종으로 요제프의
방향을 바꾸었다. 원심력을 확 받은 용차 위의 에밀리아와 율리
우스가 차체에 매달렸다.

심하게 삐걱거리는 용차가 마수를 튕겨 날리고 간신히 선회에
성공, 그걸로 급한 상황을 벗어나고──.

"────."

그 직후, 찡하고 고막을 할퀴는 소리와 쓴 바람이 발생했다.

반사적으로 뒤돌아본 스바루는 무슨 일이 일어났는지 그 광경
을 목격했다.

"모래지렁이가……."

메일리가 차부석에서 몸을 내밀고 놀람과 슬픔으로 목소리를
떨었다.

──등 뒤, 모래바다에 전장 20미터 가까운 거구를 벌떡 세운
모래지렁이가 있다. 그 몸통이, 마치 포탄의 직격을 맞은 것처럼
터져서 날아가 있었다.

그리고 미끌미끌한 껍질이 찢어지며 버팀목을 잃은 몸통이 천
천히──.

"피해애애애애──!"

고꾸라지는 모래지렁이의 몸통 무게는 용차를 뭉개고도 남는다.

휘말려서 찌부러지는 마수의 단말마를 등진 채 스바루와 람은

각자의 지룡에 지시를 전달, 억지로 진로를 뒤틀어 모래지렁이의 직격 코스를 피했다.

"으아아아아——?!"

폭발 같은 충격파가 관통하고 날아오르는 모래 먼지에 휩쓸렸다. 그 바람에 고삐를 놓쳐 스바루는 창졸간에 베아트리스를 세게 안은 채로 날아갔다. 모래 위를 격하게 구르고, 구르고, 구르다가 간신히 멈췄다.

"위, 위, 위험, 위험해……!"

"스바루! 야단났어!"

얼굴로 날아온 모래 먼지를 막고 순간적으로 안도한 것도 잠시뿐. 품속에서 베아트리스가 외쳤다. 거추장스러운 듯 꽃잎을 털면서 뭉게뭉게 자욱한 모래 연기에 시력을 집중하며 말했다.

"방금 그거 때문에 에밀리아네 용차와 떨어진 것이야! 베티랑 스바루밖에 없어!"

"뭐라?!"

당황해서 주위를 둘러보니 모래 먼지 밑에는 모래지렁이의 거대한 주검이 나뒹굴고 있다. 그 덤터기를 쓴 꽃단장곰도 끔찍한 시체가 되어서 모래바다가 피바다로 바뀌어 있었다.

그리고 그 피바다가 스바루 일행과 에밀리아 일행을 완전히 분단했다.

멀리서 공기에 금이 가는 소리와 마수의 포효가 들리고 에밀리아 일행이 끊임없이 분전하는 기척이 전해졌다. ——하지만 합류하려면 마수 무리를 뛰어넘어야 한다.

"단순하게 전력 반 토막! 적의 수는 체감으로 곱절……!"

"즉, 아까보다 네 배 벅찬 상황인 것이야!"

베아트리스의 결사적인 호소에 스바루는 더없이 강하게 자책하며 입술을 깨물었다.

스바루의 실수, 스바루의 실패다. 『사망귀환』을, 끝내 살리지 못했다.

가능한 일을 하고, 할 수 있는 일을 늘려서, 자기 자신이 조금은 나아진 줄로만 알았다.

하지만 운명은 나츠키 스바루의 잔재주와 같은 노력 따위, 코웃음 치며 짓밟는다.

"망할 놈의 레굴루스가, 마수 무리보다 훨씬 더 쓰러뜨리기 편했다고……!"

"투덜대기나 할 겨를 없어! 어떻게든, 에밀리아네랑……."

"알아! 지금, 생각 중——."

일어서서 스바루는 합류를 위해서 파트라슈의 모습을 찾았다. 파트라슈의 각력이 없으면 무슨 작전을 세워 본들 전제 조건이 붕괴한다.

그 순간, 시야 한쪽에서 하얀 빛이 어른거리고 온몸에 소름이 뻗쳤다.

"빛났——."

경악에 스바루의 목소리가 뒤집힌 순간, '그것'이 모래바다의 스바루에게로 육박했다.

감시탑의 중턱, 그곳에서 지상을 노리며 발사된 하얀 빛. ——

모래의 대지를 까뒤집고 지나는 길에 있는 마수를 찢어발기면서 날고, 날고, 날고, 날아온다.

그것이 무자비하게 나츠키 스바루를 깨트리려던 순간──.

"크르──."

옆에서 뛰어든 칠흑의 그림자에 스바루의 세계가 거꾸로 뒤집혔다.

재차 온 충격에 시달리며 스바루의 몸이 모래 위를 날아가 의식이 고통과 혼란에 셰이크됐다. 모래 위에 자신이 대자로 누워 있음을 깨닫고 몇 번 눈을 깜빡였다.

"무슨, 일이……."

일어났느냐며 몸을 일으켜 주위를 보았다. 그리고, 알아챘다.

바로 옆에 파트라슈의 거체가 힘없이 쓰러져 있었다. ──파트라슈의 옆구리에는 처참한 상처가 있고 그곳에서 탄 냄새와 피가 흘러나오고 있었다.

직전에 본 광경이 되살아난다. ──스바루를, 감싼 것이다.

"──스바루!"

그 사실을 깨달은 직후, 베아트리스가 스바루의 이름을 외쳤다. 돌아보니 약간 먼 곳에서 달려오는 소녀의 표정이 비통하게 변해 있었다.

베아트리스의 파란 눈이 보는 곳을 좇다가, 스바루는 자신의 몸을 보았다.

파트라슈와 같은 상처가, 스바루의 오른쪽 옆구리를 깔끔하게 날렸다.

"아, 후……."

상처를 보자마자 치미는 핏덩이가 목에서 울컥 솟구치고 시야가 수평으로 기울었다.

옆으로 쓰러지고 거동할 수가 없어졌다. 온몸의 힘이 빠지고 의식이 아련하게 흔들렸다.

그런 자신 옆에 누군가가 무릎을 꿇는 기척이 나고.

"스바루! 스바루! 안 되는 것이야! 죽으면…… 죽지, 죽지 마……. 혼자, 두지 마아……! 그러지 마아……."

어깨가 흔들린다. 울먹이는 소리에 어떻게든 손이라도 뻗어 주고 싶지만, 움직일 수 없다.

사랑스러운 얼굴. 하지만 울고 있어서, 울게 만들면 안 된다는 생각에.

"베티를, 두고 가지 마아……."

소녀가 흐느끼며 필사적으로 스바루의 몸을 끌어안았다.

조그만 몸에 힘이 빠진 스바루의 몸은 너무나 무겁다. 그런데도, 열심히.

볼에 눈물이 흐른다. 하다못해 그 눈물을 닦아 주고 싶었다.

몸 중에서 움직이는 곳을 찾았지만 찾을 수 없었다. 그래서, 몸이 아닌, 어딘가 다른 곳에서 움직이는 것을 끄집어내었다.

"……스바루?"

──눈에는 보이지 않는, 자신에게만 보이는 『손』이, 소녀의 뺨에 흐른 눈물을 닦았다.

눈물을 검은 손가락이 훔치고 소녀가 무언가를 알아챈 표정으로 바라본다. 안심을 주게끔 미소 지을 힘도, 없다.

"스바──."

순간, 소녀가 무슨 말을 하려 했다.

그러나 그 말은 소녀보다 아득히 먼 저편에서 날아온 하얀 빛에 가로막혔다.

재차 날아온 충격이 스바루의 가슴에 꽂혔다.

천천히 눈길을 내리니 그것은 스바루를 껴안은 소녀의 등을 관통해 스바루의 가슴을 꿰뚫고 등 뒤로 빠져 있었다.

"──아."

갈라진 숨결이 끝이었다.

불현듯이 눈 깜빡일 시간도 주지 않으며 스바루를 안은 소녀의 몸이 빛의 입자로 변해 사라졌다.

마치 처음부터 존재하지 않은 것처럼.

"꺽……."

버팀목을 잃고서 쓰러진 스바루는 움직이지 못했다. 움직일, 이유가 없다.

하얀, 기이한 『그것』에 꿰뚫려 스바루의 체내는 철저하리만큼 파괴됐다. 그렇게 고꾸라진 스바루에게로 입술을 핥는 마수 무리가 접근했다.

"───."

숨이 멈추며 눈의 초점이 뿌예졌다.

발톱과 이빨이 육체를 찢어발기는 것과 생명의 등불이 꺼지는 것, 무엇이 더 빠를까.

그 순서를 비교할 뇌가 먼저 죽어서 더는 아무것도 알 수 없었다.

──마지막으로, 또다시 하늘 저편이 하얗게 빛난 것 같았다.

2

"──쭈쭈쭈."

"_____."

의식이 각성하자마자 순간적으로 비명을 지르지 않은 자기 자신을 칭찬하고 싶다.

두 번째의 『사망귀환』을 거쳐 또다시 마수의 꽃밭으로 되돌아온 스바루는 황급히 자신의 입을 막으면서 진심으로 그리 생각했다.

"쭈쭈쭈쭈."

폭력적인 꽃향기가 지배하는 공간에 메일리의 혀를 톡톡 차는 소리가 들린다.

용차 앞을 막아선 꽃단장곰이 메일리의 혀가 내는 리듬과, 조용히 오르락내리락하는 손끝에 시선을 빼앗겨 있다. 숨을 삼키고 누구나 그 광경을 지켜보고 있는 급한 상황.

그것은 불과 몇 분 전, 스바루가 아무것도 못한 채 지나쳐 보낸 최악 직전의 광경이었다.

"_____."

사인이 된 옆구리를 만져 그곳에 상처가 없음을 확인하면서 사고가 하얗게 달아올랐다.

쇼크는 있다. 하지만 시급히 의식을 전환할 필요가 있었다. 1분 전, 마수의 대군에 쫓기던 아수라장을 기억에서 지우고 눈앞의 문제에 집중했다.

눈앞, 눈앞의 문제. 무엇, 무엇이, 무엇이 일어났던가.

냄새, 달콤하다, 시끄럽다, 거추장스럽다, 가렵다, 아프다, 어느 것이 '지금'의 정답인가——. 문득, 펄펄 끓는다고 착각할 만큼 혹사한 뇌가 무언가를 알아챘다.

그것은 품에서 희미하게 몸을 꿈지럭대는 베아트리스의 존재였다. 스바루에게 등을 맡기고 마른침을 삼키며 앞을 바라보는 소녀의 모습에 스바루 머리의 뇌세포가 살아났다.

——직전에 겪은 『죽음』이 떠오르며 베아트리스의 우는 얼굴과 울음소리가 스쳤다.

그래, 그렇다. 그랬었다.

스바루는 벌써 두 번 죽고, 이 시간을 맞이하는 건 이로써 세 번째다.

첫 번째는 이해할 수 없는 『죽음』을, 두 번째 사인은—— 아니, 지금은 그건 뒤로 미룬다.

"쯔쯔쯔…… 쯧——."

이해가 따라잡고, 동시에 메일리의 꽃단장곰의 유도가 끝났다.

혀를 차는 리듬과 손가락 움직임에 따라 마수의 시선이 용차에서 떨어졌다. 그대로 마수의 위협이 떠나고 스바루 일행은 안도의 한숨……을 쉬지는 못한다.

천천히 고개를 돌리는 꽃단장곰. 그 가까이 서 있는 지룡의 숨결이 거칠다.

지근거리에서 마수와 눈싸움을 벌인다는 압력과, 폭력적으로 사고를 헤집는 꽃향기── 두 종류의 압박감이 지룡의 평상심을 갉아먹다가 팽팽하던 실이 끊긴 순간에 폭주를 부른다.

그 사태를 막지 못하면, 지금까지 거친 두 번의 『죽음』을 또다시 재연하는 결과가 된다.

지룡의 폭주를, 막아야 한다. 그런데, 그 방법은.

소리는 지를 수 없다. 고삐를 잡은 율리우스에게 이 사실을 전하기도 어렵다.

──시간이, 없다.

이 한순간에 무언가를 번뜩 떠올리지 못하면, 이판사판으로 율리우스를 부를 수밖에 없다.

직전에 겪은 두 번의 『죽음』, 마수의 맹공과 감시탑의 하얀 빛, 그리고 베아트리스의 우는 얼굴──.

"──베아코, 사랑해."

"──흡?!"

뒤에서 조그만 몸을 껴안으며 그 귀에 사랑을 속삭였다. 갑작스러운 애정 표현에 베아트리스가 경악하지만 그 입은 손으로 막아서 소리 지르게 두지 않았다.

대신에 스바루는 대각선 전방의 지룡── 요제프를 향해 『손』을 뻗었다.

『죽음』 직전에 베아트리스의 눈물을 닦은 것처럼 부드럽게 달래기 위한 『손』을.

──인비지블 프로비던스.

입술은 애정을 속삭이느라 바쁘니까 기술명을 읊는 건 마음속 뿐이다.

그 즉시, 스바루의 가슴 중심── 베아트리스와의 연계로 마나가 흘러나오는 것과는 다른 감각으로, 호출된 검은 힘이 환희한다. 그것은 『나태』한 나츠키 스바루를 대신해 존엄한 목적을 성취하는, 이 세상에 존재하지 않는 『보이지 않는 손』이다.

"──────."

생겨난 검은 손이 스바루의 가슴을 기점으로 천천히 지룡에게 뻗어 나간다. 오리지널과 마찬가지로 그 마수(魔手)의 존재는 스바루 외에는 보이지 않았다.

그 사실에 안도하는 한편, 영점 몇 초마다 자기 안에서 무언가가 깎여 나가는 걸 알 수 있었다. 그 대가는 알 수 없다. 단지 너무 오래 시간을 들일 수 없다. 그럴 맘도 없다.

홀쩍 뻗어간 검은 손이 날뛰기 직전인 지룡의 굵은 목을 부드럽게 어루만졌다.

출발 전, 이 종의 지룡을 안정시킬 때 최적이라고 배운 방법이었다. 설마, 이 위기 상황에서 써먹을 기회가 생길 줄이야. 이야기는 뭐든 들어 두고 볼 일이다.

지룡이 누군가의 접촉에 움찔 떨지만 그 손바닥에 적의가 없음을 본능으로 알아차렸으리라. 지룡의 거친 숨이 잔잔해지며 사지에서 긴장이 풀렸다.

"──음?"

그 이완을 알아챈 율리우스가 느릿하게 고삐를 당기더니 바로 본격적으로 지룡을 달래어 보였다. 삽시간에 요제프가 진정한다. 역시 대단한 수완이다.

그 순간, 스바루도 『보이지 않는 손』과의 접속을 끊어 검은 마수를 흩어 버렸다.

"하, 후우──."

이걸로 코앞까지 닥친 문제는 일단 벗어났을 터다.

그 대가로 금기의 힘에 의지했지만 가진 카드는 아낌없이 꺼내 쓰는 게 나츠키 스바루 방식.

그 사실 자체에 망설임은 없다. 단지 염려되는 건── 명백하게 이전과 비교해서 『보이지 않는 손』을 사용한 영향이 편해졌다는 점이다.

처음 『성역』에서 가필을 격파했을 때, 스바루는 『보이지 않는 손』의 사용에 반신을 빼앗긴 것만 같은 착각을 맛보았다. 그런데 지금은 호흡이 어지러워지는 수준이다.

"익숙해진 건, 아니겠지──."

상실감과 혐오감의 경감에 스바루는 안도보다 불안을 더 강하게 느꼈다.

수중의 카드는 많을수록 좋지만, 도둑잡기에서 조커를 여러 장 가져도 좋을 건 없다. 강력한 카드임은 확실하지만──.

"──저, 적당히 해, 스바루."

마냥 스바루에게 껴안겨 있던 베아트리스의 항의를 받았다. 그

덕에 비로소 현실로 초점을 되돌린 스바루는 "미안." 하고 사과하려다가 의문을 표했다.

"베아코, 어떻게 된 거야? 그 미운 얼굴은……."

"스바루가 계속 베티의 머리카락을 주물럭거리던 결과인 것이야! 무슨 생각이야?!"

"어어, 내가?"

악의 없는 스바루의 물음에 베아트리스가 재주도 좋게 소리를 죽이며 고함쳤다.

그 근사한 롤 머리는 멋대로 꼬이고 묶여 통일감이 없는 머리모양을 드러내고 있었다. 유행의 최첨단을 달리는 스타일은 시대를 지나치게 앞지른 바람에 아무도 따라잡을 수 없었다.

"자각을 못 하는 게 성질나……. 그 꼴 보니 아까 속삭임도 기억 못하나 봐."

"아니, 그건 기억해. 나는 평생 베아코 LOVE니까."

"냐앗."

솔직한 말에 베아트리스가 얼굴을 붉히고 망토 속에 머리를 쏙 감추었다. 귀여운 모습을 실컷 보듬고 싶지만 지금은 베아트리스와 장난만 치고 있을 수도 없다.

메일리의 과감한 도전으로 꽃단장곰에 포위당할 상황은 타파했다. 그리고 겨우 한숨 돌릴 유예가 생겼다. 스바루는 주위를 보고 꽃밭이 없는 공간을 발견했다.

그 공간에서 대화하자고, 스바루는 눈짓을 보내는 율리우스에게 핸드 사인을 보냈다.

'일시 후퇴. ──작전 타임.' 하고.

3

"겨우 『모래시간』을 넘은 줄 알았더니, 예상 밖의 환대가 기다렸군그래."

"『현자』의 고약한 성격이 딱 드러난 느낌이지. ──한시도 방심할 새가 없어."

꽃밭에서 벗어나 꽃단장곰을 자극하지 않는다는 확신을 얻은 뒤에 스바루와 율리우스가 한숨을 쉬었다.

세운 용차 안으로부터 모습을 보인 일행도 같은 의견이리라. 에밀리아는 꽃단장곰을 멀리 쫓아 준 메일리의 머리를 쓰다듬으며 말했다.

"메일리가 있어 주지 않았으면 큰일 났었지. 엄─청 고마워."

"나, 나도 저렇게 많은 애들한테 둘러싸이면 위험하거든, 그뿐이야아."

에밀리아의 감사에 메일리가 고개를 돌리고 매몰차게 대꾸했다. 하지만 소녀의 볼은 희미하게 빨개서 본심을 숨기지 못한 게 훈훈했다.

어쨌든 에밀리아의 말대로 메일리의 공헌은 절대적이었다. 그리고 공헌이라는 의미로 따지면 『모래시간』의 돌파에 진력한 람도 그렇다.

"람, 몸 상태는 어때?"

"……람을 걱정할 때야? 그럴 여유는 없을 텐데."

스바루의 물음에 살짝 쉰 목소리로 람이 대답했다. 사구의 밤은 어두워서 안색도 뚜렷하게 보이진 않았다. 하지만 평소부터 뽀얀 람의 피부가 유달리 더 핏기를 잃어 보여서 얹힌 피로의 무게를 웅변하고 있었다.

그러나 람은 스바루의 눈초리를 아랑곳하지도 않으며 메일리 쪽을 보고 말했다.

"저 꽃밭은 어때, 메일리. 가호로, 마수를 전부 치울 수 있어?"

"아까도 말했지만 어려워. 백 정도까지라면 어떻게 해 주겠지만 그보다 많으면 나라도 힘겨워."

"백 마리라. 그거로도 충분히 경탄스러운 가호지만……."

율리우스의 눈이 꽃밭을 돌아보았다. ──대충 둘러봐도 마수의 수는 천에 이른다. 자칫하면 1만 이상. 아무리 메일리라도 다 커버할 수 없다.

"선택지는, '나아간다' 또는 '돌아간다'. 이렇게 두 가지라고 할 수 있겠지."

"돌아간다는 선택지가 있겠어? 아무 해결도 안 되잖아."

"그럴까? 우리가 지나온 『모래시간』이 여기로 연결됐을 뿐일지도 모르지. 여기와는 다른 틈을 지나면 탑에 더 접근할 가능성도 있을 거다."

숨 막히는 긴박감 속에서 손가락을 두 개 세운 율리우스가 의견을 피력했다. 그 의견에 스바루는 회의적이지만 부정할 근거도 없었다. 실제로 『모래시간』은 하루에 세 번 찾아온다.

이번엔 밤의 『모래시간』이었지만, 아침과 낮의 기회라면 달라질 가능성도──.

"……희망적 관측은 관둬."

그렇게 생각한 스바루의 고막을 람의 고요한 음성이 두드렸다.

다름 아닌 『모래시간』 돌파의 공로자가 입술을 달싹이며 스바루와 율리우스를 노려보았다.

"이렇게까지 사람을 거부하는 『현자』가, 어딘가에 오가기 쉬운 길을 만든다고? 어림도 없어. 편해지고 싶다고 꿈속으로 도망치는 건 겁쟁이의 상투수단이야."

"너 말이다……. 우리는, 조금이나마 안전한 길이 있으면 찾아보잔 얘기를."

"위험은 예상한 여정이었을 텐데. 얻으려면 잃을 각오가 필요해. 아니면 무엇 하나 안 내놓고 이길 셈이야? 그렇다면 오만한 것도 정도가 있지."

엄격한 람의 지탄에 스바루는 잠시 쉬고 한숨을 확 내뱉었다.

람은 구태여 강한 말을 골라서 독려하고 있다. 물론 그 주장에 일리가 있는 것도 사실이다. 하지만 율리우스의 의견에도 일리는 있는 것이다.

남은 것은 어느 쪽을 택할까. 그 판단뿐──.

"메일리, 우리가 지나갈 길의 마수만 치운다면 어때?"

"전부가 아니라, 상대를 추린다는 말이야? 그거라면……."

메일리가 시력을 집중하며 "어디 보자아." 하고 진지하게 꽃밭을 응시하다가 말했다.

"그 정도라면 될 것 같아. 길에서 치우고 떨어진 곳에서 다시 재워서어…… 응, 괜찮아. 할 수 있어."

답변하는 중에 자기 생각에 확신을 가졌는지 메일리의 목소리에 힘이 돌아왔다.

적어도 메일리는 람의 '나아간다'는 선택지에 긍정적인 입장이다. 그 말에 스바루는 다른 이들, 특히 율리우스에게 타일렀다.

"배신처럼 들릴지도 모르지만 나도 람의 의견에 찬성한다. 다른 『모래시간』을 넘자는 계획도 가능하지만…… 장애물이 마수라면 우리에겐 메일리가 있어."

"다른 가능성을 찾는 것보다, 여기가 제일 나은 가능성은 있는 것이야."

헝클어진 머리모양을 고치면서 던진 지원 사격. 베아트리스의 말에 스바루가 끄덕이고는 말을 덧붙였다.

"결국 메일리만 믿는 건 맞아. 만에 하나, 마수를 깨웠을 때 이번엔 에밀리아땅과 율리우스, 그리고 내 베아코를 믿어야지. 미안하지만."

"_____."

"이크, 그리고 파트라슈도 그래. 고맙다. 사랑한다."

뒤에서 존재를 주장하는 애룡. 그 목을 스바루가 친근감을 담아 간질였다.

그리고 스바루는 새삼 모두를 쳐다보았다. 마수의 화원은 코앞이다. 생각할 시간도 그리 길게 뺄 수 없다고, 다수결을 취하려던 순간.

"──응, 나도 스바루와 람에게 찬성해. 1초라도 뒤로 무르고 싶지 않아."

힘차게 미소 지으며 단언한 에밀리아가 스바루의 각오를 밀어 주었다.

에밀리아는 남보라색 눈에 굳센 결의를 드리우고 꽃밭과 그 너머에 있는 탑 쪽을 바라보았다.

"길은 정면, 탑은 바로 저기. ──괜찮아, 무슨 일이 있어도 내가 모두를 구해 게."

"……에밀리아땅은, 의외로 이럴 때 마초적인 결론 내더라."

"마초…… 어, 아이 참, 갑자기 뭐니? 아유, 창피하잖아."

멋지게 장담한 에밀리아가 쓴웃음 지은 스바루의 말에 볼을 붉혔다. '마초' 의 의미는 전해지지 않았지만 쑥스러워하는 그녀가 참으로 사랑스럽다.

"나로서는 드물게도, 마초란 건 무조건적으로 에밀리아땅을 칭찬하는 말이…… 아─ 아니, 역시 칭찬했을지도. 다시 반했어. E · M · T."

그리고 굳세게 앞을 바라보는 에밀리아가 소중하고, 정말 좋아한다고 새삼 생각했다.

그렇게 에밀리아와 람, 메일리의 의견까지 굳어지자──.

"뭐, 그런 이유로 남은 건 아나스타시아 씨와 율리우스의 의견 말인데……."

"글치. 근디 내도 다수파의 의견을 구태여 거스르고 싶진 않긋네. 단지 이곳이 참말로 보이는 바와 같은 장소인지는 좀 따져보고 싶데이."

말할 차례를 넘겨받은 아나스타시아가 자신의 뺨에 손을 짚으면서 대답했다. 그 대답을 들은 율리우스가 "아나스타시아 님." 하고 뒤돌아보며 말했다.

"뭔가 염려가 있으신지요? 이, 마수의 화원에."

"고래 거창한 얘기가 아이다. 근디 『모래시간』에도 빠져나갈 여지가 있었제. 그럼 이 꽃밭에도 뭔가 있는 기 아일까, 고로코롬 생각했을 뿐이데이. 베아트리스는 어때?"

"──왜, 베티에게 묻는 것이야."

별안간 아나스타시아── 아니 에키도리가 묻자 베아트리스의 뺨이 굳었다. 살짝 험악한 베아트리스의 답변. 그 말에 아나스타시아는 입술에 미소를 띠며 말했다.

"들은 바로는 베아트리스는 음(陰) 마법의 전문가라믄서? 음 마법이라믄 공간의 뒤틀림 같은 기 전매특허…… 뭔가 알지 않을까 생각한 기라."

"──『모래시간』은 천연의 뒤틀림이라도 그 왜곡 방식은 베티의 『징검문』과 비슷한 구조였어. 지나가 보고 그걸 느낀 것이야."

물음에 베아트리스가 냉정하게 답변하고 힐끔 스바루를 올려다보았다.

"옛날에 베티도 비슷한 술식을 짜서 스바루에게 건 적이 있어."

"네가 나한테? 언제?"

"……잊지도 못할, 처음 만났을 때인 것이야."

"처음이면…… 아! 저택에서, 그 무한 루프할 듯한 복도를 한 방에 클리어했을 때 말이군! 네가 열심히 준비해 줬는데 그때는 미안해!"

"왠지 진심으로 사과받는 게 부아 치밀어! 잊는 것이야!"

"네가 떠올리게 했잖아……."

베아트리스는 통한 얼굴을 하지만, 스바루는 어쩔 수 없는 일이라고 어깨를 으쓱였다. 아무튼 베아트리스와 아나스타시아의 견해는 무시할 수 없다.

실제로 꽃밭을 지나가는 것 말고 다른 수단이 있다면 그쪽을 택하는 게 최선이다.

그리고 무시할 수 없는 문제가 또 하나 애매하게 남아 있었다.

"──한 가지, 모두에게 묻고 싶은데, 탑이 빛나던 걸 본 사람 있어?"

"탑의, 빛?"

스바루의 물음에 에밀리아를 필두로 전원이 갸우뚱했다.

──감시탑의 하얀 빛. 자세한 내막을 알 수 없는 그것이 스바루를 두 번이나 죽음에 이르게 한 원인이다.

첫 번째는 속수무책, 두 번째는 파트라슈 덕에 즉사를 모면했다. 애룡의 헌신이 없었으면 스바루는 일격필살의 하얀 빛을 모르는 채 세 번째로 도전했었을 것이다.

다만 사망 원인의 정보를 가져오는 데 성공한 현재로서도 그 빛을 대처할 방법은 쉽게 떠오르지 않았다.

"난 눈치채지 못했는데, 스바루는 감시탑이 빛난 걸 본 거니?"

"음, 어, 응. 잘못 본 게 아니라고 생각해. 탑이, 확실하게 빛났다고…….”

“그거, 탑의 『현자』님이 우리를 알아챘다는 뜻이야?”

“우리를 몬 알아챘다 캐도 밤이라믄 조명은 필요하긋제. 그걸까?”

“과연. 만약 『현자』가 우리를 알아챘다면 우리에게 적의가 없음을 나타내면 접촉이 있을지도 모르겠군요.”

“아, 잠깐, 잠깐, 잠깐만 기다려.”

『사망귀환』을 밝힐 수 없는 만큼, 에두른 설명이 된 게 역효과를 불렀다.

탑에서 빛이 난다고 들으면 『현자』가 산다고 연상하는 게 당연한 흐름이다. 처음부터 적대 의사가 있다고 생각하는 편이 어처구니없다. 그러므로 어떻게든 『사망귀환』의 금기에 저촉하지 않게 그 하얀 빛이 위험하다고 전달해야만 하는데──.

“──그 빛 말인데, 바루스는 어떻게 생각해?”

고심하는 스바루에게 팔꿈치를 안은 람의 한마디가 도움의 손길을 뻗었다.

람의 질문에 스바루는 말을 고르다가 입을 열었다.

“나는…… 위험한 거라고 생각해. 적어도 우호적인 건 아니야.”

“근거는 감뿐?”

“……뭐, 그렇지.”

이 대목이 스바루의 설명 중에 가장 설득력이 없는 부분이다. 근거를 제시할 수 없는 이상, 스바루는 매사를 감이라고 밀어붙일 수밖에 없다. 따라서 람은 자못 어이없어할 줄 알았는데.

"그래. ──어렵게 됐어."

스바루의 답변에 람은 진지하게── 아니, 람만이 아니다.

에밀리아와 율리우스, 아나스타시아까지도 똑같이 심각한 표정을 짓고 있었다.

"엉? 어라, 감이라고? 더 의심 안 해?"

"이게 단순한 감이라면 그렇게 생각할지도 모르겠지만 스바루의 감이잖아? 그렇다면 의심하기보다 걱정하는 편이 낫다고 봐."

"너무 스스로 비하할 것 없다. 너도 많은 지옥을 돌파한 인물이잖나. 그런 사람만이 느끼는 직감은 있어. 경험이라고 바꿔 말해도 되는 것이지."

"들쥐는 호우가 퍼붓기 전에 거처를 바꾼다고 해. 바루스의 감도 우습게 볼 순 없잖아."

"그건 충분히 우습게 보는 거 아니냐. ……근데, 그렇군."

감을 근거로 삼은 스바루의 발언에 저마다 번갈아 자신들의 의견을 말했다. 감이더라도 스바루를 믿는다고, 모두 그렇게 말해 준다.

모두의 태도에 위안을 얻었다. 심지어 율리우스에게까지.

감동받은 스바루는 코밑을 손가락으로 문지르고 동료들에게서 눈길을 떼었다. ──따라서 스바루는 알아채지 못했다. 처음 알아챈 것은, 람이었다.

"──바루스, 그건."

"응?"

별안간 진지한 음색의 질문에 스바루는 순간적으로 그 시선을 따라갔다. 람의 시선은 스바루의 가슴팍에 있었다. 그곳을 내려다봤다가, 깨달았다.

스바루의 망토 가슴께에 낯선 붉은 광점이 떠올라 있었다.

"_____."

그 순간, 스바루의 머리에 어느 단어가 스쳤다. 너무나 이 세계에 어울리지 않는 단어.

——레이저 포인터라고.

"큭——!"

다음 순간, 스바루의 동료들은 기적처럼 행동했다.

——무시무시한 속도와 정확성으로 감시탑에서 발사된 빛이 스바루에게 일직선으로 날아왔다.

바람마저 추월하며 소리 없이 사냥감을 꿰려 드는 그것은 그야말로 『죽음』의 현현이었다. 나츠키 스바루를 증발시키는 일격. 그 공격은 꼼짝할 새도 없이 스바루를 죽인다.

"——그렇겐 못 해!"

——조준당한 순간, 나츠키 스바루가 혼자뿐이었더라면.

붉은 광점이 떠오른 스바루의 가슴팍에 손 하나 크기의 얼음 방패가 출현했다. 목숨이 경각에 달린 스바루를 구하고자 에밀리아가 순간적으로 구축한 마법의 방어였다.

그것은 스바루에게 육박한 빛을 중간에서 정확하게 막고——.

"——세상에?!"

아주 잠깐. 얼음 방패는 하얀 빛을 아주 잠깐 멈칫하게 했을 뿐, 증발하고 관통됐다.

막기는커녕 1초도 못 버텼다. 그 사실에 에밀리아의 목이 비통한 소리를 터트렸다.

그러나 그 찰나에는 의미가 있었다.

"흡!"

휘두른 기사검이 스바루에게 꽂히기 직전이던 하얀 빛을 혼신의 힘으로 쳐 냈다.

율리우스다. 결사적인 표정의 그가 에밀리아의 얼음벽에 멈칫하던 순간을 멋지게 잡아냈다. 빙글빙글 회전하며 튕겨 나간 빛이 모래 위에 박혔다. 하얀 연기가 피어올랐다.

처음으로 직격을 모면한 하얀 빛. 그 정체는——.

"……이거, 바늘인가?"

정체불명이던 빛이 모래 위에 눈부시게 꽂혀 있다. 검은 밤, 눈동자에 강렬하게 새겨진 폭력적인 하얀색—— 그것은 가늘고 긴 바늘처럼 보였다.

그 바늘도 꽁지부터 무너지며 바람에 녹아들어 사라졌다.

"바루스! 다음 공격이 와!"

사라지는 빛을 잡으려 팔을 뻗은 스바루에게 람이 경고. 가슴 위의 붉은 광점은 여전히 사라지지 않았다. 이곳을 표적으로, 빛이 온다.

스바루의 생명이 끝날 때까지, 빛이——.

"베아코, 할 수 있어?!"

"어리석은 질문이지!"

스바루의 물음에 베아트리스는 할 수 없다고 말하지 않았다.

의식을 전환한다. 믿음직한 파트너의 답변에 이를 악물고 각오를 다졌다.

"에밀리아땅!"

"————."

다음 탄환이 온다. 그 직전, 스바루가 에밀리아의 이름을 불렀다.

한순간 교차한 시선에 에밀리아가 끄덕였다. 구체적인 내용은 주고받을 수 없지만, 믿는다.

시야 한쪽에서 빛이 깜빡인다. 일직선으로 『죽음』이 온다.

"멈춰——!"

그 피할 수 없는 『죽음』에 다중으로 전개된 얼음의 방벽이 끼어들었다. 얼음 방패 한 겹으로 부족한 차에, 동시에 여섯 겹—— 거기에 빛이 빨려들었다.

첫 방패가 쉽사리 깨지고, 두 번째와 세 번째도 없는 거나 다름없이 돌파된다. 그러나 네 번째에 저항이 생기고 다섯 번째는 딱 영점 몇 초 버텼다.

그리고 마지막 여섯 번째에서 빛의 속도가 눈에 띄게 둔화됐다.

——그 순간을, 기사검이 찔렀다.

"아무리 해도, 어림없다——!"

첫 발째가 기적이라면 두 발째의 방위는 단련과 기술의 합체기였다. 에밀리아와 율리우스가 각자 능력의 한계를 구사해 스바루에게 다가선 『죽음』을 막았다.

그 순간, 한 박자 뒤에 스바루와 베아트리스의 '비기' 가 작렬한다.

"——E · M · T."

"인 것이야!"

스바루가 모래 대책용 후드를 훌쩍 걷고 큰 입을 벌려 칭찬——
아니, 영창했다.

그에 맞추어 베아트리스가 스바루 내부에서 있는 마나를 모조
리 징수해 복잡기괴한 마법의 술식을 구성, 완전히 새로운 미지
의 마법이 전개됐다.

——스바루와 베아트리스가 구축해낸, 세 가지 오리지널 스펠
중 하나다.

마법이 완성된 순간, 스바루와 베아트리스를 중심으로 희미한
빛이 주위에 퍼졌다. 빛의 구가 스바루 일행을 마치 감싸듯이 전
개되어 필드가 완성됐다.

"이건……."

뭐냐고 놀라는 율리우스. 그런 그의 시야 끝에서 또다시 빛이 스
바루에게로 육박했다. 그 순간 율리우스가 긴장하지만, 이어진
변화에 놀랄 수밖에 없었다.

스바루에게 육박한 하얀 빛이 빛의 필드에 들어선 순간, 기세를
상실한 것이다.

"힘을, 잃었어?"

기사검을 휘둘러 화살 같은 속도의 빛을 가볍게 쳐냈다.

물론 속도를 잃었다고는 해도 가볍게 튕길 건 아니었지만, 그 부
분은 율리우스의 빼어난 기량이 해결했다. 이어지는 공격도 어려
움 없이 그에게 막혔다.

"절대 무효화 마법, E · M · T. ──이 필드에서 마법의 힘은 효과를 잃는다."

베아트리스와 손을 잡은 스바루가 나머지 손을 탑으로 뻗고 선언했다.

이것이 스바루와 베아트리스 콤비가 개발한 세 종류의 히든카드 중 한 장. 세 번째는 미완성이지만 강적과 겨룰 것을 상정하며 만든, 음마법의 극치다.

"다만 오래는 못 버텨. 구체적으로는 내 마나가 텅텅 비면 끝나지. 그리고 지금, 구멍 뚫린 양동이처럼 콸콸 새고 있어."

"상상의 범주를 벗어난 효과군. 그만큼 반동이 얼마나 셀지 짐작돼. 다른 방도는?!"

"몰라! 아무튼 상대에게 들켰어. 지금은 일단 물러나서……."

스바루는 달려오는 동료에 대꾸하며 이탈할 방향을 찾으려고 했다.

그 절박한 상황 속에서 고요한 목소리가 유달리 깨끗하게 들렸다.

"──바루스를, 보고 있어?"

자기 얼굴을 손바닥으로 가린 람의 중얼거림이었다. 순간, 무슨 소리인가 싶었지만 그것이 바로 『천리안』의 성과── 람이, 탑의 어느 누구와 링크한 거라고 이해했다.

어느 누구가 아니다. 이 타이밍에 람이 노릴 상대는 한 명뿐.

"『현자』냐?!"

"윽──."

외치는 것만 같은 스바루의 물음에 람의 대답은 없었다. 대신에 람의 오른쪽 눈구멍에서 출혈이 일어 연홍색 눈에서 피가 흐르는 게 보였다.

공격은 아니다. 알 수는 없지만 『천리안』의 반동. 그 추측이 가장 가까울 것 같았다.

"멍청아, 이제 그만해! 지금은 여기서——."

스바루는 윽박지르듯 말하며 람의 위험한 도전을 막으려 했다. 그녀의 팔을 잡고서 그 가녀린 몸을 억지로 안았다.

"기다려, 바루스!"

"못 기다려! 용차로 던져 넣을 거다! 지금은 여기서——."

그렇게 고함치고 람을 안은 채로 뒤돌아섰다.

——그때, 『세계』가 찢어졌다.

"아——?"

"아——! 야단났어!"

눈앞에서 밤의 모래바다에 있을 수 없는 변화가 발생하자 베아트리스가 기겁하며 소리쳤다.

"공간의 뒤틀림이 E · M · T로 풀린 것이야!"

"그러면, 어떻게 되는——."

스바루의 물음은 끝까지 이어지지 못하고 대신 발이 땅에서 떨어지는 부유감이 발생했다.

그대로 『세계』가 난잡하게, 종이를 찢듯이 뒤틀리고 찢어지며 풀린다. 천지 분간 없이 생기는 균열. 그 현상이 스바루 일행을, 용차를 한꺼번에 집어삼켰다.

"위험해……. 에밀리아?!"

"스바루——."

갑작스러운 암흑 속에 내던져져 중력의 간섭에서 벗어난 스바루가 외쳤다.

상하좌우를 알 수 없어 용차가 어디에 있는지도 알 수 없었다. 단지 스바루의 외침에 호응하는 에밀리아의 목소리가 저 멀리로 멀어지는 게 들려서.

"이건——."

큰일 났다고, 말을 맺기보다 먼저 스바루는 찢어진 공간 저편으로 내던져졌다.

4

——저 멀리서 꽃밭과 모래땅의 경계가 찢어지고 그 안에 조그만 집단이 삼켜지는 모습을 보았다.

그림자는 멀리, 아주 멀리서 그 모습을 바라보며 탑 안에서 꿈틀거렸다.

몸을 가까이 대던 창가를 떠나서, 포석을 밟으며 나선형 계단을 내려간다.

그 발걸음은 느렸으나 서서히 빨라지며 조급함을 보였다.

"——찾았다."

그것은 여러 해 동안 말을 하지 않았던 것처럼, 갈라진 목소리로 중얼거렸다.

그러나 그 말에 담긴 감정, 환희만은 그 누구든 착각하지 않을 것이다.

　"찾았다."

　——그것만은, 확실했다.

제4장 『모래 위에 쌓은 신뢰』

1

　──깊은, 깊은 균열 속으로 손 닿을 곳 없이 떨어진다.

　"＿＿＿＿＿."

　아득히 먼 곳으로 빛이 점점 작아지며 사라진다. 시야에서 떠난다. 상실하고 만다.

　그건 마치 손으로 퍼 올린 모래처럼 손가락 틈으로 흘러 떨어지듯.

　깊고 깊은, 돌이킬 수 없는 균열로 떨어지는 것만 같아서──.

　"──언제까지 잘 거야. 작작 좀 일어나, 바루스."

　"포로로카?!"

　뾰족한 감촉이 옆구리를 찍은 충격에 스바루는 괴성 같은 비명을 터트렸다.

　엉겁결에 펄쩍 뛰어올랐다. 그러자마자 날아오른 모래를 대차게 빨아들이는 바람에 맹렬하게 기침했다.

　"웩! 퉤퉤! 칵─ 퉤! 뭐야? 뭐가 어떻게…… 으어?!"

입 안의 모래를 뱉어내고 허둥지둥 일어서려 했다. 하지만 디딤발이 모래에 빠져 반사적으로 손을 짚었다. 그 손이 모래에 잠기고 모래더미에 머리부터 처박혔다.

"웨헥! 푸훕! 퉤퉤!"

"……이 비상시에, 아직도 모래를 더 먹어야 해? 천해도 이렇게 천할 수가 없네."

"남이 간식 삼아 모래를 먹는 것처럼 말하지 마…….'

가차 없는 매도에 대꾸한 스바루가 다시 모래를 뱉으면서 고개를 들었다. 이번엔 신중하게, 모래에 발목을 삐지지 않도록 주의하며 일어섰다.

"여기는……."

"무풍에다, 이 낮은 기온. ……아마도 지하겠지."

어둠색에 물든 주위의 광경을 내다보는 스바루 앞에 살며시 내민 물건은 하얀 빛을 내는 랜턴── 안에 라그마이트 광석이 설치된, 이세계 랜턴이었다.

순간적으로 그것을 받고 빛 속에 드러난 상대의 모습을 보니.

"──람……이야?"

"다른 누구로 보여? 렘, 같은 시답잖은 답변은 기대 안 하겠어."

"렘하고 넌 얼굴은 닮았어도 내면에서 우러나오는 게 닮을래도 안 닮았어. ……너, 몸 상태는? 『천리안』 때문에 골골대던 건, 그러고 보니 눈에서 피가 나오던데……."

"핫! 아주 신사셔. 하지만 귀여운 람은 나중에 걱정해."

람이 턱짓해 주위를 가리켰다. 스바루는 랜턴으로 주변을 비추어 상황을 확인하고 숨을 집어삼켰다.

랜턴이 비춘 광경은 일대가 모래로 구축된 공동이었다. 맴도는 공기는 싸늘하며 머리 위에는 높은 천장이 있다. 그것은 모래 미궁── 사궁(砂宮) 같은 풍경이었다.

"아까 지하라고 그러던데……."

"분단되기 전의 베아트리스 님의 말씀을 믿는다면, 공간의 왜곡이 원인이겠지."

"즉, 공간의 왜곡에 날아갔다…… 분단? 맞아, 다른 일행은?!"

담담한 람의 보고를 받던 중에 비로소 스바루의 의식이 이해를 따라잡았다.

스바루는 랜턴을 이리저리 돌리며 모래더미에서 람 말고 다른 인기척을 찾았다. 그러나 비추어 본 공간에 바라던 모습은 하나도 찾을 수 없었다.

"말한 대로, 분단됐어. 사구의 술수를 바루스의 마법이 무효화한 결과지. 여기가 탑으로 가는 바른 길인지, 영원한 차원의 틈새로 떨어진 건지는 모르겠지만."

"왜 그렇게 침착한 거야?! 어째서, 나랑 너 둘이 함께……."

"그걸, 바루스가 말해?"

차분한 람의 목소리에 얼굴이 파래진 스바루의 숨이 턱 막혔다.

이 상황 직전의 광경, 베아트리스가 소리치고 눈앞의 공간이 찢어지던 기억은 떠오른다. 그때, 스바루는 반사적으로 람을 끌어안았다.

그리고 일행은 허공의 균열에 삼켜졌으며 정신이 들었을 때는

——.

"여기에, 나랑 네가 같이 있고……."

"에밀리아 님이나 베아트리스 님의 모습은 안 보여. ……웬 실수를 저지른 건지."

"그런 소리나 할 때냐! 지금은 모두와 합류해야…… 아니야! 렘이다!"

"————."

"나랑 너처럼 누군가랑 같이 있으면 괜찮아. 하지만 만약 따로 떨어졌다면……."

에밀리아와 율리우스, 일행의 전투력을 전적으로 떠맡은 두 사람은 문제없으리라. 베아트리스와 메일리도 각자 혼자 힘으로 어떻게든 살아남을 힘이 있다. 아나스타시아＝에키도리도, 아마 프리스텔라에서 『색욕』을 격퇴한 히든카드가 있을 터다.

——하지만 잠든 렘만은 사정이 다르다.

"모두와 합류하는 것도 중요하지만, 첫 번째는 렘을 확보하는 거야! 걔를 이렇게 삭막한 곳에 내버려 둘 수 없어. 그건 안 돼. 절대 안 돼……!"

"……바루스."

"제길, 나 때문이야. 내가 데려온다고 하는 바람에, 걔가, 렘만은……."

"바루스, 진정해. 지금은 초조해 봤자……."

"진정? 할 수 있겠냐, 그딴 걸! 너는, 렘이 위험해도 아무렇지도 않아?!"

"으──그럴 리 없잖아!"

최악의 가능성에 혼란에 빠진 스바루. 람이 그 멱살을 잡고 고함쳤다. 힘을 주어 등 뒤의 벽에다 스바루를 밀어붙이고, 시선이 지근거리에서 뒤엉켰다.

"_____."

엉겁결에 떨어뜨린 랜턴이 람의 하얀 옆얼굴을 절반만 비추었다. 연홍색 눈에 깃든 분노── 아니, 화가 아니다. 그 감정은 숨기지 못하는 우려와 초조함이었다.

이내 스바루의 어깨에서 힘이 빠지고, 람도 잡았던 멱살에서 손을 놓았다.

"……미안하다. 잘못했어. 진짜로, 방금 한 말은 내가 바보고 등신이었어."

"──항상 있는 일이야. 바루스가 진짜로 숨만 쉬면서 모든 걸 반성한다면, 그냥 그것만으로도 하루가 끝나. 무의미한 짓은 관둬."

"그래. ……미안."

스바루는 그 독설을 람 나름의 타협으로 받아들이고 마지막으로 한 번만 더 사과했다. 스바루의 사과를 받은 람은 짧게 "위안삼아 하는 말이지만." 하고 중얼거렸다.

"렘과는 희박한 연결이 느껴져. 최소한 그 아이의 생명만은 무사해."

"연결…… 맞아, 공감각!"

람의 말에 스바루는 손뼉을 치고 퍽이나 그리운 단어에 눈을 깜빡였다.

이전에 페텔기우스가 이끄는 마녀교가 에밀리아를 노렸을 때, 저택에 있는 람이 위험하다고 알아차린 요인이 렘의 공감각이었다.

"그 공감각이라면 렘의 위치를 알지는 못해?"

"말했잖아. 연결이 희박해. 자고 있는 그 아이를 느낄 뿐이야. 따로 떨어진 에밀리아 님과 다른 일행도 『천리안』의 파장이 안 맞아서 안부는 알 수 없어."

"그……래. 『천리안』을 안부 확인용으로. ……정말 아무하고도 연결이 안 돼?"

"엄밀히는 연결되는 상대도 있어. 그런데 의미가 없어."

떨어진 동료의 안부를 확인하는 의미가 없다. 스바루는 람의 말뜻을 이해하지 못했다.

그러나 스바루가 품은 의문의 답은 곧장 람 말고 다른 입에서 나왔다.

그것은——.

"——그 모습이믄, 나츠키도 깼나 보네."

갑자기 시야 구석에 빛이 어른거려 스바루는 움찔했다. 하지만 느릿하게 흔들리는 그게 위험한 빛이 아니라 스바루가 가진 것과는 다른 랜턴의 빛임을 곧 깨달았다.

이윽고 그 빛을 든 상대의 윤곽이 선명해지기 시작했다.

"……아나스타시아 씨랑, 파트라슈?"

천천히 빛과 함께 모습을 드러낸 것은 지하의 차가운 어둠에 동화한, 검은 비늘을 가진 지룡과 그 지룡의 등에 앉은 하얀 복장의 아나스타시아였다.

랜턴을 든 아나스타시아가 파트라슈 위에서 스바루를 보며 웃었다.

"올려다보게 하꼬, 맘대로 파트라슈를 빌려서 미안하데이? 아무리 내라도 혼자서 둘러보긴 불안했다 안카나."

"그……건 딱히 상관없지만…… 람, 나랑 너밖에 없는 거 아니었어?"

"람은 한 번도 람이랑 바루스만 있다고 한 적이 없어."

용 위에서 머리를 숙인 아나스타시아의 모습에 스바루가 람에게로 못마땅한 시선을 보냈다. 하지만 람은 스바루의 지레짐작이라고 시치미 뚝 뗀 표정으로 상대도 하지 않았다.

"아나스타시아 님, 움직여 주셔서 감사합니다. 그래서, 주위는 어떤가요?"

"으음, 안을 쪼매 보고 왔을 뿐인디, 다른 아들은 안 보이드라. 요 주변에 날아온 기는 우리 셋……하꼬, 파트라슈뿐 같데이."

"──그렇군요."

스바루의 의식이 없는 동안에 먼저 깨어난 것 같은 두 사람은 역할을 분담한 모양이다. 주위를 둘러보다 온 아나스타시아의 보고에 람의 속내가 어떨지 짐작하고도 남는다.

스바루도 렘의 부재에 염려되는 심경은 풀 방도가 없었지만.

"그래도 아나스타시아 씨가 무사하단 건 희소식이지. 우리 파트라슈도."

"하모. 나쁜 점만이 아이라 좋은 점도 봐야제. 실제로 파트라슈가 있어 주고, 심지어 말귀까지 밝은 아라 도움이 됐다카이."

스바루가 다가서자 파트라슈는 머리를 숙여 재회를 기뻐했다. 스바루는 그 목을 쓰다듬어 주면서 애룡이 무사히 합류한 상황에 안도의 숨을 쉬었다.

"여기에 있는 건 이걸로 전원? 정말 틀림없이 우리 넷뿐이야?"

"파트라슈 포함해서 넷이 맞다. 딴 일행이 숨어 있을 이유는 없으니…… 아아, 메일리는 모르긋지만도."

"소란을 틈타 도망쳤다는 거야? 그야, 절대 안 그럴 거라 장담은 못하지만."

스바루는 뇌리에 댕기머리 소녀를 그리고 메일리의 생각을 짐작해 보았다.

『사망귀환』 덕분에 스바루는 메일리가 여차할 때를 위해서 모래지렁이를 거느리고 있다는 사실을 알고 있다. 그, '여차할 때'가 무엇을 대비했던 건지는 모르겠다.

물론 어디에서 스바루 일행을 습격하고 도망칠 속셈이었을 수도 있겠지만.

"하지만 그건 아니다…… 하고, 생각하기로 할게."

"기대? 아이믄 한 번은 죽이러 온 아를 신뢰하는 기가?"

"퓨어한 소원이란 걸로 쳐 줘. 그보다 안쪽은 어떻게 생겼어?"

메일리에 대한 입장은 제쳐 두고, 스바루는 아나스타시아에게 탐색의 내용을 물었다. 람은 주위 환경으로 이곳을 지하라고 추측했지만——.

"그 의견에 내도 찬성한데이. 밤의 사구보다 분명하게 더 쌀쌀하고…… 공기가 무거우니 아우그리아 사구 밖 같지도 않타."

"독기는 건재하단 말이지. 모든 의미로 좋은 상황이라곤 못하겠군."

"사구 지하잖아? 생각하고 싶지 않지만, 모래지렁이의 소굴일 가능성도 있어."

"으엑. 그게 참이라면 꽤 위험한데."

모래벽을 만진 람의 한마디에 스바루의 얼굴이 경련했다.

지하를 잠행하는 모래지렁이, 그 실물을 본 적이 있는 스바루는 그 말을 웃어넘길 수 없었다. 메일리가 사역하던 모래지렁이의 덩치라면 이 공동을 만들 수 있을 것이다.

최악의 경우, 이 지하에서 모래지렁이와 대면할 상황도 가능성 있는 이야기다.

"아니 근데, 이 팀 편성에 악의가 느껴진다고! 싸울 수 있는 녀석이 없잖아!"

"에밀리아 님의 기사 신분으로, 부끄러움도 없이 자신을 비전투원 취급…… 이건 못 쓰겠어."

"분수를 안다고 그래라. 베아코 없이 기고만장할 만큼 내 채찍은 만능이 아니라고."

자위 수단이라는 의미로 따져도 정말 전투력이 결여된 멤버만이 모여 있다. 제한이 달린 람과, 베아트리스가 빠진 스바루는 말할 필요도 없다.

"참고로 그 베아트리스 님은? 계약자라면 연결을 느끼지 못해?"

"공교롭게도 나랑 베아코는 마음으론 굳게 맺어져 있지만, 그건 유대감이나 기분 문제야."

"쓸모없긴."

"시끄러!"

한숨지은 람의 타박에 스바루가 메롱 하고 슬쩍 아나스타시아에게 얼굴을 접근했다. 그리고 태연자약한 그녀의 귓전에다 조그맣게 속삭였다.

"그래서, 넌 싸울 수 있냐? 어때?"

"──여차하면, 말이지. 단지 아나의 생명을 축내게 돼. 나로선 되도록 피하고 싶은 상황이지. 그러니 너희에게 많이 기대할게."

"그 기대는 배신당할걸. 좋은 의미인지 나쁜 의미인지는 모르겠다만."

한순간만 에키도리의 표정이 된 아나스타시아의 말에 스바루는 콧방귀를 뀌었다.

어쨌든 사실 확인과 상황 정리는 마쳤다. 한자리에 머무르고 있을 여유가 없다는 것도 알았다.

"여기 죽치고 있어도 뾰족한 수가 없어. 렘이나 에밀리아 님을 찾자. 다행히 아나스타시아 님 덕분에 조명은 있지. 우리는 움직일 수 있어."

"내 덕이라기보다, 나츠키가 준비했던 비상 주머니 덕분이다만도. 용차가 삼켜지기 전에 그것만 낚아챈 덕에 조명과 나이프, 비상식이 있는기라."

그렇게 말한 아나스타시아의 손가락이 가리킨 파트라슈의 안장에는 비상 주머니가 걸려 있었다. 출발 전, 스바루가 노파심에 챙겨 두었던 것이다.

"쓸모 있을 기회가 없는 게 최선이지만 유비무환은 역시 중요하군. 앞으로도 처음 가는 곳에선 비상문 확인을 잊지 말아야지."

"웬일로 바루스가 큰 공을 세웠네. 상으로 조명을 줄게. 빠릿빠릿하게 걸어."

"네입. ……이거, 상 맞아?"

스바루가 랜턴을 받아드는 사이에 람과 아나스타시아가 파트라슈에 탔다.

이 도식이면 아무리 생각해도 스바루가 머슴 포지션이다.

"아무래도 셋이 타기엔…… 내캉 람 씨가 꽉꽉 좁히믄 안 될까?"

"그만두죠. 밀착할 수 있다면 바루스가 횡재했다고 콧김 씩씩대기 시작합니다."

"말해 두겠는데, 언제나 내가 꽁무니 뺄 거라 생각하지 마라! 네가 그렇게 굴 거면 난 더 엄청난 상상을 할 거라고! 겁주는 거 아니거든! 사춘기 얕보지 마!"

쓴웃음과 한숨. 두 사람의 반응에 스바루는 오기 부리듯 콧방귀를 뀌고 걷기 시작했다.

발길이 가는 방향은 공동의 더 깊은 곳. 아직 보지 못한 암흑 속에서 동료들과의 합류를 목표로.

상황에 전혀 안 맞게 농담 섞인 말다툼은 아마 서로 마음 속 불안을 직시하지 않기 위해 필요한 포즈였으리라.

──그 사실을 스바루도 람도 알지만, 아무 말 하지 않았다.

2

"바람은…… 부는 것 같기도, 안 부는 것 같기도 한데."

"──아니, 불고 있어. 단지 이걸 보면 지상과의 통로는 한참 멀리 있겠어."

손가락을 혀로 적시고 바람을 느끼려던 스바루의 말에 람이 연홍색 눈을 가늘게 떴다. 바람의 마법 사용자의 조언이다. 순순히 수용하고 머나먼 목적지에 진저리를 쳤다.

──힘겨운 걸음걸이에 고생하면서 모래의 대공동을 걷기 시작한 지 약 한 시간이 경과했다.

가는 중에 파트라슈는 모래땅에 익숙해졌으며, 스바루도 그 옆에 서서 부츠에 들어오는 모래의 불쾌함을 무시하고 따라갔다. 모래 위를 걷는 요령은 요 며칠 동안 배웠기에 간신히 지장은 없다.

물론 그래도 모래에 체력을 빼앗기는 사태는 피할 길이 없기에 정기적으로 휴식하며, 람의 『천리안』으로 동료들 위치를 찾는 작업과 병행해서 공백을 메웠다.

"──안 되겠어. 지각 범위에 아무것도 없어. 보이는 건 바루스의 지룡 시야뿐."

"파트라슈와는 파장이 맞는 건가. ……왠지 모르게 이해되네."

람과 파트라슈, 사람과 지룡이긴 하지만 도도한 면은 닮은 느낌이다. 유일하게 『천리안』으로 연결되는 상대가 동행하는 용이라니, 참으로 마뜩잖은 이야기지만.

"에밀리아 님이나 율리우스는 미정령과 대화할 수 있다면 길을 잃지 않을 거야. 그 점에서도 이 인선에 악의가 있다고 의심하고 싶어지는걸."

"미정령의 길 안내라. 그러고 보니 에밀리아땅은 꽤 유효하게 활용하고 있더라. 내 경우엔 베아코와의 연결이 너무 강한 바람에 미정령이 겁을 먹어서 못 하지만."

"베아트리스 님의 자비로 태어난 반쪽짜리 술사이니 말이지. 기대는 안 했어."

"으그그……."

정보 수집에서도 도움이 안 된다는 소리를 듣는데 반박할 수가 없었다. 결국 전투에서 유능한 인재는 그 밖의 분야에서도 능력을 잘 살릴 수 있다는 소리다.

"지금은 꿋꿋하게 숨기고 있어도 람 씨, 나츠키가 일어나기 전…… 날아온 직후엔 렘 씨를 몬 찾아서 꽤 평정을 잃었데이."

"……그래."

"그러니께, 나츠키는 람 씨의 정신 안정에 도움이 되고 있다카이. 도움이 되는 기라."

『천리안』으로 적을 수색하는 중에, 몰래 아나스타시아에게 날아온 직후의 이야기를 들었다.

람의 심정을 생각하면 아까 스바루의 언동은 진짜 최악이었다.

렘의 기억을 잃은 지 1년, 스바루는 헌신적으로 동생에게 들르는 람을 봐 왔다. 아무도 안 믿어도 스바루만은 그 마음을 믿어야만 했는데.

"반성했으면 교훈을 살려야제. 인생이나 장사나 다 똑같은 기다. 나츠키는 그럴 수 있는 아이가?"

"……대하기 어렵게 왜 이래. 너, 지나치게 좋은 말 하지 마. 너를 만든 『마녀』에게도 비슷한 시추에이션으로 농락당할 뻔했으니까."

"농락이라니. ──이제 그만 그 『마녀』하고 난 분리해서 생각해 줬으면 하는데. 너무 끈질기면 여자아이한테 미움받을걸? 이건 내 진지한 충고야."

"다른 접근 방식을 몰라서. 마음 한구석에 담아 두마."

인공정령으로부터 인생에 관한 조언을 받으면서 일행은 대공동 깊이, 더 깊이 나아갔다.

그사이 외관이 변함없는 모래의 미궁을 진행하는 건 정신적인 부담이 크다. 진전이 없다는 사실이 부르는 불안과 초조는 심화되고, 무엇보다 신경 쓰이는 점 또한 있었다.

"마수 둥지일지도 모른다고 경계한 것에 비해…… 한 마리도 안 마주치는군."

"그건 람도 신경 쓰고 있었어."

발밑의 모래를 걷어차며 한 스바루의 말에 람도 동의했다.

공동을 걷기 시작한 지 한참. 마수와의 조우가 없을 뿐만이 아니라 람의 『천리안』에도 마수의 존재가 걸려들지 않았다. 한없이 꺼림칙한 예감이 들었다.

마치 진실로 이 공간만 세계에서 동떨어진 것 같아서.

"설마 진짜로 여기가 차원의 틈새이고, 어디와도 연결되지 않은 건 아니겠지?"

"그라믄 우리가 붙들고 있는 이 바람은 어데서 불어오는 말이 제. 아이면 이게 공동의 막다른 곳에 있는 대마수의 콧숨이란 상상이라도 할 끼나?"

"그걸 부정할 근거가 없는 게 무서워."

실제로 두 눈으로 세계가 찢어지는 광경을 본 판국이다. 이미 무슨 일이 일어나도 이상하진 않다. 그 허공의 균열이 어디와 연결됐어도 놀랄 일이 아니지 않은가.

"겁쟁이 바루스가 겁내는 건 자유지만, 바보 같은 이야기는 거기까지 해 둬."

막막함이 그런 비장감을 키우고 있을 때, 이성적인 람의 목소리가 부정했다.

"응?"

"조명을 들어 봐. ——길이야."

람의 말에 스바루가 황급히 고개를 돌리고 랜턴을 들어 정면의 길을 비추었다. 길이라고 하지만 그것 자체는 여태까지 줄곧 이어지고 있었다.

즉, 새로운 정보로 길을 언급했다는 말은——.

"——갈림길이다."

여태까지 외길이던 모래 통로가 정면에서 두 갈래로 나뉘었다.

정성스럽게도 좌우의 길에 극단적인 차이는 없어서 감 말고 선택할 여지는 없는 것처럼 보이지만——.

"열심히 고민해 보란 풍경인걸. 어쩔래?"

"내 지식이라면 이럴 때는 오른쪽을 선택하라고 공명이 그랬어."

"그게 누꼬."

행동학상으로 인간은 망설일 때 무의식중에 왼쪽을 선택하기 쉬워진다는 요지의 이야기였다고 기억한다. 아마도 잘 쓰는 눈이나 잘 쓰는 팔, 잘 쓰는 발 등의 여러 요인이 관련된 발상이긴 할 것이다.

이것저것 쓸데없는 지식을 쌓은 스바루지만 이건 유용한 지식……인 듯하다.

"그래서 오른쪽 길을 확인하고 싶다는 게 이 몸의 정의다."

"공명을 꽤나 신용하는구나."

"그게 누꼬."

스바루의 주장에 람이 눈을 가늘게 뜨고, 아나스타시아가 갸우뚱했다.

말로만 보면 장난이라도 치는 것 같은 대화지만 셋의 표정은 아주 진지했다.

——이미 에밀리아 일행과 떨어진 지 두 시간 가까이 지났다.

한 번은 침착해진 마음도 초조와 불안이 거세게 파문이 일 시기다. 그럴 때, 이 갈림길이 나왔다. 솔직히 조급한 마음을 생각하면 발길을 멈추고 있는 시간부터 아깝다.

"결정타가 없네. 그야말로, 공명만 믿는 게 성질나지만……."

"일단 나츠키 주장대로 가까. 오른쪽 길이라캤제?"

람과 아나스타시아 두 명도 스바루의 주장을 뒤집을 만한 근거를 내놓지 못했다.

세 명의 공통점은 한시라도 빨리 사궁을 벗어나 동료와 합류하고 싶다는 한마음이다.

"_____."

"이크, 우리만이 아니라 너도 있었지. 미안, 미안. 안 잊었어."

선택에 확신을 가지지 못한 스바루의 머리를 파트라슈가 코끝으로 찔렀다. 약해진 마음을 격려받은 기분에 스바루는 힘껏 웃었다.

"뭐? 내가 가는 곳이 네가 갈 길, 지옥이라도 따라오겠다고?"

"헛소리지만, 얼추 틀리지만은 않았을 듯해서 심각해. 진짜, 어디가 좋다고."

파트라슈의 의사를 맘대로 번역한 스바루의 헛소리에 람이 기가 막힌다는 투로 한숨을 쉬었다. 그 모습을 보면서 아나스타시아가 "자자." 하고 손뼉을 쳤다.

"얘기는 그만. 결심했으믄 움직인다. 『시간의 가치는 돈과 동일』."

"호신 어록이었던가. ──OK, 가자. 대열은 이대로, 각자 신중하게."

스바루의 호령에 람과 아나스타시아가 저마다 끄덕였다.

그렇게 군사 공명의 가르침에 따라 팀 '비전투원'은 행군을 재개했다. 나아가는 방향은 두 갈래 길의 오른쪽, 이 선택 앞에 동료가 있기를 믿으며.

"솔직히 힌트 없는 갈림길이란 건 심술궂지만 덕분에 지옥의 무한 루프일 가능성은 사라졌다고 여겨도 될 것 같군. ……역시, 여기도 『현자』의 함정인가?"

"그렇다면 지하에 이런 구멍을 파느라 얼마나 시간을 축냈던 걸까. 아아, 은자 행세하며 틀어박혀 있었더랬지. 시간이야 많이 있었겠어."

"언니분, 전에 없을 만큼 『현자』에 신랄한데."

그렇지만 『현자』에 적대감을 품는 람의 마음도 이해할 만했다.

애초에 『모래시간』도 마수의 화원도, 이 사궁조차도 『현자』가 꾸민 곳이라면 이름 댈 간판은 『현자』가 아니라 『악자(惡者)』쪽이 더 적절할 판국이다.

"이래서야 진짜로 『현자』랑 만나도 원망밖에 안 나오겠어."

"동감이야. 이만큼 저질러 놓고, 심지어 비협조적이면 도리가 없지. 최악의 경우 『현자』를 묶어다가 실토할 마음이 들도록 해줄 수밖에 없어."

"언니분의 유적 사냥꾼 같은 행보엔 할 말도 없다."

"원하는 게 있다면 수단을 강구해야지. 어린애 심부름 하는 것도 아닌데."

람의 강한 말투에는 굳건한 진짜 각오가 담겨 있었다.

그 각오는 필시 스바루에게도 필요한 마음가짐이다. 렘을 위해 손을 더럽힐 각오……가 아니다.

성과를 쟁취하기 위한 한 걸음을 망설임 없이 내디딜 수 있는, 온 힘을 다하는 각오다.

"결국, 내가 할 일은 늘 똑같지. ──대충 했던 적이라곤 없어."

스바루는 주먹을 쥐고 자기 자신에게 타일렀다.

──그때였다.

"파트라슈?"

별안간 목을 뻗은 파트라슈가 스바루 어깨에 코를 문질러댔다. 파트라슈가 갑자기 사람 온기를 그리워한 것은 아니었다. 별개의 원인이 있다.

그것은──.

"──통로 앞에, 문?"

랜턴을 든 스바루의 시야에 모래의 통로를 메우듯 커다란 철의 위용이 나타났다. 천장 높이와 길 너비를 꽉 채우는, 완전히 통로를 막듯이 만들어진 철벽이었다.

일행은 벽 바로 앞까지 가서 그 쇳덩어리의 모습을 고루 관찰했다.

"커다랗고 두껍게 보여. ……이 문, 움직일 수 있나?"

"──완전히 길을 틀어막고 있는 기 같으니 어렵긋제. 그라고, 나츠키."

"응?"

"와 이걸 문이라고 생각한 기가? 내한티는 그냥 철벽으로밖에 안 보이는디."

같은 쇳덩어리를 보면서 갸우뚱한 아나스타시아의 의문에 스바루는 "엇." 하고 숨을 죽였다. 질문을 꺼낸 아나스타시아 옆에서 람도 "그러게." 하고 끄덕였다.

"람에게도 걸리적거리는 고철로밖에 안 보여. 아무리 바루스의 눈이라도 이상한 소리야."

"아니, 나도 이유는 몰라. 그냥 문 같아서⋯⋯."

두 명의 지적에 스바루는 새삼 쇳덩어리── 아니, 철문으로 눈길을 돌렸다.

람과 아나스타시아에게 대답한 것 이상의 이유는 없다. 그저 스바루는 자연스럽게 이것을 문이라고 인식했다.

그리고 그 답을 찾는 마음으로 철문에 손을 슥 대자──.

"──아."

그때, 스바루가 만진 문이 희미하게 빛났나 싶더니, 그 모습이 사라졌다.

마치 아무 일도 없었던 것처럼 문이 소멸했다. 모래 통로에 흔적조차 남기지 않고.

"방금 그거⋯⋯ 나츠키, 뭔가 했나?"

"뭘 하긴, 봤잖아? 만졌을 뿐이야. 아무것도 안 했고, 나도 모르겠어."

스바루는 사라진 철문과 자기 손을 번갈아 보고 동요와 함께 아나스타시아에게 대꾸했다.

실제로 무슨 일이 일어났는지 하나도 알 수 없었다. 그 문은 도대체 무엇이었던가.

"──일어난 일이 중요한 게 아니야. 지금부터 뭘 할지가 중요하지."

스바루의 혼란에 제동을 건 것은 차분한 람의 한마디였다. 스바루와 아나스타시아의 시선을 받은 람은 철문이 사라진 통로 앞을 응시하면서 말을 이었다.

"길을 막는 벽…… 아니, 문이 있었다. 그리고 그것이 열렸다. 그 뒤로도 통로는 이어지고 있어. 나아갈까 돌아갈까, 아까 갈림길과 같은 선택지야."

"＿＿＿＿＿."

람의 말과 시선에, 스바루는 새삼 철문이 사라진 통로로 눈길을 주었다.

문이 사라지고 그 뒤에 이어지는 건 변함없는 모래 미궁이다. 문이 있었다는 사실 말고는 일절 변화가 없다. 하지만――.

"뭔가 의미가 있어서 문이 있었다. 그리고 그 문이 역시 뭔가 있어서 열린 거고. ――현재, 『현자』의 감시탑으로 가는 직행 루트 말고 생각하기 어렵지 않아?"

"아무래도 그건 좀 심하게 안이하지 않나? 뭐, 내도 돌아가잔 말은 안 하긋지만도."

긍정적인 스바루의 발언에 아나스타시아가 입가를 가리며 자그맣게 웃었다. 스바루의 생각에 반대하진 않는 모양이었다.

"당연히 람도 나아갈 생각이야. 여기서 돌아가 봤자 반대쪽 길에 같은 문이 없다고 단정할 수도 없어."

"그렇다면 먼저 열린 쪽으로 초대받자는 뜻이냐. 동감이다."

람의 의견도 더해 이로써 만장일치로 전진이 가결됐다. 그대로 스바루는 "좋아." 하고 가볍게 무릎을 턴 뒤, 정면에 있는 모래의 통로로 발을 나아가려고 했다.

그런데──.

"──파트라슈?"

람과 아나스타시아를 태운 파트라슈가 앞으로 나아가려는 스바루의 등을 따라가지 않았다. 칠흑의 지룡은 노란 눈을 가늘게 뜨며 가만히 통로를 노려보고 있었다.

영리하고 감이 좋은 지룡이다. 혹시 파트라슈에겐 스바루 일행 눈에 보이지 않는 것이 보일지도 모른다. ──한순간, 망설임이 생겼지만.

"네가 줄곧 우리를 지키려고 해 주던 건 알아. 하지만 이 상황에서 안전지대 같은 곳은 없어. 어디서 위험한 줄 알아도 도전할 각오는 필요해. 지금이 그때야."

그렇게 말한 스바루가 쳐다보자 파트라슈가 마주 바라보았다. 그리고 지룡은 잠시 침묵하다가 노란 눈을 내리깔고 작게 목을 그렁거렸다.

이해해 준 모양이다. 양보해 주었다는 쪽이 더 적절할지도 모른다.

"아주 잡혀 사는구나."

"여자아이를 잡고 살 바에는 내가 잡혀 사는 편이 훨씬 낫지."

"엉큼해."

"그런 의미가 아니라고!"

파트라슈와의 유대를 람에게 놀림받은 스바루는 길게 숨을 내쉬고는, 걸음을 재개했다.

지금 막 스스로 말했던 각오, 그 마음을 새삼 곱씹었다.

──지금이 불구덩이에 뛰어들 각오가 필요할 때라고.

3

스바루 일행은 그렇게 마음을 굳게 먹으며 다시 문 너머로 깊숙이 나아갔었지만.

"──이걸로 문은 두 번째. 그것도 또 사라졌어."

스바루는 눈앞에서 또다시 빛과 함께 소멸하는 철문을 보고 중얼거렸다.

역시 스바루가 만진 직후의 일이었다. 설마 만진 문을 없애는 힘을 각성했다고도 생각하기 어려우니 원래 그렇게 생겨 먹었다고밖에 생각할 수 없지만.

"던전 내에서 앞길을 막지 못하는 문에 무슨 의미가 있는데?"

사라진 문의 존재가치에 스바루는 고개를 갸웃하고 의문을 드러냈다.

칸막이가 아니니까 누구라도 열 수 있는 문은 설치할 의미가 없다. 당연히 문은 침입자를 막을 목적으로 만들어졌다고 추측해야 마땅한데.

"여태 맞닥뜨리지 못 해서 실감 없지만도, 어쩌면 마수 퇴치용일지도 모르긋네."

"마수 퇴치…… 결계 같은 건가. 그렇다고 볼 수도, 있나?"

"마수라믄 안 열리고. 사람이 만지믄 열린다…… 그것도 문단속이란 의미론 조심성 없다고 캐야겠지만도. ──세 번째는 나츠키 말고 딴 사람이 만지는 편이 나으려나."

연두색 눈을 가늘게 뜬 아나스타시아가 철문의 목적을 추측했다. 물론 고찰 요소가 너무 적어서 설득력이 있는 결론을 내리긴 어려울 것이다.

그리고 마음에 걸리는 건 묘한 문만이 아니다.

"⸻."

파트라슈에 아나스타시아와 동승한 람의 말수가 극단적으로 줄었다. 거기에는 초조나 불안의 요소도 있지만 그 이상으로 권태감이 크다. 원래 몸 상태가 완벽하지 않은 람을 좀먹는 것은 사궁에 감도는 어두운 상념──독기라고 불리는 기운이었다.

"몸이, 지독하게 무거워……."

스바루도 끈적거리는 땀을 귀찮게 닦으며 모래에서 발을 뽑듯이 천천히 걸음을 내디뎠다.

독기가 좀먹는 것은 람만이 아니다. 스바루와 아나스타시아도 마찬가지다. 마음과 몸이 무거워지며 온몸의 세포가, 흐르는 피가, 맥동하는 심장 고동이 여기서 나가고 싶다고 재촉했다.

"⸻."

앞으로 가면 독기를 빠져나갈 수 있다. 앞으로 가면 동료와 합류할 수 있다.

그렇게 믿는다. ──믿는다고 타이름으로써 발을 멈추지 않을 수 있다.

그러지 않으면 모래의 무게와 흐르는 땀이 스바루에게 자문자답을 강요하는 것이다.

——과연, 정말로 이쪽 길을 선택한 게 정답이었느냐고.

"그따위, 약한 소리나 할 때가 아냐."

온몸의 호소를 어금니로 갈아 버리며 내뱉었다.

처음에 오른쪽 길로 가자고 주장한 사람은 스바루 자신이다. 그런 스바루가 어떻게 맨 먼저 약한 소리를 뱉을 수 있겠는가.

"좀 걷기 어렵지만 별건 아니군. 훨씬 더 정처 없이 걸을 줄 알았는데 뜻밖에 골인 지점이 가까운 게……."

"바루스. ——시끄러워."

"어, 아, 엉……."

헛기운을 북돋우려다가 람의 짤막한 독설에 격추당했다.

오랜만에 나온 한마디에 배려 한 점 없었다. 스바루는 예민해진 기색의 람에게 어깨를 축 늘어뜨리고 말했다.

"그래도 그냥 입 다물고 있는 것도 재미가 없다고 보는데."

"재미있으려고 걸어? 목적을 상기해."

"그야, 그럴 생각은 없지만……."

"닥치고, 걸어."

정론이지만 람의 태도에는 뭐라 말 붙일 여지도 없었다.

하지만 스바루도 할 말은 있다. 독기의 영향으로 음울하다면 최소한 대화로나마 기분을 풀면 다소는 편해질지도 모른다고 여겼던 것이다.

"그렇건만……."

"——나츠키, 나츠키, 그만 됐다카이."

스바루는 람의 심정을 염려하면서도 정나미 없는 그 태도에 화가 치밀었다. 그때, 그 분위기를 알아차린 아나스타시아가 스바루의 눈초리로부터 람을 가리듯 몸을 기울였다.

"상황이 이렇잖노. 나츠키의 마음도 알긋지만도 람 씨도 지쳤을 끼다. 마음이 껄끄러울 때는 누구캉 먼 얘기를 해도 좋은 결과가 안 나온데이. 안 맞나?"

"_____."

"안 맞나?"

울화통이 터지지만 아나스타시아＝에키도리의 주장에도 일리가 있다.

앞으로 나아갈 마음에, 다른 일행과 합류하느라 초조해한 나머지 스바루는 람과 아나스타시아에 대한 배려를 잃었을지도 모른다. 그건 피차일반이라고 생각하지만 말해 봤자 어떻게 되나.

──말해 봤자 헛수고, 말할수록 헛수고. 그렇다면 피차, 얼굴도 안 보는 편이 훨씬 낫다.

"……가기나 하자."

정신이 들고 보니 스바루는 멈춰 있던 발의 움직임을 재개하고 모래의 미궁을 랜턴으로 비추었다.

기분을 북돋아보려던 시도가 실패한 이상, 변함없는 발의 무게를──아니, 한층 더 무거워진 느낌이 드는 발을 움직여 앞으로, 앞으로.

"_____."

앞으로──.

4

그렇게 한참 독기의 무게와 더러운 분위기를 참으며 전진하다가.

"──썅! 여기에 와서, 또 뭐냐고!"

거칠게 내뱉은 스바루의 발끝이 정면의 철벽을 걷어찼다. 딱딱한 감촉, 고요한 지하건만 소리가 울리지도 않는다. 재질도 단순한 철 같지가 않았다.

하지만 그 사실은 아무 위로도 되지 않았다. 앞길은 마침내 막히고 만 것이다.

"세 번째 문도 그냥 통과시켰는데 왜 이제 와서 방해하고 지랄이야?!"

답변일랑 안 하는 철문에게 스바루가 고함치며 난폭하게 팔을, 발을 후려쳤다. 꿈쩍도 안 한다. 충격이 뼛속까지 반사되어 도리어 스바루가 고통받기만 하는 결과다.

──사궁의 세 번째 문을 넘어서 네 번째로 접어든 순간에 발목이 잡혔다.

변변한 변화도 없는 경치에 격화되는 초조함과 짜증, 그럼에도 문이 열릴 때까진 괜찮았다. 그 통과 권리를 빼앗기고 여정이 무의미해진 순간, 불만은 폭발했다.

스바루는 랜턴을 통로에 내던지고 철문에 손을 짚으며 문을 열려 발악했다. 하지만 차가운 철문은 그 행위를 비웃듯이 스바루에게 아무 반응도 보이지 않았다.

그것이 스바루에게는 가느다란 희망의 실을 가차 없이 자른 것처럼 느껴졌다.

"썩을, 썩을, 개썩을……!"

"나츠키, 그쯤하믄 됐다. ……여기는 인자 막다른 곳이데이."

"말 안 해도 그 정도는 알아!"

뒤에서 아나스타시아가 어깨를 두드리자 스바루는 그 팔을 뿌리치며 부르짖었다. 홧김에 모래벽을 걷어차자 무른 벽의 표면이 무너지며 모래 먼지가 날았다.

이젠 방도가 없다. 그까짓 뻔히 아는 사실에 말 그대로 모래를 씹는 기분이었다.

그때——.

"……쯧."

"——야."

혀 차는 소리에 스바루는 뒤돌아서 홀로 용 위에 있는 람을 노려보았다. 흐린 어둠에 떠 있는 람의 얼굴. 그 내려다보는 시선이 묘하게 성질을 건드렸다.

"아까부터 너, 진짜로 뭘 생각이야?"

"딱히."

"딱히가 아니지! 뭘 생각이냐고 묻잖아!"

참다못해 언성을 높인 스바루가 바닥의 랜턴을 걷어찼다. 모래벽에 부딪혀 라그마이트 광석을 덮은 유리가 깨져서 파편이 모래에 흩어졌다.

그러나 그 파손에 눈길도 주지 않았다. 지금의 스바루에게는 시건방진 람밖에 안 보였다.

"남이 필사적으로 애쓰는데 깐족깐족깐족깐족 다 들린다고! 뭔 생각이야, 아앙?!"

"딱히 아무 생각도 없어. 막다른 곳, 이걸로 끝. 선택한 길은 틀렸었다. 람이 바루스에게 할 말은 아무것도 없어. 그뿐이야."

"뻥 치네! 너 바보냐? 숨길 맘이 있으면 다 숨겨! 슬쩍 여봐란 듯 흔들어 놓고서, 아무것도 아닙니다? 썩을 바보의 발상이냐, 등신아!"

싸한 람의 태도에 반해 스바루는 더 펄펄 끓을 뿐이다.

동료와 떨어진 채 시간은 경과하고 길은 막혔다. 이 상황에 람의 태도는 너무나 신랄하고 일방적이다. 스바루의 노력을 헐뜯고 업신여길 이유라곤 없다.

"좀좀좀, 진정하자, 두 사람 다. 그라코롬 진짜로 말다툼하다니……."

"닥치고 있어! 지금 나랑 람이 얘기 중이잖아!"

히트 업한 스바루와 람을 아나스타시아가 중재하려다가 무자비하게 내쫓겼다. 아나스타시아의 입을 막은 스바루는 분노 어린 표정으로 람을 노려보았다.

"야, 할 말 있으면 해 보라고! 들어 줄 테니까!"

"──바루스는, 앞으로 가려고 퍽이나 열심이구나?"

"당연하잖아! 무엇 때문에 여기까지 왔다고 생각하냐? 『현자』를 만나기 위해서잖아! 그 때문에 이렇게 고생하는데, 그게 뭐 이상하다고!"

"아니야. ──여기에 온 건, 『현자』를 만나기 위한 게 아니야."

"아앙?"

"우리가 여기에 온 건, 렘을 깨우기 위해서야."

또렷하게 스바루를 응시하며 람이 단언했다. 그 날카로운 시선에 꿰뚫려 펄펄 익어 있던 스바루의 사고가 살짝 압도당했다.

하지만 『현자』를 만난다＝렘을 구한다 아닌가.

"똑같지 않아. 렘을 구하는 것이 먼저고, 『현자』와 만나는 게 그 뒤. 우선순위가 달라. ……그래, 우선순위가 다르다고."

"―――."

"람은 렘을 위해서, 동생 기억을 되찾기 위해서 왔어. 그런데, 지금은 뭘 하고 있어? 렘도 없는데, 이런 곳에서 빈둥빈둥…… 장난치지 마."

"누가 장난을 쳐! 근데 이렇게 됐으면 어쩔 수 없잖아!"

쥐어짜 내는 것만 같은 람의 말에 고통을 느낀 스바루가 감정적인 노성을 터트렸다. 그 말에 람이 천천히, 연홍색 눈을 비통한 감정으로 채우고 입을 열었다.

"――어째서, 바루스는 렘이 아니라 람을 붙잡은 거야?"

세계가 찢어지던 순간에 람을 붙잡은 것을 규탄한다.

"어차피 눈앞의 일로 벅찼겠지. 바루스는 항상 그래. 항상 그래서, 렘 따위 아무래도 좋은 거야. 에밀리아 님이랑 베아트리스 님 생각으로 머리가 가득 찬 거지. 이런 남자가 어디 있어. 렘이 불쌍해."

"……닥쳐."

"렘은 바루스를 믿었던 거 아냐? 아니면 이것도 바루스의 자기 편한 설명? 지어낸 이야기? 여자 앞에서 자기 편한 말만 늘어놓는 바루스의 나쁜 버릇? 에밀리아 님이랑 베아트리스 님도 가엾으셔. 이런 남자한테 속아서!"

"입 닥쳐!"

"아니, 안 닥쳐! 바루스는 사실 렘이 아무래도 좋은 거잖아!"

"──웃기지, 마!"

경솔한 발언에 시야가 새빨갛게 물들며 뇌신경이 불타올랐다.

높은 곳에서 내려다보며 생각 없는 말을 쏟아내는 오만한 여자가 밉다. 붙잡아서 지룡 위로부터 끌어내리겠다. ──그럴 시간도 아깝다.

"인비지블, 프로비던스──!"

"크, 아?!"

스바루는 머릿속에 뛰어다니는 거무칙칙한 감정을, 곧장 가슴으로 내려서 해방했다.

생겨난 검은 손바닥이 쾌재를 외치며 지룡의 등에서 엇나간 규탄을 외치는 소녀를 잡고는, 그 몸을 모래 위로 끌어내렸다.

스바루는 무슨 일이 일어났는지 몰라 곤혹에 빠진 람을 내려다보며 이를 갈았다.

"웃기지 마."

스바루가 렘을 아무렇지도 않게 생각한다니, 말 같잖은 소리다.

성난 나머지 사고 전부가 하얗게 달아오른 듯한 심경으로 그 가녀린 몸을 찍어 눌렀다.

"──우."

드러누운 람의 목을 스바루의 두 손이 힘껏 조르고 있었다.

가늘고 하얀 목에 스바루의 손가락이 파고들었다. 소리와 함께 삐걱거리는 목뼈가 손바닥에 강하게 느껴졌다.

"……아, 우."

두 다리 밑에 깔려서 목이 졸린 람의 입술로부터 신음성이 새어 나왔다.

단정한 얼굴이 고통으로 일그러지고 분홍빛 입술 끝에서 침이 흘러 떨어졌다. 입 안에서 붉은 혀가 춤추고 자유를 찾아 팔다리를 파닥거리고 있다. 하지만 그 두 어깨를 무릎으로 억누르며 완벽한 마운트 포지션을 잡아서야 제아무리 람이라도 반격할 여지가 없다.

이대로 숨이 멎으면 람도 자신의 폭언을 후회하고 반성하리라.

스바루가 렘에게 무관심해 그녀를 홀대했다는 생각 없는 망언을, 그 엇나가도 한참 엇나간 원한으로 스바루의 마음을 상처 입힌 짓을, 후회하게 해 주마.

"네가, 나빠. 네가, 네가, 네가!"

람이 밉다. 람이 밉다. 람이 밉다. ──람이, 밉다.

자잘한 미움의 축적이 넘쳐 나와 람의 안색을 죽은 사람에게로 가까워지게 했다.

"뒈져, 망할 년. ……네가, 렘이랑 똑같이 생긴 얼굴이라고 생각하니 구역질이 난다."

"────."

"아앙? 뭐야, 안 들려. 할 말이 있으면 똑바로──."

"······라."

스바루의 공갈, 그 어미에 겹치듯 람이 조그맣게 무슨 말을 중얼거렸다.

그 소리에 눈매가 가늘어진── 순간이었다.

"뭐, 어?!"

람 위에 올라탄 스바루의 눈 아래 있는 모래땅이 작렬을 일으켜 두 사람이 날아갔다.

갑작스러운 폭풍에 모래를 뒤집어써서 눈과 입 안이 엉망이 된 스바루가 벌렁 나가떨어졌다. 마찬가지로 폭풍에 휘말린 람은 옆으로 굴러 스바루의 살의에서 벗어나서 기침했다.

발생한 폭발에 열상을 입는 바람에 모래 위에는 람의 피가 점점이 떨어져 있었다.

"마법······! 너, 이젠 울면서 싹싹 빌어도 늦었어!"

"그건, 내가 할 말이야, 바루스······! 바루스 같이 매정한 색마, 렘이랑 만나게 해 줄 가치도 없어. 토막이 난 채 모래 위에 스러지시지."

"멋대로 지껄여!"

아픈 얼굴을 누르면서 스바루는 한 손으로 허리 뒤의 채찍을 뽑았다. 동시에 람도 자신의 허벅지에서 애용하는 지팡이를 풀어 전의를 뽑었다.

"────."

일격의 위력으로 따지면 람이 유리하지만 공격 속도라면 스바루의 채찍도 지지 않는다. 속도뿐이라면 채찍은 이 세계의 비인간적인 수준의 실력자에게도 통한다.

"그 새침한 낯짝을 뜯어내서 렘처럼 생긴 그 얼굴을 이 세상에 하나만 남겨 주마."

"이건 혼잣말인데, 바보랑 얘기하면 바보가 옮아. ——입 닥치고 죽어."

모래가 들어가 눈에 핏발이 선 스바루와 살의에 물든 핏빛 미소를 짓는 람. 양자가 슬금슬금 간격을 재며 원을 그리듯 통로 위에서 대치한다.

그대로 일촉즉발. 양쪽 다 무사하게 끝나지 않을 격돌이——.

"——자, 그만하그래이."

——일어나지 않았다.

"＿＿＿＿."

람이 멍하니 자신의 가슴을 내려다보았다. 그 밋밋한 가슴에서 피로 젖은 나이프의 칼끝이 삐져나와 있다. 그것은 등 쪽으로 침입해 심장을 단박에 뚫은 일격이었다.

"아, 크……."

"더는 말릴 수 없으니, 어느 쪽이 유용할지 비교한 결과니께…… 이해하그라?"

상처에서 나이프를 비틀어 뽑자 선명한 피가 뿜어져 나왔다.

어찌할 도리 없이 람의 몸이 무릎을 꿇고 그대로 앞으로 쓰러졌다. 잠시 팔다리가 경련하지만 금세 움직임이 멎고 모래에 흐르는 피가 스며들었다.

고작 그걸로 람의 생명이 맥없이 꺼졌다.

"너, 왜……."

"어어? 나츠키가 그 소리 하노? 나츠키가 좀스럽게 굴길래 가만 두믄 안 되긋데야 캐서 거들어 준 기 아이나."

분노 어린 표정으로 보는 스바루의 의문에 람을 찌른 아나스타 시아가 어깨를 으쓱였다. 그 몸짓에 가책은 일절 없었다. 그녀는 당연한 일을 완수했다는 표정이다.

"혹시, 사냥감을 가로채여서 못 참겠다꼬 내를 노릴 끼나?"

"────."

피로 물든 나이프를 들고 물끄러미 바라보는 아나스타시아. 그 녀의 말에 스바루는 침묵하며 품평하듯이 그 모습을 쳐다보았다.

어처구니없다는 뉘앙스를 띤 아나스타시아의 발언이지만, 일 리는 있다. 여기서 동행자끼리 다투다가 머릿수를 계속 줄이는 것도 미련한 이야기다.

애당초 아나스타시아＝에키도리는 감시탑까지 가는 길의 안내 역, 아직 쓸모가 있을 가능성이 높다.

열 받는 소리만 하고 도움이 안 되던 람과는 다르다. 그렇다. 잃 으면 곤란한 장기짝이다.

"……좋아, 지금은 네 언변에 넘어가 주지."

"응, 그라믄 되는 기라. 영리해, 영리해. 내도 안심했다카이."

아나스타시아는 짐짓 가슴을 쓸어내리고 옅게 미소 지었다. 그 리고 위태롭게 모래를 밟으며 스바루 앞으로 다가와서는 그 하얀 손을 내밀었다.

"화해랑, 앞으로도 잘 해 보잔 악수."

"_____."

"나츠키?"

악의 없는, 것처럼 보이는 아나스타시아의 표정에 스바루는 골똘히 생각했다.

바로 직전에, 아나스타시아── 엄밀히는 에키도리지만, 에키도리를 버리는 건 아깝다, 쓸모 있는 장기짝이라고 생각했지만 그 인식은 정말로 옳은 것인가.

미소 지은 에키도리지만 그녀는 이 웃음과 함께 람을 선뜻 찔러 죽이지 않았던가.

그녀가 악수하는 손과 반대쪽 손에 잡은 나이프, 날이 두툼한 그 칼은 서바이벌용 명품으로 그녀의 여리여리한 팔로도 인체를 쉽게 꿰뚫어 생명을 빼앗을 수 있다.

그것은 람만이 아니다. 스바루의 생명도 마찬가지다.

"……내 손, 안 잡을 끼야?"

악수를 요구하며 갸우뚱하는 에키도리. 악수가 가능한 거리, 다시 말해 나이프가 닿는 거리다. 그리고 채찍에게는 너무 가까워서 불리해지는 거리.

──죽기 전에, 죽여야 하지 않은가.

"나츠키? 와 그러노?"

"──아니, 아무것도 아냐."

스바루는 옅게 웃은 뒤, 에키도리의 오른손에 자신도 오른손을 내밀었다.

맞잡고, 완전히 방심한 순간이 절호의 기회다.

──인비지블 프로비던스.

재발동한 『보이지 않는 손』이 에키도리가 조종하는 아나스타시아의 가는 목으로 손가락을 뻗었다.

람 때 같은 실패는 안 한다. 그 목을, 가차 없이 쥐어 터트린다.

"────."

검은 마수의 손끝을 상대의 목에 댄 채로 스바루는 웃으며 그녀의 손을 마주 잡았다. 그 감촉에 에키도리의 미소가 깊어졌다.

동시에 스바루의 입술도 음험한 웃음을 띠었다.

"그라믄⋯⋯."

이때다, 하고 확신했다.

상대의 입술이 무슨 말을 꺼내고 나이프를 쳐들기 전에 『보이지 않는 손』에 힘을 준다. 그 가는 목을 검은 손바닥이 덮고, 한순간에 목뼈를 부러뜨려──.

──그러기 직전, 날아온 바람칼이 소녀의 몸통을 등 뒤에서 양단했다.

"────."

바람이 불었다고 착각한 직후의 사건이었다.

붉은 핏방울이 뿌려지며 "어?" 하는 얼빠진 소리와 함께 소녀가 상하로 양단됐다.

하얀 모래 위에 피가 쏟아지고 차가운 공기에 뜨거운 내장과 배설물의 김이 뒤섞여 코를 찌르는 끔찍한 냄새가 공동 안에 퍼졌다.

"——아."

그 광경을 목격한 스바루도 질겁해 자신의 손을 바라보았다.

거기에는 스바루와 굳게 악수한 상태로 상반신만이 매달린 아나스타시아의 몸이 있었다. 두 눈을 부릅뜨고 멍하니 스바루를 보고 있었다.

그 뒤에선 허리에서 절단된 하반신이 쓰러지고 근육이 이완되어 실금하고 있었다.

"아, 아아아아아——?!"

처절한 아나스타시아의 몰골에 스바루의 목이 절규했다.

순간적으로 손을 뿌리치려 했으나 악력이 예사롭지 않았다. 그 결과, 몸이 절반만 남은 아나스타시아가 이리저리 휘둘리며 쓸데없이 피와 내장이 주변에 쏟아졌다.

"이, 이거 놔! 놔아아아!"

"싫어어어! 내, 죽기 싫데이……!"

"이미 죽었다고! 살아날 리 없잖아?!"

생생하게 삶을 갈망하는 통곡을 들은 스바루가 비명처럼 대꾸했다.

몸이 두 동강 나서 피와 내장이 쏟아진 상황이다. 즉사하지 않은 게 오류다. 손을 잡은 상태라는 게 이상하다. 죄다 잘못됐다.

"이, 바보, 망할 게! 얼른 죽으라고오오!"

"싫, 어……."

거칠게 아나스타시아의 얼굴을 잡고 힘으로 몸을 떼어 냈다. 울먹이며 뭔가를 외치던 소녀를 스바루는 간신히 떼고 내던졌다.

원래 조그맣던 몸이 반 토막 난 채 아나스타시아가 자기 피가 만든 피 웅덩이에 나뒹굴었다.

"두고, 가, 지, 마……."

피 웅덩이에 잠기듯이 중얼거린 목소리가 끝이었다.

그 뒤로 아나스타시아의 목소리는 들리지 않았다. 뒤늦게 찾아온 죽음에 따라잡힌 결과다. 치미는 구역질을 거하게 쏟아냈다.

"웩, 우웩! 콜록! 케켈록! 허억……."

거의 텅 빈 위장 내용물을 토하고 노란 위액을 거칠게 소매로 닦았다. 토하면서 고개 숙일 때가 아니다. 방금 아나스타시아를 죽인 건——.

"——바루스."

"이, 죽다 만 게……."

모래 위에 떨어진 랜턴의 조명에 스윽 인영이 비쳤다. 반신을 피로 물들인 람이었다. 나이프에 가슴을 찔렸음에도 여전히 살아 있었다.

빈사 상태일지라도, 집념으로 아나스타시아를 죽이고, 이 순간 스바루마저도——.

"죽을 거면, 혼자, 죽어……."

허덕이듯이 호흡하면서 스바루는 자신의 무기인 채찍을 더듬거리며 찾았다. 하지만 못 찾았다. 그사이에도 람은 위태로운 발걸음으로 다가왔다.

채찍은 제때 챙길 수 없다. 그렇다면 이제 취할 수 있는 수단은 하나뿐.

"인비지블 프로비던⋯⋯?!"

이 단시간 동안 벌써 수없이 의지한 히든카드.

재차 그 힘에 매달리려던 순간, 뜻하지 않은 격통이 스바루의 안구를 불살랐다.

"꺼?! 아아?! 끄아아아?!"

두개골을 송곳으로 뚫는 것만 같은 통증이 스바루의 안구를 뒤집었다. 이능의 반동에 뇌가 타며 머리를 부둥켜안은 스바루가 피눈물을 흘리면서 모래 위를 데굴데굴 굴렀다.

두개골 속에서 지옥의 향연이 시작되어 모든 신경이 끓어올랐다. 통증이, 놔주질 않았다.

"아아아! 꺼어! 으으으으어어어어?!"

절규하며 몸부림치는 스바루. 빈사의 람이 피칠갑한 지팡이를 들어 올려 겨누었다.

아나스타시아의 피 웅덩이에 구르고 남의 내장으로 범벅됐음에도 절규는 그치지 않았다. 그런 스바루를 노리며 람의 입술이 더듬더듬 영창을 이었다.

그리고 영창이 완성되어 발생한 바람칼이 스바루를 토막 내려고——.

"_____."

그리되기 직전에, 차가운 모래 공동에 뭔가가 깨물리며 으스러지는 소리가 울렸다.

귀에 거슬리는 소리는 끊임없이 이어지고 불쾌한 물소리가 뒤섞였다.

"아, 하, 아, 아?"

죽는다고, 토막이 난다고, 확신했던 죽음이 찾아오질 않는다.

굴러다니던 스바루의 머리에서 이윽고 격통과 상실감이 사그라졌다.

"무슨, 일이……."

왼손으로 얼굴을 가리고 몸을 일으켰다. 그러는 행동만으로도 어이없이 시간이 걸리면서 스바루는 피눈물로 새빨갛게 물든 얼굴로 천천히 주변을 둘러보았다.

고통과 피눈물은 『보이지 않는 손』을 여러 번 사용한 반동일 것이다. 상상을 초월하는 고통에 시달리며 도대체 얼마나 괴로워하고 있었던가.

왜 그렇게 괴로워하며 몸부림칠 시간이 자신에게 있었던가.

"……파트라슈?"

멍하니 주저앉은 스바루 옆에 칠흑의 지룡이 다가와 있었다.

모래에 쭈그려 앉은 지룡이 부르는 소리에 그 건재를 표시하듯 긴 꼬리를 흔들었다.

"너는, 무사했던 거냐. ……람은, 어떻게."

설마, 스바루의 숨통을 끊기 직전에 힘이 다한 것일까.

지독하게 편의주의적이지만 람도 치명상을 입고 있었다. 이상한 이야기는 아니다.

"운이, 좋은지 나쁜지……."

어쨌든 간에 지금은 그런 말이나 할 때가 아니다. 방해꾼이 없어졌다면 신속하게 이 자리를 벗어나 감시탑으로 가야 한다.

"파트라슈……미안, 태워 줘."

"＿＿＿＿."

"파트라슈?"

그 등에 말을 건네지만 애룡은 스바루의 지시에 따르지 않았다.

그러기는커녕 그 자리에 쭈그려 앉은 파트라슈는 한 번도 스바루 쪽을 돌아보려 하지 않았다. 그저 유유히 모래 위에 앉아 스바루 옆에서 거칠게 숨을 쉴 뿐이다.

그 모습에, 무시당한 사실에, 차츰 분노가 격화되기 시작했다.

"야, 파트라슈. 듣고 있냐? 야!"

그것은 람과 아나스타시아에게 느낀 짜증과 같은 종류의 감정이었다. 평소라면 있을 수 없는 속도로 내려 쌓이는 어두운 감정, 그것을 반응 없는 지룡에게로 발산했다.

"이쪽 봐, 이 새끼야! 날 뭐로 보는 거야!"

"＿＿＿＿."

"이 녀석, 이제야 사람 말을＿＿."

들을 맘이 생긴 거냐고, 모래를 던진 스바루를 파트라슈가 돌아보았다. 그 기특한 태도에 혀를 차려다가 참고, 호통치려다가 스바루는 깨달았다.

＿＿뒤돌아본 파트라슈의 입이, 상궤에서 벗어날 만큼 붉게 물들어 있었다.

"＿＿＿＿."

그 붉은색은 이미 이 단기간에 완전히 눈에 익은 색이었다.

스바루의 옷이든 얼굴이든 끈적거리는 그것에 더러워져 있었고, 마른 모래는 지금도 그것을 빨아들이고 있다. 맴도는 악취에는 분뇨와 색이 진한 그것이 섞여 있다.

하지만 알아채고 싶지는 않았고, 알아채서는 안 됐다.

——파트라슈의 입가, 그 이빨에 '분홍색 머리카락'이 무수히 엉켜 있다는 사실을.

"힉."

꿈지럭대다가, 눈치챘다. 파트라슈 너머로 안 보이던 람이 쓰러져 있었다.

더 이상 꿈쩍도 하지 않는다. 당연하다. 왜냐면 목 위가 없으니까.

두개골이 흉악한 이빨에 으스러져서 머릿속 내용물을 전부 쏟아낸 채로 람은 죽어 있었다. 내장을 쏟아낸 아나스타시아와 마찬가지로 머릿속에 든 것을 쏟아냈다는 뜻이다.

그리고 그렇게 만든 파트라슈의 노란 눈이 이 순간 스바루를 보고 있다.

그 파충류와 닮은 노란 눈이, 흉험하게 날카로워졌다.

"그만——."

쩌억. 눈앞에서 그 턱이 벌어지는 모습이 최후의 광경이었다.

그대로 의식이 끊기기 직전까지, 스바루는 자신의 몸이 씹히는 소리를 듣고 있었다. 머리가 으스러지고 귀가 죽고 나서도, 계속.

어디서 소리를 듣고 있었는지 신기해서 웃어 버릴 것 같지만, 웃을 수 없다.

웃을 입은 없고, 웃을 생명은 없고, 웃을 일도 없어서.

──파트너에게 물어 뜯겨 나츠키 스바루는 숨이 끊겼다.

5

──무언가가 부서져 가는 소리를, 의식만이 마냥 듣고 있었다.

뼈가 으스러지며 뇌가 씹히고 안구가 깨져서 물이 흘러나온다.

두개골, 깨진 곳은 머리뼈다. 그 내부의, 소중한 곳이 한꺼번에 뒤섞이며 쏟아진다.

의식과 기억은 구별 없이 모조리 고기색 토사물로 둔갑한다.

숫제 머리가 깨질 듯이 아프다. ──그렇게 생각하다가 의식이 비웃었다.

이미 깨지기는커녕 중요한 것은 모조리 다 으깨진 다음이다. 아픔을 느낄 부분도 진즉에 없어졌는데 이제 와서 무슨 말을 한단 말인가.

기억을 담아 둘 뇌가 으깨지고, 사고를 위한 기관은 부서진 데다, 애초에 생명 유지에 필요한 부위부터 송두리째 터졌는데, 이를 두고 『죽음』이라 일컫지 않던가.

그렇게 된 인간은 죽는다. 그러니 당연히, 나츠키 스바루도──

"──루스. 바루스. 정신 차려."

몽롱한 의식이 목덜미가 붙들려 억지로 밝은 곳에 끌려 나왔다.

돌아오자마자 처음 느낀 것은 누군가가 자신을 부르는 목소리였다. 목소리만이 아니다. 가볍게 뺨을 얻어맞고 있는 감촉도 있었다. 모래의, 잘그락거리는 맛이 혀에서 노닐고 있었다.

"바루스, 슬슬 안 일어나면 눈꺼풀을 태워 버릴 거야."

"헉——."

잠결인 머리에 무시무시한 협박을 들어 의식이 급속히 부상했다.

목소리에 인도받으며 의식은 암흑의 바다에서 부상해 숨 막히는 수면을 가르고 밖으로——.

"——바루스, 일어났어?"

바로 눈앞의 연홍색 눈을 가늘게 뜬 람의 얼굴이 있었다.

"————."

숨결이 닿고 하마터면 입술까지 맞닿을 지근거리였다. 물론, 그런 야릇한 목적 때문이 아니라 주위가 어두워서 이러지도 않으면 상대 얼굴이 안 보일 뿐이다.

한 호흡, 스바루의 입에서 숨이 새어 나오고 람의 얼굴이 천천히 떨어졌다. 현실감 없는 어둠색에 물든 세상에서 스바루는 모래를 움켜쥐고 자신의 존재를 실감했다.

그리고 자신이 『사망귀환』했다는 사실 또한 깨달았다.

"나, 는……."

심장 고동을 확인하면서 시간을 들여 무슨 일이 있었는지 떠올린다. 『죽음』의 순간은 강렬하게 찾아오는 법이라서, 완벽하게 유지된 기억은 차마 바랄 수 없다. 순서를 더듬듯 자신의 『죽음』 직전까지 하던 행동을 좇아 의식의 깊은 바닥에 잠긴 『죽음』을 찾아내고——.

"우웁……."

아무 가치도 의미도 없는, 욕설이 난무하고 죽고 죽이는 기억이 느닷없이 선명하게 되살아났다.

"바루스?"

"욱, 웨…… 웨엑."

스바루의 모습에 의아해하는 람. 대답할 여유도 없이 구토감에 정신을 못 차렸다.

본인의 『죽음』이라면 스바루는 벌써 두 손으로는 부족할 만큼 경험한 베테랑이다. 그렇다고 스바루가 『죽음』에 익숙해질 일은 결코 없다.

그건 본인은 물론, 타인의—— 동료 중, 누구의 『죽음』이어도 마찬가지다.

자신이 죽는 건 무섭다. 하지만 동료가 죽는 것도 마음이 찢어지는 심정이다.

——하물며 직전에 목격한 람의 끔찍스러운 죽음은 처음 맛보는 최악의 충격이었다.

"……오, 웹. 콜록, 커헉."

생각하지 않겠다고 애쓰는 짓은 생각해 내려는 짓과 다를 바가 없다.

람의 끔찍한 최후를, 신뢰하는 파트라슈의 흉행을, 잊으려고 하면 할수록 스바루의 뇌리에 지룡의 이빨에 엉킨 분홍색 머리카락과 머리의 잔해가 선명하게 떠오른다.

그 결과, 치미는 구토감을 참다못해 스바루는 모래를 향해서 구역질했다.

그러나 목과 위장은 『사망귀환』의 충격에서 회복하지 못해 경련만 할 뿐, 스바루는 그 자리에서 마냥 침만 흘렸다.

"……깨어난 줄 알았더니 대뜸 이 꼴이야? 한심하긴."

모래에 손을 짚고 필사적으로 허덕거리는 스바루에게 냉담한 목소리가 떨어졌다. 바로 옆에서 스바루를 내려다보는 람, 그 차가운 태도에 『죽음』 직전의 말다툼이 상기됐다.

그, 이유 없이 솟구치던 살의의 격정과 죽고 죽이는 싸움의 발단이 된 언쟁── 충동에 지배되던 기억에 가슴이 욱신거리며 무서워졌다.

그런 흉악한 사태가 또다시 일어난다면 어떡해야──.

"──깨물지 마."

"──읍."

한마디 운을 뗀 람이 스바루의 턱을 손가락으로 잡았다.

놀라서 경직된 스바루. 람은 그런 스바루의 반응에 개의치 않으며 입을 벌리게 하더니 아주 심드렁한 표정으로 하얀 손가락을 스바루의 목구멍에 쑤셔 넣었다.

"……?! 오, 웨엑."

"바루스가 요령 없는 건 타고 난 줄 알았지만 이 정도까지면 갓난아기나 다름없네."

타인의 손가락이 침범한 스바루의 식도가 거칠게 능욕당했다.

그러자 그때까지 경련만 할 뿐이던 위장과 목이 새로운 놀라움을 받아들이고, 자연히 솟구친 구토감을 모래 위로 토해냈다.

나오는 건 위액과 타액뿐이지만 그래도 구토하기 전보다 훨씬
편해졌다.

"웨헥, 콜록…… 하아, 후…… 미안, 이제, 괜찮아……."

"그래? 만족한 모양이라 잘 돼쩌여."

"너, 너 말이야……."

소매로 입가를 훔치는 스바루의 말에 람이 어깨를 으쓱이면서
아기 말로 받았다.

그 태도에 감정은 있지만 유아 수준의 실례를 저지른 건 사실이
다. 반론할 여지라곤 없고 지금도 람의 손바닥은 스바루의 등을
자상하게 쓰다듬고 있다.

알아먹기 어렵고, 신랄한 배려다.

"손, 그만 치워도 돼. 그보다 여긴……."

"감시탑의 빛과 공간의 뒤틀림이 찢어진 건 기억하지? 그 균열
에 삼켜졌다가 내던져진 결과가 여기야."

등을 쓰는 손에서 벗어난 스바루의 질문에 람이 주변을 턱짓하
며 설명했다. 그녀의 설명을 들은 스바루는 뒤늦게 찾아온 놀라
움에 얻어맞았다.

"_____."

아우그리아 사구에 도전하는 중에 스바루는 벌써 세 번 목숨을
잃었다. ──하지만 세 번째가 되는 이번, 『사망귀환』의 재시작
지점이 지난번에서 변경됐다.

지상의 꽃밭 공략에서 에밀리아를 비롯한 다른 일행과 떨어진
뒤의 사궁 공략 개시 지점으로.

"얼굴이 참 한심해."

『사망귀환』한 사실에 굳어진 스바루의 얼굴을 난데없이 람의 손가락이 만졌다. 그 온기에 시선을 움직이니 람은 변함없는 표정대로 끄덕이고 말했다.

"안달하지 말고 침착해. 일어난 일은 일어난 거야. 지금은 냉정하게 사태를 받아들여. 바루스에겐 고도의 요구일지도 모르겠지만."

"_____."

차가운 모래 위에서 차분한 람의 목소리와 손가락의 온기가 조금씩 혼란을 가라앉혀 주었다.

람의 의도와 스바루의 마음속 혼란은 미묘하게 방향성이 다르다.

람은 전이 때문에 동료와 떨어진 사태를, 스바루는 『사망귀환』한 것과 재시작 지점의 변경을, 각각 쇼크로 받아들이고 있었다.

스바루는 람의 말과 배려를 곱씹다가 이윽고 천천히 숨을 내뱉고 말했다.

"……람."

"왜?"

"네 손가락, 매끈해서 기분 좋더라…… 푸헥?!"

"기어오르지 마. 이 바루스가."

"남의 호칭을 악담 같은 투로 써먹지 말아 주실래요?!"

섣부른 발언의 대가로 따귀를 맞은 스바루가 눈물을 글썽이며 호소했다. 하지만 냉큼 모래로 손가락을 닦고 있는 람은 그 호소를 기각할 태세였다.

웬일로 자상하게 대해 주나 싶었는데 바로 이러니 야박하기도 하다. ──그런데도 평소와 같은 대화에 스바루는 마음속으로 안도감을 느꼈다.

상황은 아무것도 호전되지 않았다. 그런데도 여전히 마음은 구원받고 싶어 했다.

그렇기에 한 가지 더, 이 상황을 움직이기 전에 해 둬야 할 말이 있다.

"──왜?"

스바루의 눈초리에 람이 의아한 듯 눈썹을 찡그렸다.

스바루는 그녀의 연홍색 눈을 바라보면서 숨을 내뱉고, 말했다.

"람, 내가 왜 너를 붙잡았느냐면, 세계가 찢어지기 전에 너를 잡고 있었던 거랑, 네가 제일 약했던 거랑, 네가 가까이 있었던 거랑, 그리고, 또, 그게……."

"──────."

『어째서, 바루스는 렘이 아니라 람을 붙잡은 거야?』

스바루의 말을 듣는 람의 얼굴이 그렇게 발언했을 때의 람과 겹쳤다.

그 부자연스러운 살육전이 일어났을 때, 명백하게 스바루 일행은 냉정하지 않았다. 정상적인 정신 상태가 아니라 온갖 사소한 문제가 살의로 이어질 만큼 증폭됐다.

그것은 농밀한 독기가 일으킨, 최악의, 있을 수 없는 살육전이었다.

하지만 그 자리에서 토한 말이 전부 거짓말 같지는 않아서.

"그 순간, 너와 다른 누군가를 저울질하던 게 아냐. 아니 나한테 그런 여유는 없었다는, 극한 상태에서의 빈약한 행동력을 근거로……."

"──바보구나."

"아앙?"

필사적으로 거듭하는 스바루의 해명을 람의 짤막한 목소리가 싹둑 잘라냈다.

너무 심한 발언에 스바루가 고개를 들자 코끝에 람의 손가락이 들어와 있다. ──아니, 코끝이 아니라 코를 손가락으로 찔렀다. 날카로운 아픔이 번졌다.

"끄오오오!"

"조잘대는 변명은 지겨워. ──자기 탓해 봤자 헛일이야. 누구 책임이냐고 추궁할 의미는 없어. 그런 시간 낭비보다 할 일이 있지."

람은 몸을 젖힌 스바루를 보고 탄식하더니 옆의 랜턴을 줍고 일어섰다. 측면을 두드리자 안의 라그마이트 광석이 희미하게 빛을 내서 모래 미궁의 어둠을 갈랐다.

"안 그래도 바루스가 토한 시간만큼 낭비했으니까."

"알아……. 그, 다른 일행은?"

"대체로 따로 떨어졌어. 람과 바루스를 제외하면…… 마침 돌아올 참이구나."

답을 아는 질문을 하는 자신의 뻔뻔함을 혐오하면서 입을 소매로 닦았다.

쳐다보니 람이 비춘 랜턴의 빛에 비슷하게 다른 빛이 부딪쳤다. 주위 탐색을 접고 합류하고자 돌아온 아나스타시아와 파트라슈다.

──빛 속에서 모습을 드러낸, 늠름하고도 흉포한 지룡의 생김새에 간이 철렁했다.

"바보냐, 나는. ……아니, 바보지, 나는."

스바루는 자신의 가슴팍을 세게 잡고 약한 마음을 지워 없애려 했다.

그 비정상적인 불화를 이 상황에서까지 질질 끌 이유라곤 없다. 파트라슈에게 살해당한 건 확실히 스바루 안에 깊고 깊은 상처로 남았다.

그럼에도 스바루는 자신을 죽인 상대와도 여러 번 마주 서지 않았던가.

"그래. 렘도, 람도, 처음에는……."

지금 막, 알기 어려운 자상함을 보여 준 람도.

그토록 스바루를 헌신적으로 지탱해 절망에서 구해준 렘도.

처음 관계는 최악이었고, 목숨을 위협받은 적도, 빼앗긴 적도 있었다.

그것과 비교하면 본의가 아니었던 지난 사건쯤은 귀여운 수준이다.

"──다행이데이. 나츠키, 깨어났구마."

"덕분에. 그래서, 안쪽의 상황은 어떻던가요?"

정면에서 람과 아나스타시아 둘이 말을 주고받고 있다.

이후 방침과 모래 미궁의 공략 방법을 이야기하고 있을 것이다. 거기에 끼어 전해야만 한다. ──다시는 그런 참극을 일으키지 않도록.

"_____."

『사망귀환』함으로써 『죽음』 전후의 사건 및 영향은 그 순간에 두고 왔다.

그러므로 지금 스바루가 느끼는 고통과 상실감은 전부 착각이고, 허깨비다.

스바루는 그 허깨비를 무찌르고 자신의 싸움을, 동료들과 함께 무사히 극복한다.

그러기 위해, 그러기 위해서, 그러기 위해서──.

"──저항해, 나츠키 스바루. 너한테, 움츠릴 여유는 없어."

그렇게 스바루는 자기 자신에게 타일러 공포를 죽이고 깊은 숨을 쉬었다.

『사망귀환』한 세계의 실수를, 그 행동으로 갈아치우기 위해서.

"_____."

그런 스바루를 칠흑의 지룡만이 우려하는 듯한 눈으로 바라보고 있었다.

제5장 『감시탑의 파수꾼』

1

"——아나스타시아 씨, 여기, 천장이 낮으니까 조심해 줘."

"응, 알긋다. 고맙데이."

"람, 바닥 상태가 나빠. 파트라슈라면 괜찮겠지만 주의해 줘."

"……그래, 알았어."

"맞다, 람, 안 추워? 그러면 내 망토를 둘러도 되는데."

"————."

발길을 멈춘 스바루가 벗은 망토를 람 위로 내밀며 람의 몸 상태를 염려했다. 스바루의 배려에 람은 침묵하며 지긋이 바라보았다.

속내를 간파하려는 듯한 눈초리에 불편해졌다.

"뭐, 뭔데. 왜 그래."

"바루스 쪽이야말로 그 소름 끼치는 배려는 대체 뭐야? 무슨 속셈이야?"

"아무 속셈 없어. 그냥 나는 너희가 탈 없기를 바랄 뿐이지……."

"엉큼해."

"엉큼하지 않거든?!"

경멸 어린 눈초리에 스바루가 언성을 높였다가 평판이 안 좋다고 망토를 다시 걸쳤다. 그리고 머리를 긁으면서 람에게 등을 돌렸다.

――솔직히 람의 의심은 지당하다. 스바루도 자신의 행동이 곤혹스러웠다.

지난번 『죽음』을 겪고 그리되지 않도록 람과 아나스타시아의 비위를 맞추고 있는 건 아니다. 그런 이상 사태에 그리 쉽게 빠지지 않을 거란 생각쯤은 있었다.

단지 정말로, 순수하게 걱정되는 것이다.

아마 이 감정은 눈앞에서 두 사람의 『죽음』을 지켜본 경험과 무관하지 않다.

"_____."

"뭘 벌레 씹은 표정을 짓고 있어. 하고 싶은 말이 있으면 해."

"……별거 아니야. 신발 속에 모래가 들어가 찝찝해서."

"숨길 거면 더 정성껏 숨겨. 서투르게 굴어서 여자에게 불안을 주면 되겠어?"

싸늘한 일침에 스바루는 재차 입술을 ㅅ자로 구부렸다.

람의 말뜻은 명료하지만 도대체 무슨 말을 하란 말인가. 설마, 너희가 소중해서 걱정되니까 철저하게 챙기고 싶다고 말하면 될까.

"……엉큼해."

"침묵에 자의적인 해석을 달지 마! 피해망상이야!"

"뭐가 잘났다고 그런 소릴 해? 이건 더는 못 쓰겠네."

"내가 잘났다면, 너는 사람 머리 꼭대기에 앉은 것처럼 행세하고 있거든?"

"핫!"

감정을 주체하지 못하는 스바루에게, 지난번 기억이 하나도 없는 람은 아주 호되다. 그 사실이 밉살맞기도 하고, 안도감으로도 연결되고, 스바루의 심정은 복잡기괴하다.

그저 추한 자신을 기억하지 못한다는 점에선 안도하는 것 같다.

"람 씨도 나츠키 상대라믄 진짜로 호되고마."

그런 일방적인 언쟁을 주고받는 두 사람의 모습에 아나스타시아가 쓴웃음 지었다. 비꼼이 되지 않을 정도의 중재를 끼워 넣으면서 자신의 볼에 손을 짚고 말을 이었다.

"아이믄 내가 없는 중에 먼 일 있었는교?"

"안타깝지만 람과 바루스를 단둘이 둬도 아무 일 없습니다. 다음 날, 바루스가 끔찍한 시체로 발견될 뿐이죠."

"대체 뭐야? 너, 늑대인간 게임의 늑대인간이냐? 무섭다."

그런 넉살을 주고받는 중에도 발걸음을 멈추지 않는 스바루. 아나스타시아는 선두에 있는 그 등에 갸웃하며 "나츠키." 하고 불렀다.

"방금 농담은 몰라도, 너무 기 쓰는 것도 문제데이? 아까 갈림길도 어느 쪽을 택할지 근거가 없던 기는 사실이꼬."

"공명에겐 미안한 짓을 했지마는."

아나스타시아와 람, 두 사람이 스바루가 보이는 이상한 태도의 원인을 추측해 각자 말했다. 그런 둘의 말에 스바루는 애매하게 볼을 긁을 수밖에 없었다.

──두 번째 사궁 탐색이 되는 이번 루프, 스바루 일행은 이미 문제의 갈림길에 도달해 지난번과는 반대쪽인 왼쪽 길로 진로를 결정해서 가는 중이었다.

갈림길을 선택할 때, 솔직히 스바루는 자연스럽게 유도를 했다고 생각하진 않았다. 그럼에도 두 명이 귀담아 들어준 건 그만큼 스바루의 태도가 필사적이었기 때문이다.

오른쪽 길로 진행하면 독기에 미쳐 버린다. ──두 번 다시 그런 대참사는 사절이었다.

단, 그게 왼쪽 길의 안전을 보장하는 건 아니다. 따라서 스바루는 신중하게, 세심한 곳까지 파고들 각오로 돌다리를 두드려 두 사람과 한 마리의 안전에 진력 중인 것이다.

"이 소름 끼치는 신사 행세는, 전이했을 때 머리를 박은 후유증이야?"

"대체 왜 그래?! 내가 배려하면 이상한 거야? 하는 짓은 율리우스랑 다를 바 없잖아! 그 녀석은 괜찮고 난 안 되는 거냐!"

"그야 율리우스는 자연스럽지만도 나츠키는 불건전…… 부자연스럽다 안카나."

"불건전하다고 그랬어?!"

너무한 말에 눈을 부릅뜨지만 여성진은 상대하지 않았다. 홀대에 낙담하는 스바루, 파트라슈가 위로하듯 그 어깨에 코끝을 붙였다.

"──넌 착하구나. 진짜로, 멋진 단짝이야."

스바루는 그렇게 위로해 주는 파트라슈에게 한순간 머뭇거린 자기 자신을 부끄러워했다.

람과 아나스타시아의 의심을 사고, 파트라슈의 위로에 몸은 긴장한다. 그런 꼴로 모두를 지킬 수 있겠느냐고 스바루는 자신의 뺨을 때려 기합을 다시 넣었다.

좌우간 지금은, 한시라도 빨리 사궁을 공략해 떨어진 동료들과의 합류를 서둘러야만 한다.

──극히 단시간의 재시작 지점 갱신. 이는 수문도시와 마찬가지로, 짧은 간격이 마음에 걸리기도 하지만 그 이상의 문제가 스바루의 마음을 초조하게 했다.

재시작 지점이 갱신되는 바람에 구하고 싶은 것을 구하지 못하게 될 가능성이다.

『이름』과 『기억』을 먹힌 렘을 『사망귀환』으로 되찾지 못한 것처럼 지금, 이 순간, 스바루의 손이 못 미치는 곳에서 분단된 동료들에게 비극이 일어났다면.

스바루의 생명으로는 메꾸지 못할, 그 상실이 두렵다.

"빨리, 합류해야 해……!"

여기에 없는 에밀리아와 베아트리스, 율리우스에 메일리. 그리고 렘.

일행의 신변에 불행한 사건이 일어나지 않았기를, 빈다.

나츠키 스바루의 손이 미치지 않는 곳에서 일행이 다치지 않기를.

그러니까——.

"한 걸음이라도 더 앞으로 가자. 하지만 둘이 다쳐도 안 되니까 신중하게. 뭔가 알아차리면 바로 말하라고. 내가 할 수 있는 거라면 뭐든 할 테니까."

"……역시, 중증이야."

조급해지는 마음과 안전제일의 팽팽한 겨루기가 스바루의 언동에서 일관성을 빼앗고 있었다. 그 사실에 람이 어이없어하고 아나스타시아가 쓴웃음 지었다. 파트라슈가 작게 울었다.

——다행이라고 할지, 이미 갈림길로부터 웬만한 거리를 걸었지만 그 저주스러운 철문과는 한 장도 맞닥뜨리지 않았다. 즉, 그 문 뒤에서 흘러넘친 독기에 미쳐 버려 살육전으로 발전할 참극은 피했다고 여겨도 될 성싶다.

물론 그렇다고 단순히 왼쪽 길이 정답이라고 생각하긴 어렵고, 실제로 그러했다.

"——뭔가, 이상한 냄새가 안 나나?"

"냄새?"

아나스타시아가 예쁜 코를 킁킁대며 말하자 스바루는 눈썹을 찌푸렸다. 덩달아 후각에 집중한 스바루도 그 냄새를 알아챘다.

어두운 통로 앞, 랜턴의 조명 앞에서 풍겨오는 냄새는——.

"뭔가가 타는 냄새야."

희미한 열기를 띤 바람에 람이 짤막한 감상을 읊었다.

그 말에 스바루와 아나스타시아도 끄덕였다. 그렇다. 이것은 뭔가가 타는 냄새다. 심플한 불 냄새가 콧구멍에 스며들어 존재를 주장하고 있다.

"에밀리아 님께서 경솔하게도 모닥불을 피우며 쉬고 있는……
그럴 가능성은 있다고 봐?"

"에밀리아땅이 경솔하게 불을 피울 만한 사람이라는 건 같은
의견이지만, 곧장 수긍하진 못하겠는데. 이 타이밍에 불 냄새라
니……."

"너무 수상하제. ……에밀리아 씨일 가능성이 없진 않지만도."

변함이 없는 모래 미궁 안에서 고대하던 변화라고 못할 것도 없
다. 하지만 실제로 이번에 직면한 스바루 일행의 의견은 너 나 할
것이 없이 경계를 말한다.

상대의 정체를 알 수 없는 이상, 말했듯이 경솔하게 말을 걸 수
도 없다. 그러나 눈싸움만 지속해 봤자 해결이 안 난다.

"──내가 보고 올게. 조명을 끄고 살살 걸으면 들킬 가능성도
낮아."

스바루가 들고 있는 랜턴의 조명을 내리고 척후 역할에 나섰다.
이 세 명이라면 스바루 입장으로도 심정적으로도 가장 위험한 역
할은 스바루가 적임이다.

"무슨 일이 있으면 바루스를 미끼로 삼겠어. 원망하지 마."

"그때는 저주 좀 하자."

힘내라고 기특한 말을 안 하는 람의 한마디에 용기가 생긴다.

그 대화에 등을 떠밀린 스바루는 일행을 그 자리에 남기고 천천
히 어두운 통로를 전진, 살금살금 몰래몰래 사뿐사뿐 걸었다.

"_____."

스바루는 숨을 죽이고 모래를 조용히 밟으면서 불 냄새를 따라 갔다. 낙관시하던 것처럼 에밀리아 일행이 모닥불을 피운 거면 최고, 그게 아니어도 인간의 흔적이 발견되면 마음이 편해진다. 최악의 경우, 『현자』가 고기를 굽고 있어도 상관없다.

이 상황에 변화가 있기를 빌면서 스바루가 약간 세게 발을 내디 뎠다.

──그 순간, 스바루의 발밑이 느닷없이 무너지며 모래더미의 붕괴에 몸이 삼켜졌다.

"뭣, 으아아아아──?!"

기습적인 발판 붕괴에 스바루는 속수무책으로 모래의 비탈을 굴러갔다. 대략 십여 미터 구르다가 끝에는 머리부터 모래더미에 처박혔다.

"우웩! 퉤! 또 모래…… 아니, 그보다 왜 무너지고……."

몇 시간 만에 모래알을 맛본 스바루가 입 안의 이물질을 뱉으면 서 몸을 일으켰다. 그리고 빠른 말로 주워섬기던 푸념을 도중에 끊으며 검은 눈을 부릅떴다.

──그곳은 널찍하게 트인, 천장까지 수십 미터는 됨직한 공간 이었다.

"＿＿＿＿."

주황색의 희미한 조명이 시야에 광대한 공간을 흐릿하게 부각 시키고 있다. 공간은 넓은 돔 모양으로, 까마득히 높은 천장은 아 마도 지상의 사구와 연결되어 있을 것이다.

천장은 천연의 함정이 되어 거기서 지상의 모래와 함정에 걸린 가엾은 사냥감이 떨어지는 구조다. 가엾은 사냥감── 그것은 아우그리아 사구에 도전한 모험자들이며, 동시에 사구에 생식하는 마수들이기도 하다.

그 증거로──.

"크아아────!"

울려 퍼진 포효는 같은 공간의 모래 위에 누워 있던 마수, 꽃단장곰이 터트린 소리였다.

지상에 있던 한 마리가 함정에 빠져 지하로 떨어진 것이리라. 꽃밭으로 위장한 마수가 굴러떨어진 스바루의 비명을 들어 사납게 일어섰다.

꽃에 정기를 모조리 빨린 눈이 암흑 속에 엉덩방아를 찧은 스바루를 포착했다.

적은 고작 한 마리. 그럼에도 곰과 다를 바 없는 적은 스바루에게 압도적인 위협이었다.

"──큭."

스바루는 이를 악물고 눈앞에 육박하는 위협에 허겁지겁 일어섰다. 뇌리에 떠오른 선택지는 두 가지다. 도망칠까, 맞설까.

뒤돌아서 처음에 떨어졌던 모래를 타고 올라가면 원래 통로로 돌아갈 수도 있다. 경사는 완만하고 어차피 모래산이다. 얼마든지 오를 수 있다. 하지만 일행을 위험에 빠트린다.

──그때, 머리에 스친 그 생각이 결국 두 가지 선택지 모두를 앗아갔다.

"──아."

허리춤의 채찍을 잡으려 해도, 뒤에 있는 모래산에 오르려 해도, 양쪽 다 시간이 부족하다. 돌진해 오는 마수가 팔을 쳐들어 침을 흘리면서 눈앞에 육박한다.

그대로 꽃단장곰의 흉악한 발톱이 스바루의 몸을 조각조각 찢어발기고——.

"끼에————!"

——그 순간, 옆에서 덮쳐든 커다란 것이 꽃단장곰의 몸통을 시뻘겋게 꿰뚫고 있었다.

"크악————!"

맹렬한 속도로 옆에서 일격을 맞고 날카로운 창과 같은 물질에 꿰인 꽃단장곰이 절규했다. 그것은 분노와 고통의 포효였지만 오래 이어지진 않았다.

왜냐하면 꽃단장곰의 온몸이 아무 예고도 없이 한순간에 불타올랐기 때문이다.

"————."

착화 지점을 따지는 게 우스울 만큼 마수가 처절하게 불탄다.

딱하게도 꽃단장곰은 저항할 겨를조차 없이 그 생명을 삽시간에 모조리 태우고 말았다.

그 결과, 겨우 목숨을 건졌다. ——그렇게 스바루가 안도할 여유가 있을 턱이 없다.

꽃단장곰을 태워 죽인 건 꽃단장곰 이상의 위협이었다.

마수가 타는 냄새는 스바루 일행이 통로에서 느낀 불 냄새였다고, 사고의 어딘가 냉정한 부분이 이해했다.

그리고 냉정해지지 못한 부분은 눈앞의 것에 압도되어 있었다.

그것은———.

"끼야악————!"

———그것은, 무수한 갓난아기가 일제히 울부짖는 것 같은 소리를 지르는, 기이한 마수였다.

2

"끼야아————!"

울려 퍼지는 마수의 포효를 들으면서 스바루는 현실 도피하듯 생각했다.

어째서 마수들은 이놈이고 저놈이고 인간의 신경을 긁는 소리로 우는 것이냐고.

무수한 아기들이 울부짖는 듯한, 날카롭고 찢어지는 울음소리가 스바루의 온몸에 쏟아졌다.

———울듯이 포효한 것은 너무나 모독적으로 생긴 존재였다.

"————."

여태까지 스바루는 원치 않게 마수를 많이 봤다. 어느 마수라도 생물의 정형이 있었으며, 이형의 존재일지라도 생명의 원칙과 이론이 있었다.

백경이나 대토도 그 최소한의 원칙은 지키던 것 같았다.

그러나 지금 눈앞에서 포효하는 존재는 그 최소한의 원칙도 따르지 않았다.

"끼야악————!"

울부짖는 마수. 그 겉모습에서 억지로 유사점을 찾는다면 말에 가까울까.

탄탄한 발굽을 지닌 네 다리와 그것이 지탱하는 굵은 몸통, 둔부에 긴 꼬리가 있는 것까지는 확실히 말과 같다고 할 수 있다. 하지만 본래라면 말머리가 있을 위치, 그곳에 있는 건 기가 막히게도 인간의 상반신이었다.

그 인간의 몸통에는 머리가 없다. 대신에 뒤틀린 거대한 『뿔』이 나 있었다.

스바루의 지식 속에선 반인반마(半人半馬)의 켄타우로스라는 공상 속 생물과 흡사하다고 할 수 있지만, 마치 재현하다가 도중에 내팽개친 듯 일그러진 형상이다.

몸길이는 꽃단장곰보다 갑절은 된다. 5미터는 되는 너무나 거대한 괴물이었다.

"————."

어린애가 서투르게 만든 점토 작품 같은 생명의 모독에 스바루는 목소리가 안 나왔다.

"끼야아————!"

그사이에도 켄타우로스는 째지는 소리를 내며 숯이 된 꽃단장곰의 주검을 짓밟았다.

머리가 없는데도 터지는 울음소리는 마수의 몸통—— 인간 상반신 부분의 가슴부터 배에 걸쳐서 세로로 갈라지고 날카로운 이빨들이 옆으로 난 구강에서 나온 것이었다.

그 괴이한 생김새에 더해 켄타우로스의 상반신은 시뻘건 불꽃의 갈기를 지고 있다. 그 갈기가 믿을 수 없는 화력으로 모래 공동을 태우며 주위를 시뻘겋게 밝히고 있었다.

"힉."

조명이 밝힌 공간을 본 스바루의 목이 구슬프게 울었다. 탄 냄새의 정체가, 마수를 태운 냄새였던 건 이미 판명된 사실.

하지만 이 공간의 역할은 그게 다가 아니다. ──선 채로 못 박힌 스바루 주위에는 상상 이상으로 많은 탄 시체, 숯이 된 생명의 잔해가 어지럽게 흩어져 있었던 것이다.

마수의 화장터. 무수한 소사체에 둘러싸인 스바루의 뇌리에 그런 단어가 떠올랐다.

다시 말해, 이곳도 함정이다. ──『모래시간』과 마수의 화원, 그리고 독기의 길에서 이어지는, 플레아데스 감시탑에 도달하는 것을 막기 위한 악질 트랩의 일환이었다.

"──────."

그 결론을 얻은 스바루 쪽으로 켄타우로스의 상체가 빙글 돌았다. 괴물은 꽃단장곰을 확실하게 죽이자, 다음 사냥감으로 스바루를 찍었는지 천천히 발굽을 굴렸다.

꽃단장곰 이상의 『죽음』이 스바루의 생명을 불사르고자 거리를 좁힌다. 맹렬한 열기를 두른 마수의 접근. 그러나 스바루는 미동도 하지 않고 기다렸다.

그것은 절대적인 위협을 앞두고 생존을 체념했기 때문──이 아니다.

그 반대다.

"———."

미동도 하지 않은 스바루는 호흡마저 멈추고 다가오는 마수로부터 자신의 존재를 숨겼다. 하지만 몸을 감추진 않았다. 그냥 생각하면 무의미한 저항이다.

그러나 이 마수에게는, 그렇지 않다.

"———."

천천히 다가오던 마수가 스바루와 몇 미터 거리를 두고 멈춰 섰다. 뿔 형상의 머리, 무슨 생각을 하는지 그 사고 일체는 헤아릴 수 없다.

하지만 마수는 즉각 스바루를 죽이려 하지 않았다. 머뭇거리거나 망설이기 때문이 아니다.

그저 단순히 스바루의 존재를 확신하지 못하고 있다. 그뿐이다.

──마수 『켄타우로스』의 생태에 관해, 스바루는 아무것도 모르는 첫 목격 현장이다.

처음 만난 적대자에게는 속수무책으로 살해당하는 게 스바루의 패턴. 그 『죽음』의 경험을 딛고 적을 공략하는 것 말고 저항 수단은 없다.

그런 생각은 나츠키 스바루를 지나치게 만만히 보는 것이다.

돌발적인 『죽음』에 나츠키 스바루는 백전연마. 부조리한 『죽음』의 경험치가 나츠키 스바루에게 무의미한 『죽음』을 경험케 하지 않는다.

그걸 위한 노하우는 스바루의 영혼에 확실하게 쌓여 있다.

"_____."

직전의 상황과, 눈앞에 있는 마수의 모습을 눈에 아로새긴 스바루의 뇌는 전력으로 활로를 찾았다.

어째서, 스바루보다 먼저 꽃단장곰을 노렸는가. 위협도의 순위에 따라?──아니다.

어째서, 스바루를 죽이지 않고 살려 두는가. 가학적인 심보를 채우려고?──아니다.

어째서, 스바루가 있는 쪽을 보려 하지 않는가. 장난, 희롱, 죽이려고?──아니다.

──이 마수는 눈이 없다. 그래서 스바루를 특정하지 못한다.

"_____."

머리다운 머리가 없으니까 몸통에 이식된 입으로 울음소리를 내고 있다. 아마 시각만이 아니라 후각도 존재하지 않을 것이다.

켄타우로스가 지하에서 활동하는 마수라면 두더지처럼 진화 과정에서 시력을 잃은 걸지도 모른다. 어쨌든 간에 이는 형편이 좋았다.

"_____."

스바루는 입을 다문 채로 조용히 팔을 흔들어 손아귀에 있던 수통을 내던졌다.

개인 휴대용, 속이 빈 수통이다. 그것은 천천히 포물선을 그리며 시뻘겋게 타는 마수의 머리를 뛰어넘어 뒤쪽 모래더미에 부딪치고 맹한 소리를 냈다.

"끼약————!"

구르는 수통의 소리를 알아차린 켄타우로스가 극적인 반응을 보였다.

마수가 불타는 갈기를 휘날리며 말의 네 다리로 경쾌하게 도약, 수통 옆에 착지한다. ——아니, 사납게 달려들어 폭염이 터졌다.

"끼이아————!"

모래와 불티가 장렬하게 날고 모래의 화장터가 별안간 번쩍 환해졌다.

켄타우로스가 발굽을 연거푸 내려찍으며 집요하게 수통을 파괴하자 물이 튀었다. 그 행위를 완수하자 벌어진 몸통의 입에서 무수한 갓난아기 울음소리가 미궁에 울려 퍼졌다.

하나부터 열까지 호감을 가질 여지가 없는 최악의 마수다.

"————."

그러나 그 과도한 반응과 공격으로 스바루의 가설은 증명됐다.

마수 켄타우로스에게는 역시 시각도 후각도 없다. 청각에 의지해서 공격하고 있다.

"————."

마수의 날카로운 울음소리가 울려 퍼지는 가운데, 스바루는 고개만으로 머리 위를 돌아보았다. 스바루가 미끄러진 모래더미 위, 십여 미터 떨어진 통로 입구에서 보는 시선과 눈이 마주쳤다.

람과 아나스타시아다. 두 명은 비탈 아슬아슬한 곳까지 몸을 내밀어 눈 아래의 화장터를 내려다보고 스바루의 결사적인 행보에 숨을 삼키고 있다.

다행히 스바루보다 훨씬 영리한 둘은 켄타우로스의 습성을 알아챘는지 섣부르게 스바루를 부르는 짓은 하지 않고 있었다.

단, 이것은 두 사람에게 아무것도 할 수 없는 답답한 심경을 강제하는 사실이기도 하다.

"_____."

시선을 통한 의사소통으로 스바루는 두 사람에게 지켜보라고 간청했다. 세세한 문장까지는 전해지지 않아도, 연홍색 눈에 드리운 분노는 의사소통에 성공했다는 증거라고 할 수 있다.

무사히 합류한 뒤에 생길 일이 무섭지만 그것도 다 난관을 돌파했을 때의 이야기.

"_____."

어둠에 잠긴 대공동, 소사체가 쌓인 중앙에는 켄타우로스가 당당히 자리 잡고 있다.

스바루는 저 마수의 지각을 피하면서 이동해야만 한다. 그것도 일행 쪽으로 돌아갈까, 아니면 공동 앞을 확인할까, 둘 중 하나다.

『돌아와.』

강한 의지가 담긴 눈길이 내려오지만 그리 쉽게 끄덕일 수는 없다. 이 상황은 확실히 위험하지만 동시에 우발적인 기회이기도 한 것이다.

이 모래 비탈을 타고 내려온 타이밍에, 우연히 대신 희생양이 될 마수가 있을 기회가 원하는 순간에 찾아온다고 단정할 수는 없다. ──만약 『사망귀환』하더라도 말이다.

같은 속도로 행군해서 이 대공동에 당도할 방법은 없다. 너무 빨라도 너무 늦어도, 켄타우로스의 불꽃은 꽃단장곰이 아니라 스바루를 노릇노릇 구울 것이다.

그런 의미로도 이 순간은 두 번 다시 찾아오지 않을 호기였다.

"_____."

스바루는 품에 있던 잔돈 지갑을 열어 동화를 엉뚱한 방향으로 던졌다.

실수로 동전이 소리를 내지 않을까 걱정했지만 마수는 던져진 동화를 표적으로 삼았다. 마치 부모 원수인 것처럼 집요하게 불 사른 조그만 동화가 이 세상에서 소멸했다.

불어오는 열풍이 앞머리를 간질이자 스바루는 숨을 삼키고 발을 전진하려 했다. 역시, 기회를 놓치긴 아깝다. 하다못해 앞으로 나아갈 계기라도——.

"_____."

그 뒤통수에 이번에야말로 뚜렷한 분노가 꽂혀서 스바루의 발이 멈추었다. 쭈뼛쭈뼛 뒤돌아본 스바루는 자극적인 시선의 정체를 이해했다.

물리적인 간섭력을 가진 시선은 람이 들이댄 지팡이가 원인이었다. 그 끝부분에 바람을 휘감은 지팡이는 스바루가 무모하게 구는 순간에 처벌을 실행할 것이다.

당연하지만 처벌이 실행되면 스바루도, 람도 무사히 끝나지 않는다. 그게 싫으면 돌아오라는, 자신들의 생명을 인질로 삼은 교섭술이었다.

"_____."

그것이 스바루의 신변을 염려하기 때문에 나온 강경책인 건 안다. 그리고 람은 스바루가 그렇게 이해할 것도 알고서 하는 행동이리라.

분하지만 완패했다. ──스바루도 자신이 완전히 냉정하진 않다는 자각은 있었다.

켄타우로스의 생태 일부와 위험한 화장터의 존재. 그 정보를 가지고 돌아가는 것을 합격점으로 삼고 일행에게 돌아가 작전을 가다듬는다. ──그것이 최선의 방책.

"_____."

그렇게 결심했으면 스바루가 해야 할 일은 명백하다.

잔돈 지갑에서 두 번째 동전, 이번은 은화를 끄집어내어 켄타우로스의 머리 너머로 던졌다. 마수의 의식을 돌린 다음 모래 비탈을 오를 방침이다.

되도록 경사가 급하지 않고, 잘 무너지지 않을 바닥을 찾느라 시력을 집중하는 스바루.

"어──."

느닷없는 바람에 몸이 떠밀려서 스바루의 목이 살짝 꿀꺽거렸다. 무슨 일인가 쳐다보니 아픔이 없는 부자연스러운 바람은 람이 일으킨 것이었다. 그 말대로 따랐는데, 어째서.

──그 직후, 의문의 답은 불덩이가 되어 스바루의 눈앞을 지나갔다.

"_____."

축구공만 한 불덩이지만 그것은 열파를 주위에 뿌리면서 날아가 몇 미터 앞의 모래벽에 격돌, 거기서 폭음을 터트리고 세차게 터졌다.

부풀어 오른 열풍에 식어가던 몸이 화끈해진 스바루는 자칫 비명을 지를 뻔하다가 참았다.

방금, 람이 바람으로 제지하지 않았더라면 틀림없이 불덩이에 직격당했다.

죽을 만한 화력인지는 모르겠지만 심각한 화상은 피할 수 없는 위력. 자세히 아는 건 아니지만 화상에는 단계가 있어 몸의 3할이 타면 생명의 위기에 빠진다고 들었다.

하물며 현재 스바루 일행의 팀에는 치유 마법을 쓸 수 있는 인재가 없다. 구사일생했다는 사실을 곱씹는 동시에 스바루의 등줄기에 전율이 치달았다.

어째서 불덩이가 스바루 쪽으로 날아왔는가.

"_____."

스바루는 저절로 등 뒤를 돌아보았다.

고심한 양동 작전에 걸려든 켄타우로스는 공동 저편에서 은화와 놀고 있어야 했다. 그런데 지금, 마수는 거대한 뿔과 일체화한 머리를 스바루 쪽에 겨누며 으르렁대고 있었다.

마치 스바루가 이 장소에 있다고 확인한 것처럼.

"_____."

그럴 리는 없다고 스바루는 고개를 저었다.

스바루는 신중하게 잔돈 지갑을 열고 투척용 잔돈을 몇 개 쥐어

감각을 익혔다. 머리 위로 일행의 초조해하는 기척이 느껴지지만 지금은 상관치 않는다.

던진 잔돈 몇 닢이 포물선을 그리고 마수로부터 크게 벗어난 위치에 떨어진다. 당연히 마수의 주의는 그리로 돌아가고 못생긴 마수는 뻔한 양동에 달려들었다.

다시 터진 불꽃, 울려 퍼지는 아기 울음소리. 그리고 날카로운 소리가 메아리치는 공동 안에서 스바루는 자신의 발소리를 짧게 끊어가며 황급히 모래더미에 달려들었다.

그리고 한 걸음 두 걸음씩, 모래 비탈을 오르고자 내디디고──.

"흡──!"

다음 순간, 몸을 스친 불덩이가 비탈에 폭발하고 열파가 스바루를 날려 버렸다.

"크, 억?!"

살을 태우는 열파와 온몸을 얻어맞은 듯한 충격에 스바루는 호쾌하게 나동그라졌다. 입을 막기는 늦었다. 신음을 흘리지 않을 수 없었다.

그 사실에 이를 갈면서 모래에 짚은 스바루가 고개를 들었다.

"────."

──눈앞에, 불꽃을 두른 마수가 서서 이글이글 타오르는 채로 스바루를 내려다보고 있었다.

그 의식은 명백하게 스바루를 인식하고 있다. 소리로밖에 상대의 존재를 지각할 수단이 없는 마수가 어떻게, 이 요란한 울음소리 속에서 스바루의 존재를──.

"자신의, 울음소리……."

"바루스, 메아리——!"

스바루 안에서 의문과 답이 연결되고, 머리 위의 람이 마침내 큰 소리로 외쳤다.

두 사람이 같은 해답에 다다른 순간, 켄타우로스가 짊어진 불꽃의 기세가 단숨에 강해졌다. 폭발적으로 부풀어 오른 화염은 사궁 화장터의 진정한 모습을 해방한다.

"끼약————!"

"——엘 후라!"

켄타우로스가 불꽃을 내리찍고, 동시에 바람의 폭력이 그 커다란 몸을 때렸다. 방사된 열량이 모래땅을 폭발시키고 바람을 맞은 마수가 크게 옆으로 날았다.

"끄으악?! 컥, 젠장할!"

지척에서 모래의 폭발을 뒤집어쓰고 모래 위를 구르던 스바루가 그 기세를 이용해 펄쩍 일어났다. 곧장 눈길도 안 돌리며 달리기 시작하고.

"컥——! 달려 달려 달려 달려 달려!"

일부러 큰 소리로 자신에게 주목을 모으며 공동을 내달리는 스바루. 차가운 모래를 박차고 발굽 소리를 낸 켄타우로스가 사납게 그 뒤를 쫓았다.

생각하고 한 행동이 아니다. 그저 일행을 지켜야만 하기에. 자신도, 죽어선 안 되고.

"끼이야아————!"

이 세상에 태어난 것을 한탄하는 갓난아기의 대합창이 스바루의 영혼에 『죽음』을 아로새긴다.

말의 몸통에 딸린 인간의 상반신이 팔을 들고 뼈가 삐걱거리는 꺼림칙한 소리가 울려 퍼졌다. 그 인간의 손에 뼈가 변형되어 만들어진 창이 잡혔다.

꽃단장곰을 꿰뚫고 불태운, 타오르는 뼈 창이 도망치는 스바루를 향해 과도한 위력으로 가차 없이 꽂히려 했다.

"――제기랄!"

욕설을 터트리며 스바루는 허리 뒤에서 뽑은 채찍을 마수의 팔에 후려쳤다. 대미지는 없다. 하지만 채찍 끝이 적의 팔에 묶이고 강렬한 완력에 훌쩍 발이 떴다.

"으, 으와아아악?!"

마수의 완력에 휘둘리며 허공을 선회하는 스바루의 비명이 메아리쳤다. 그러자 시력이 없는 마수는 목소리 속도에 혼란을 일으키는 바람에 얄궂게도 스바루의 위치를 놓쳤다.

그렇게 되면 마수의 행동은 단순명쾌. 닥치는 대로 불덩이를 내던지기 시작했다.

"허우――?!"

채찍이 마수의 팔에서 풀려 모래에 낙하한 순간, 불덩이의 폭발에 휘말려 날아갔다.

반사적으로 얼굴을 두 팔로 가리긴 했으나 터져 나온 열풍이 호흡기관에 침입해 콧구멍과 목이 살짝 탔다. 호흡에 통증이 일고 점막이 녹아서 후각이 일시적으로 죽었다.

"끄어, 이히익!"

스바루는 얼굴 중심에 발생한 격통의 광란에 굴러다니다가 눈물이 그렁그렁한 채 고개를 들었다.

켄타우로스의 몸통에 존재하는 입이 크게 열리고 이빨이 즐비한 구강은 귀에 거슬리는 소리를 내서 마치 웃는 것처럼 들렸다.

──아니, 비웃고 있는 것이다.

마수와의 지혜 싸움에도 패배하고 힘으로 희롱당하는 약자인 인간을.

"인비지블 프로비던스."

마수의 속셈이 환청처럼 들려서 가슴속의 검은 감정이 형상을 가졌다.

중얼거림에 호응한 검은 힘. 스바루는 그 힘에 지향성을 주어 유유히 사냥감을 쫓으려는 마수를 요격하고자 대비했다.

사용법이 단순하지만, 괜찮다. 누구에게나 통하는 패턴이라면.

"_____."

인간의 몸통에 말의 몸통, 어느 쪽에 중요한 기관이 있는지 알 수 없다. 머리가 뿔인 이상, 그곳에 뇌가 들어 있을지도 의문이다. 그래도 치명적인 중요 기관은 분명히 그곳에 존재할 것이다. 그렇게 점찍고 뿔을 투명한 손바닥으로 쥐어 터트리려──.

"──윽?! 끼, 악, 흐억?!"

거기까지 생각하다 막상 심판을 내리려던 순간이었다.

켄타우로스를 응시하며 그 머리에 『보이지 않는 손』을 뻗은 스바루의 머리에 상상을 초월하는 통렬한 충격이 번졌다. 두피를 벗기고 두개골에 직접 송곳을 찍는 듯한 고통에 눈이 대번에 허옇게 뒤집혔다. 스바루는 노란 거품을 뿜으며 그 자리에 무릎을 꿇었다.

"꺼, 어어?! 끄, 아끼익!"

무릎을 꿇은 채로 두 손을 머리로 뻗어 날카로운 통증에 대항하려 관자놀이를 때렸다. 문질러도 눌러도 통증이 누그러지지 않는다. 통증에 대항하기 위해 더 날카롭고 강한 충격을 준다. 그 때문에 때리고, 때리고, 때려도 때려도 통증은 넘지 못했다.

두개골 속에 생긴 가시 지옥이 뇌를 뚫을 듯이 굴러다닌다. 스바루는 모래 위에서 몸부림치며 영문도 모른 채 모래를 씹었다.

"아파! 아으악! 아파 아파 아파! 아파아!"

외친다. 피를 토하듯이.

스바루는 입 안에 대량의 모래를 넣고 어금니로 씹으면서 영문 모를 격통에 목이 막히지 않도록 데굴데굴 굴러 아픔에 저항했다. 저항할 수 없다. 지고 있다.

당연히 인비지블 프로비던스는 한순간에 지워졌다.

흩어져 사라진 그 힘은 켄타우로스에게 아무런 간섭도 하지 못했다. 마수는 스바루의 모습에 맥이 빠진 듯이 그냥 불덩이로 스바루를 불탄 시체로 만들려 했다.

생성된 대화구가 공간의 냉기를 내쫓고 소규모의 폭열이 세계를 데웠다.

그것은 그대로 나츠키 스바루를 숯덩이로 변질시킨다.

"크르릉————!"

그 직전, 사납게 달려든 칠흑의 지룡이 마수의 팔을 물어뜯었다.

"⎯⎯⎯."

몸이 어둠에 동화한 지룡은 소리 없이 마수에게 몰래 다가들어 통렬한 일격을 가했다. 팔을 잃어 균형이 무너진 마수는 머리 위에 들고 있던 화구를 그 자리에 떨어뜨렸다.

즉, 마수는 자신이 생성한 화구의 열을 발밑에서 터트려 초지근 거리의 폭풍을 덮어쓰고 날아가는 꼴이 됐다.

폭렬을 얻어맞은 켄타우로스가 팔의 상처에서 피를 흘리고 벌러덩 뒤집혔다.

그 광경에 눈도 주지 않고 모래 위를 질주한 파트라슈는 몸부림치는 스바루의 옷을 입에 물고 즉각 철수하기 위해 달리기 시작했다.

허리춤을 물려 덜렁 매달린 스바루는 좌우로 흔들리며 불편한 혈류와 사라지지 않는 두통에 시달리는 채로 등 뒤를 보았다.

파트라슈 뒤에서 비틀비틀 일어서는 켄타우로스.

인간 몸통 쪽의 상처에 거품이 일며 물어뜯긴 왼팔이 순식간에 다시 나는 게 보였다. 괴물 같은 재생력은 다른 상처에도 유효해서 방금 폭발의 여파로 생긴 온몸의 상처는 잇달아 아물고 마수는 불과 몇 초 만에 건재한 모습으로 되돌아왔다.

그러면 장애물이 될 건 이제 아무것도 없다.

마수의 손아귀에 타오르는 화구가 생겨나고, 이번엔 세로로 화구가 길게 뻗었다.

무슨 일인가 눈을 부릅뜨니 마수는 손아귀에서 불꽃의 창과 화구를 일체화해 활활 타오르는 무장을 현현했다.

"끼이야————!"

불꽃의 창을 쳐든 켄타우로스가 창끝을 파트라슈에게 후려쳤다.

칠흑의 지룡은 창의 선회에 맞추어 더킹—— 모래에 잠길 듯이 숙여 일격을 회피하고 아주 조그만 빈틈에 파고들듯이 가속한다.

그러나 빠져나갈 듯한 순간, 마수의 발굽이 수평으로 지룡의 몸통을 걷어찼다. 딱딱한 비늘 내부로 위력이 침투하자 파트라슈의 목이 내장을 죄이는 고통에 울렸다.

하지만 파트라슈는 스바루를 놓지 않고 스바루에게는 현재 애룡의 부상을 걱정할 여유도 없다. 있는 것은 끝나지 않는 두통이 부르는, 영원과도 같은 고문뿐이다.

애룡의 숨결과 토한 피의 열기를 피부로 느끼면서 스바루의 의식은 이미 끊기기 직전이었다. 이렇게나 아프고 괴로울 바에는 차라리 죽는 편이——.

"죽지 마, 바루스! 렘이 울어!"

"——어."

귓전에서 고함치는 소리. 그 목소리는 스바루의 아픔을 넘어 뇌에 닿았다.

다만 그 목소리에 일깨워진 감정은 마수에 품은 증오에 지지 않는 분노였다.

"————."

잊었으면서.

누구나 다, 그 아이를 기억도 못하면서.

──안다는 투로, 나랑 렘에 대해 말참견하지 마.

"──인비지블, 프로비던스으!"

분노한 채로 감정을 해방한 스바루는 눈물로 뿌예진 시야 구석을 스친 마수에게 화풀이처럼 칠흑의 마수(魔手)를 후려갈겼다.

곧바로 두개골을 부수는 격통이 거친 파도처럼 일어나고──그것에 휩쓸려 의식이 먹히기 전에 스바루의 『보이지 않는 손』이 마수의 창을 정면으로 부러뜨리고 한 방 먹였다.

──하지만 가냘픈 저항이 닿은 것도 그게 끝이었다.

"끼이약────!"

분노의 반격은 격분이 부른 통렬한 한 방으로 보답받았다.

켄타우로스는 앞발을 모래의 대지에 박고, 그것을 축으로 거구를 억지로 선회하다가 뒷발을 캐터펄트처럼 사출했다.

광물 같은 발굽의 경도가 중량과 속도를 얻어 모래를 뿌리면서 스바루 일행에게── 파트라슈와, 아마도 부근에 있던 람과 아나스타시아를 끌어들이며 작렬했다.

공동 일부가 날아갈 수준의 각력이 폭발하고 모래의 폭력에 휘말려 전원이 뿔뿔이 날아갔다. 덩달아 스바루도 파트라슈의 턱에서 풀려나와 속수무책으로 모래 위를 구르다가 충격의 여파로 으스러진 마수의 불탄 시체에 격돌했다.

"아, 으……."

말로 표현 못할 두통과 켄타우로스의 발길질을 뒤집어쓴 몸.

육체 안팎으로 엄습하는 통증의 연속에 스바루는 더 이상 의식을 유지하지 못했다. 다만 무작정 구르는 중에 『죽음』의 기척이

짙게 다가드는 걸 알 수 있다.

　괴멸, 전멸, 개죽음에 전사.

　그런 무정한 말이 뇌리를 뛰어다닌다. 그러나——.

　"————."

　폐가 호흡조차 잊은 상황. 스바루는 자신 앞에 누군가가 서는 모습을 보았다.

　조그맣고 가녀린 그림자였다.

　의식이 몽롱해서 그 외견은 또렷하지 않다. 하지만 낯익은 모습이라서 금방 알 수 있다. 람이다. 람이 비틀대면서 서 있다.

　스바루를 감싸듯이, 두 팔을 벌리고.

　——바보, 무리니까, 헛수고니까 그만하라고.

　그렇게 말하고 싶어도 목소리를 낼 목이 죽어 있다. 모래가 들어찬 것처럼. 아니, 실제로 모래가 들어차 있다. 깨질 듯한 두통을 없애고 싶어서 무식하게 모래를 삼킨 바람에 지금의 스바루는 멀쩡히 목소리도 낼 수 없다.

　"……어, 허째서."

　그냥 쥐어 짜내듯, 모기 우는 소리로 스바루가 말했다.

　전부, 스바루의 잘못된 판단이 원인이었다.

　초조했다. 불안과 망설임도 있었다. 그게 쌓이고 쌓여서 스바루의 판단을 꼬이게 한 결과, 이런 상황을 부르고 말았다.

　일행은 스바루의 어리석음에 말려든 것이다.

　그런데 어째서, 스바루를 위해——.

　"——램이, 운단 말이야."

람은 스바루의 말에 차분한 한마디로 대답했다.

기억에 없는 동생을 위해, 기억에 없는 동생이 정을 준 사람을 지키기 위해 람은 일어선다.

무엇이 그렇게까지 람을 움직이는지 스바루는 알지 못한다.

알지 못해도, 알 수 있는 게 있다.

이대로 람은 죽는다. 그리고 스바루도 죽는다. 그건 피할 수 없다.

"_____."

켄타우로스가 으르렁대며 그 두 팔에 새롭게 두 자루의 불꽃 검을 만들어 냈다. 검처럼 생기지 않았으므로 어쩌면 망치나 도끼를 만들려 했는지도 모른다.

아무튼 불꽃을 두른 두 자루의 무기다. 그걸로 자신과 비교해 한없이 작은 람을 토막 내고 스바루마저 태워 버리겠다는 자세다.

"……와, 오라고. 뭔가, 있을 거 아냐."

다가오는 『죽음』의 기척을 눈앞에 두고 스바루는 아픔의 밑바닥에 손을 뻗었다.

아픔에 반역하며 자신의 심신 밑바닥으로 잠겨 든다. 자신 외의 누군가── 람이나 파트라슈, 아나스타시아에게 도움을 청하는 건 현실적이지 않다.

그렇다면 꿈이나 망상 같은 짓이라고 욕을 먹을지언정 스바루는 자신의 내면에서 수단을 찾는다. 명백하게 현실적이지 않은 이 수법 쪽이, 그나마 현실적인 수단이므로.

"와, 와, 올라, 와……."

스바루는 내면에 잠겨 들어 탁해진 몸 안으로 손을 뻗어서 굼실

대는 검은 망념을 헤치고 자신 안에서 타개책을 찾는다. 지나치게 혹사한 『보이지 않는 손』이 아니다. 더 다른, 뭔가, 새로운 수단을, 이 상황을 극복할 수 있는 방법을.

그러나 스바루의 그 결사적인 추구는——.

"——아."

필사적인 발악이 결실을 보기 전에, 스바루 앞에서 마수가 쌍검을 쳐들었다.

마수의 머리 위에서 교차한 불꽃이 람을 향해 사출됐다. 대기를 태우는 참격이 무정하게도 소녀의 가녀린 몸을 태워 가르고 날려 버려 불태운다.

소녀의 마음도, 인생도, 모조리 없었던 걸로 만들고 검은 숯으로 바꾸기 위해서.

그 광경을 환시한 스바루는 무력함에 절규를 터트리고——.

"————."

다음 순간, 무시무시한 속도로 발사된 하얀 빛이 마수의 상반신을 날려 버리고 있었다.

                                 3

하얀 빛을 맞은 부위는, 말 그대로 진짜 의미로 소멸해 있었다.

"————."

팔이, 몸통이 빛에 관통당한 마수의 움직임이 딱 한순간 멈추었다가, 상처에 거품이 일었다.

잃어버린 부위를 재생, 마수의 외견이 변모하기 시작한다.

인간 부분의 형태가 변하고 두 개의 팔은 네 개로 늘었으며 몸통에 있던 구강에서는 날카롭고 장대한 이빨이 엿보인다. 말의 하반신도 다리를 여덟 개로 늘려서 각력은 단순 계산으로 2배로 불었다.

더하여 타 버린 피부는 검게 번들거리는 딱딱한 것으로 변화해서 얼핏 갑옷을 두른 존재로도 보였다.

그리고 마수는 늘어난 팔 각각에 불꽃의 검을, 창을, 망치를, 도끼를 들고 단기간에 믿을 수 없는 진화를 이룩해 하얀 빛의 주인만을 위해서 자기 자신을 바꾸었다.

"_____."

켄타우로스는 네 개가 된 앞다리를 들고 쩌렁쩌렁한 포효를 터트렸다. 쳐든 앞다리의 발굽을 부대끼며 쇳소리를 내다가 기세를 실어 달리기 시작했다.

그 모습, 거구도 한몫해서 강철로 무장한 열차나 다름없다. 중량과 가속도는 직격한 상대를 쉽사리 고기 조각으로 바꾸어 처참한 죽음을 선사하리라.

결정타로 불꽃까지 휘두르면 마수에게 망신을 준 존재는 완전히 소멸할 것이다.

"끼이약————!"

모래를 박차고 '하얀 빛이 꽂힌다', 불꽃의 열파 '하얀 빛이 꽂힌다'를 날리는 마수가 사납게 '하얀 빛이 꽂힌다' 달렸다. '하얀 빛이 꽂힌다' 불의 열은 이전과 '하얀 빛이 꽂힌다' 비할 바 없이 '하얀 빛이 꽂힌다' 화력을 늘려서, 지옥의 업화가 '하얀 빛이 꽂힌다' 이럴까 '하얀 빛이 꽂힌다' 싶었다. 눈짓만 '하얀 빛이 꽂힌다' 보내도 '하얀 빛이 꽂힌다' 무슨 존재든 '하얀 빛이 꽂힌다' 벌벌 떨 '하얀 빛이 꽂힌다' 수밖에 없을 '하얀 빛이 꽂힌다' 괴이한 형상과 용모는 '하얀 빛이 꽂힌다' 그야말로 모래바다의 왕 '하얀 빛이 꽂힌다' '하얀 빛이 꽂힌다' '하얀 빛이 꽂힌다' '하얀 빛이 꽂힌다' '하얀 빛이 꽂힌다' '하얀 빛이 꽂힌다' '하얀 빛이 꽂힌' '하얀 빛이 꽂힌' '하얀 빛이 꽂힌' '하얀 빛이 꽂' '하얀 빛이 꽂' '하얀 빛이 꽂' '하얀 빛이' '하얀 빛이' '하얀 빛이' '하얀 빛이' '하얀 빛이' '하얀 빛이' '하얀 빛이' '하얀 빛이' '하얀 빛' '하얀 빛' '하얀 빛' '하얀 빛' '하얀 빛' '하얀 빛' '하얀 빛' '하얀 빛' '하얀 빛' '하얀 빛' '하얀 빛' '하얀 빛' '하얀 빛' '하얀 빛' '하얀 빛' '하얀 빛' '하얀 빛' ——.

"————."

그렇게, 어마어마한 양의 빛이 뿜어진 직후, 그곳에는 이미 아무것도 남지 않았다.

그만한 맹위를 휘두르던 마수는 그 살점까지 포함해 모조리 다 빛에 날아가 이 세상이 아닌 어딘가로 사라지고 만 것이다.

모래 위에 남은 것은 마수를 없애고자 발사된 무수한 빛——그 근원인, 하얗고 길쭉한 바늘뿐. 그것도 바로 풍화하듯이 가루로 변했다.

"———."

그 광경을 멍하니 지켜보는 스바루는 두통도 잊고 있었다.

정신이 들고 보니 스바루의 품속에 뜨겁고 가녀린 몸이 안겨 있었다. 람이다. 스바루의 기억에는 없지만 아무래도 마지막 순간, 그 몸을 끌어안았던 모양이다.

물론 무의미한 짓이었을 테고, 람의 의식도 없는 모양이지만.

"———."

스바루의 귀에 누군가가 모래 밟는 소리가 들렸다.

그것은 천천히, 천천히, 확실하게 스바루 일행에게 다가왔다.

변함없이 공동 안에는 차가운 정적과 암흑이 내려앉아 있다.

광원은 희미하여, 조금 전까지 마수가 성대하게 뿌리던 불꽃의 잔해만이 있을 뿐. 마침 스바루 바로 옆에도 연기를 내는 불꽃 조각이 있어 가까스로 주위 상황 정도는 확인할 수 있었다.

그 시야 아슬아슬한 곳에 누군가의 발이 들어섰다.

"———."

고개를 들어 스바루는 그 발의 주인—— 아마도 빛의 정체로 눈길을 돌렸다.

느릿하게 시야를 들어 올리고, 흐려지는 눈에 비쳐든 모습은 인간이었다.

"———."

그 얇은 입술이 벌어지며 여자는 야만적인 웃음을 띠고 말했다.

"——찾았다."

적어도 말은 통하는군. 스바루는 생각했다.

생각한 순간, 스바루의 의식은 한계를 맞이했다.

모래 감촉에 휩싸여 스바루는 말없이 의식을 놓았다.

하다못해 품속의 소녀만은 놓지 않도록, 세게 껴안으며.

그 정도 오기를 부릴 근성만은 남아 있었다.

4

──어두운, 어두운 침전물 속에 의식이 떠다니고 있었다.

그 장소를 방문한 것은 나츠키 스바루에게는 오랜만이었다.

이전에도 몇 번쯤, 그야말로 『사망귀환』할 때마다 강제적으로 불렸던 것 같은 기분이 든다. 땅에도 하늘에도 끝이 없는, 어둠만이 펼쳐진 검은 세계.

깨어난 현실에는 남지 않는, 물거품 같은 환상공간이었다.

희미한 어둠 속의 스바루에게는 육체가 없다. 의식만이 미덥지 못하게 떠돌고 있지만 그 사실을 불안하게 여기거나 공포를 느낄 마음은 없었다.

그저 솟구치는 친애(親愛)가, 신애(信愛)가, 심애(深愛)가, 스바루의 마음에 만족을 내려 준다.

그러나 그런 강한 애정의 자각은──.

『들떠도 한참 들뜬 모양입니다.』

『정말이지 말이 안 돼. 운이 좀 좋아서 이긴 정도로, 그다음에까지 기고만장해서야 배기겠어? 저기 말이야, 자신을 객관적으로 보는 법을 배워. 그러면 자신이 얼마나 후안무치한지 알 테니깐.』

느닷없이 들려온 잡음이 불순물이 없어야 할 세계를 무신경하게 헤집었다.

"_____."

『끔찍하고도 얄팍한, 이토록 독선적인 마음의 산물이 어디 있습니까! 아아, 아아, 이 어찌 죄 많고 더러운 모습인가! 한사코 혐오하고 경멸하기에 합당한 겁니다!』

『평범 이하를 넘어 인간 이하, 불완전 그 자체란 느낌이잖아. 그런 놈이 충족된 나를 업신여기다니 분수를 알아! 내 앞에 선 것도 방해하는 것도 막는 것도! 전부 가당찮았다고! 인간 이하의 축생 따위가 말이야!』

어둠 속의 부자연스러운 『의식』이 하나같이 불완전한 나츠키 스바루를 매도한다.

분노와 증오, 흉흉한 감정을 선명하게 뒤집어쓴 스바루는 곤혹감에 빠졌다. 『의식』밖에 존재하지 않는 스바루에게는 그것들의 생생한 감정을 이해할 기능이 없다.

필요하다면 만들어 낼 뿐이다. 이 공간에서라면 그럴 수 있다. 그럴 수 있을 것 같았다.

『_____.』

──하지만 왠지 모르게 이해할 필요는 없을 것 같았다.

이것들을 위해서 시간을 쪼개거나 『의식』을 일깨우는 행동에 의의가 느껴지지 않는다. 욕구가 느껴지지 않는다. 이 장소는, 나츠키 스바루는 그것들을 이해하고 싶지 않다.

『이런 불손이! 이런 경시가! 이런 모멸이! 이만큼 제가 굳세고 근면하게 호소하고 있건만, 이해하는 것마저 거부하다니! 당신, 이렇게 나태할 수가 있습니까!』

『어디까지 타인을 깔봐야지 직성이 풀려, 축생 자식……! 난 그냥, 소박하고 평범한 행복을 고맙게 여기는, 그것만을 바라는 욕심 없는 남자라고. 그런데 네가! 권리의 침해다. 사악한 소행이다. 타인의 행복을 걷어차며 사는 짓도 작작 좀 해라……!』

끝이 안 날 것 같아서 두 『의식』을 인식에서 떼어 냈다.

해 봤더니 뜻밖에 그럴 수 있었다. 『의식』은 여전히 무슨 말을 하던 것 같았지만 다행히 아무것도 들리지 않는다. 느껴지지 않는다. 몹시 안정이 됐다.

그렇게 마음을 안정시키자 비로소 이 장소에 온 진짜 의미와 대면할 수 있다.

『———.』

아무것도 보이지 않아야 할 칠흑의 어둠, 검은색 속에서 더욱 짙은 검은색을 두른 모습은 유달리 선명했다.

때로는 나츠키 스바루의 마음을 얼리고, 떨게 만드는 나긋한 손가락을 가진 두 팔. 호리호리하면서도 굴곡이 느껴지는 몸매에 그것을 감싸는 어둠색 드레스.

여전히 목 위는 짙은 안개에 덮인 것처럼 뚜렷하지 않지만, 나츠키 스바루는 거기에 사랑스러운 감정을 부르는 '누군가' 가 있음을 영혼으로 이해했다.

그 모습은 명백하게 이전 만남 때보다 더 명료해졌으며 거리도 가까웠다.

이전까지는 인영의 팔과 몸매 정도밖에 보이지 않았지만 지금은 몸에 두른 드레스의 장식과 하얀 어깨와 목덜미까지 확실히 알 수 있었다.

그 몸의 대부분이 그림자에서 드러나서 보이지 않는 건 어둠에 숨은 용모뿐이다.

답답하기는, 하다. 그러나 지금은 이거면 된다.

전보다 강하게, 더 가깝게 그녀의 존재를 느낀다.

하지만 나츠키 스바루 쪽의 준비가, 그녀를 맞이할 대비가 충분하지 않은 것이다.

지금은 그저 바로 옆에 있을 수 있음을 기뻐하면 족하다.

머잖아 반드시 그 애매한 손끝과 맞닿아서 가는 허리를 끌어안고 사랑을 나누리라.

『——사랑해.』

그 말에 대답할 입술을, 다음 기회에는 반드시 준비해 두리라.

맞닿으며 서로를 확인하기 위한 『몸』을, 분명하게 준비해 둘 테니까.

그런 감상을 끝으로 나츠키 스바루의 존재는 그림자의 정원에서 벗어났다——.

5

——잠자리가 불편할수록 잠에서 잘 깨는 법이다. 그것이 스바루의 지론이었다.

스바루에게 잠에서 깨는 건 수면에 얼굴을 내미는 감각에 가깝다. 물속에 있던 인간이 수면으로 얼굴을 내밀면 누구든 자연스럽게 호흡할 것이다.

그렇기에 각성은 스바루에게 당연한 일이고, 어렵게 느끼는 종류의 행위가 아니었다.

"금방 일어난다는 건 부럽네. 난 일어날 때 엄—청 약하거든."

이는 전에 그런 대화를 나누었을 때 에밀리아가 한 말이다.

참고로 에밀리아는 저혈압이 꽤 강렬해서 천성적으로 아침에 약했다. 이미지랑 같다면 같지만, 깨어나서 침대를 나오는 데 가뿐히 약한 시간이 필요하다.

반면, 잠들 때는 어린애처럼 금방이니 그야말로 스바루와 대조적이었다.

스바루는 침대에 누워 눈을 감으면 아무리 해도 암흑 속에서 이런저런 생각이 나고 만다. 특히 생각할 때가 많은 건 이렇게 할 걸 저렇게 할 걸 하는 후회뿐.

그건 그날 이야기일 때도 있고 더 과거의 후회일 때도 있어서 시기를 가리지 않는다.

그것들과 씨름하다 보면 잠을 설친다. 잠자리가 불편한 건 그게 원인이다.

후회가 늘면 늘수록 나츠키 스바루의 잠은 얕고, 짧아진다.

──그렇기에 모래 미궁에서의 사건도 이후 스바루의 편안한 잠을 크게 어지럽힐 것이다.

"————."

깨어난 순간, 스바루는 자신이 『사망귀환』과는 다른 각성을 맞이했음을 이해했다.

우선 주위가 밝다. 어둠 속의 기상을 맞이한 미궁의 초기 배치와 달리, 상황이 변화해 있다. 쌀쌀한 공기와도, 모래에 누운 감촉과도 무관하다.

애당초 이 감촉에는 기억이 있었다. 적절한 딱딱함과 높이는 긴 여행길 중에 여러 밤 경험한 용차다. 즉——.

"——아, 용차 안?"

허공의 균열에 삼켜져 놓쳤을 터인 용차에 누워 있다.

그 사실을 이해한 스바루가 황급히 몸을 일으켰다. 좌석을 짚으려던 오른손이 누군가에 잡혀 있는 감촉. 돌아본 스바루는 놀랐다.

"————."

그곳에 스바루의 손을 잡고 편안한 숨소리를 내며 자고 있는 에밀리아가 있었기 때문이다.

에밀리아는 좌석 옆에 무릎을 꿇은 채 스바루의 손을 단단히 잡고 있었다.

희미한 숨소리와 온기에 그녀의 존재를 느끼자 스바루의 어깨에서 힘이 빠졌다.

"아, 하…… 에밀리아, 맞지? 이거, 무사히……."

살며시 잡히지 않은 쪽의 왼손으로 잠이 든 에밀리아의 볼을 만졌다.

열기를 띤 하얀 볼, 그 살결이 상궤에서 벗어나게 매끄럽고 부드
럽다. 만지고만 있어도 애정이 폭발할 것 같고, 가능하면 영원히
만지고 싶다.

"오오, 틀림없어. 에밀리아다. ……귀여워. 보들보들해. 따뜻
해."

"──너무 장난치면 못 써. 에밀리아도 걱정해서 이틀 밤을 샌
것이야."

"오오효이?!"

눈과 손가락으로 에밀리아의 잠든 얼굴을 즐기던 스바루가 갑
작스러운 목소리에 어깨를 들썩거렸다. 황급히 돌아보니 용차 입
구에서 어이없다는 표정을 지은 여아를 발견했다.

"베아──."

"쉿─ 해. 말 안 듣는 스바루는 미운 것이야."

무심코 재회를 기뻐하는 소리를 지를 뻔한 스바루를 베아트리
스가 제지했다. 반사적으로 스바루는 입을 막고 잠자는 에밀리아
를 깨웠을까 눈치를 보았다. 에밀리아는 입술을 냠냠하며 왠지
행복하게 실실거리고 있었다.

"흐이─ 위험위험……. 근데 베아코, 이리 와. 안아 보자."

"뭘 바보 같은 소리를…… 어, 어쩔 수 없지."

재회를 말로 기뻐할 수 없다면 태도로 기쁨을 나눌 수밖에 없다.

한숨지은 베아트리스가 내키지 않는 시늉을 하며 다가왔다. 스
바루는 베아트리스를 왼손으로 끌어안고 단단히 가슴에 안았다.

"다행이다……. 진짜로 다행이야. 정말 걱정했었다고."

"……그건 베티가 할 말이지. 스바루랑 자매 중 언니가 없어서 베티 쪽이 훨씬 간이 철렁했어. 살아 있는 것 같지가 않았던 것이야. ……정말로."

껴안긴 베아트리스가 말 도중에 고개를 숙였다. 그대로 가슴에 이마를 문지르는 소녀의 머리를 쓰다듬는다. 둘은 말없이 재회를 확인했다.

그리고 베아트리스는 후련해진 표정으로 스바루의 가슴에서 떨어졌다.

"아무튼 다른 녀석들에게도 스바루가 일어났다고 전해 줘야 해."

"……맞아, 모두 무사한 거지? 떨어져 있던 녀석들도, 나랑 함께 있던 녀석들도."

"안심하는 것이야. 모두가 다, 무사히 모여 있어."

"그래……. 그렇구나……!"

베아트리스가 내린 보증에 스바루의 가슴속에서 초조함이 사라진다. 모두가 무사하다고 들으니 좌우지간 안도할 수밖에 없다.

하지만 바로 스바루는 그 보증에 꺼림칙한 데자뷔를 느껴서 고개를 들었다.

"잠깐, 베아코. 나는 헛바람 드는 건 사절이야. 그거, 정말로 모두 괜찮은 거 맞아?"

"우, 섭섭해. 이런 걸로 거짓말은 안 해. 농담이 아닌 것이야."

"네가 툴툴대는 것도 알겠지만 의심해서 이러는 게 아냐. 네가 거짓말한다는 생각은 안 해. ……그런데, 프리스텔라에서도 같은 일이 있었던 직후다 보니."

"······그건, 확실히 그래."

스바루가 경계하는 이유를 짐작한 베아트리스가 딱딱한 표정으로 끄덕였다.

프리스텔라에서 마녀교와의 싸움이 끝난 뒤에도 스바루는 동일한 보고를 받았다. 전원이 무사하다고 들었으며, 실제로 모두의 인식상 그건 옳았지만——.

"나랑, 에밀리아랑, 베아트리스. 그리고 람이랑 렘이랑 파트라슈. 아나스타시아에 메일리랑 요제프랑······ 마지막으로 율리우스. 이게 다, 맞아?"

"——괜찮은 것이야. 그걸로 전원이 맞아. 베티가 잊고, 스바루만이 기억하는 누군가가 있지는, 않아."

"그래······. 그렇구나. 그럼 정말 기뻐해도, 되는구나······."

꼼꼼히 함정 유무를 확인하고서야 비로소 스바루는 진정한 안도를 얻었다. 진짜 의미로 전원의 무사를 쟁취한 스바루는 오로지 안심했다.

"참 내, 호들갑은. 제일 위험한 스바루가 괜찮다면 다들 끄떡없는 것이야."

"바보, 그런 게 아니라고. 너도 내가 무사하다고 알고 울었잖아?"

"울긴 누가 울어. 베티는 스바루의 가슴에 얼굴을 붙였으니까 그런 모습은 못 봤을 것이야. 증명은 불가능하다고."

베아트리스가 밋밋한 가슴을 펴면서 '흐흥' 하고 허세 부리지만 그 발언이 제 무덤을 파고 있었다.

게다가 스바루는 자신이 자던 좌석의 등 쪽── 침상의 절반가량 되는 공간에 다른 누군가가 자고 있던 흔적을 손가락으로 가리키고 물었다.

　"그럼 여기에 나랑 같이 잔 흔적은? 네 불안의 증거가 아니고?"

　"그건 베티가 아냐! 뭐랄까, 완전히 누명이야. 섭섭한 것이야."

　"너 말고 누가 이런 상스러운 짓을 하는데. 쑥스럽게 왜 그래."

　"아무튼 아니라고! 아아, 진짜, 에밀리아가 깨겠어."

　평소와 같은 넉살에 베아트리스가 억지로 이야기의 흐름을 바꾸었다. 빨개진 얼굴을 보고 쓴웃음 짓던 스바루가 길게 한숨을 내뱉고 천천히 좌석에서 내려왔다.

　그러는 중에 에밀리아가 깨지 않게끔 잡은 손을 부드럽게 놓고, 대신에 자고 있는 그녀를 좌석에 눕혀서 하얀 홑이불을 덮어 주었다.

　"좋아, 이걸로 됐다. ……베아코. 확인하겠지만, 여기는?"

　"스바루도 짐작은 갈 거야. 여기는──."

　스바루의 물음에 베아트리스가 대답하려고 했다.

　그러나 베아트리스의 대답보다 상황 변화가 더 일찍 찾아왔다.

　"─────."

　그때, 스바루의 온몸에 소름이 돋는 기이한 압박감이 발생하고, 간이 철렁했다.

　그것은 난데없이, 용차 바로 밖에서 느껴지는 압도적인 존재감이었다. 용차는 꽤 강고한 구조지만 압박감은 두꺼운 장갑을 아랑곳하지도 않았다.

"쳇, 베아코! 용차 밖이다! 가자!"

"아! 스바루, 기다리는 것이야!"

스바루는 그 압박감의 덩어리에 과감하게 도전하기를 선택했다.

모래 미궁에서 람과 아나스타시아를 다치지 않게 하겠다는 마음가짐의 연장이었다. 하물며 에밀리아와 베아트리스를 지키기 위해서라면, 스바루의 사명감은 한층 더 강하게 타오른다.

"_____."

힘차게 용차 밖으로 뛰쳐나온 스바루는 눈앞의 광경에 압도당했다.

그곳은 용차를 중심으로 반경 수백 미터는 있는 휑뎅그렁한 공간이었다. 바닥은 일대가 석조였으며, 그것은 공간 가장자리에 해당하는 벽면도 동일했다.

그 형상으로 보아 이 건축물이 거대한 원통형임은 대강 상상이 간다. 그리고 이 근방에서 그에 해당하는 건축물이 하나밖에 없다는 것도.

즉, 이곳이 바로——.

"——플레아데스 감시탑, 안."

이 장소에 당도하고자 필사적으로 길고 긴 길을 여행해 왔다.

도중에 말 그대로 죽는 것만 같은 경험을 몇 번씩 헤치고 『현자』가 판 악의로 가득한 함정을 여럿 돌파해서, 간신히——.

"——스바루."

그런 스바루의 감동이 옆에 다가붙은 베아트리스의 말에 끊겼다. 베아트리스는 스바루의 손을 굳게 잡고 꼿꼿하게 정면을 응시하고 있었다.

베아트리스의 시선을 따라 스바루도 같은 것을 시야에 잡았다.

──아니, 시야에는 줄곧 그것이 비치고 있었다. 왜냐면 무시할 수 있을 턱이 없다.

저렇게나 선명하고 강렬한 존재감을 뿜는, 이질적인 인물을.

"너는⋯⋯."

"──────."

──목소리가 잠긴 스바루의 시야에 서 있는 것은 장신의 여자였다.

검은색에 가까운 갈색 머리를 포니테일로 묶고, 팔과 다리, 배와 등까지 대담하게 노출한 반라나 다름없는 행색이다. 가슴과 하복부를 최소한으로 가리고 그 복장 위로 검은 망토를 두른, 꽤 과격한 스타일의 인물이었다.

스바루 입장에서 말하자면 핫팬츠에 검정 비키니를 입고 망토를 두른 치녀다.

훤칠하고 하얀 팔다리에 아낌없이 출렁이는 풍만한 가슴. 키는 스바루와 비슷한 수준 아니면 상대방 쪽이 살짝 더 크고 허리 높이는 비교할 여지도 없다.

하얀 어깨 위에는 단정한 얼굴이 있어 께느른하지만 시각적으로 인상적인 미모가 있었다.

──그 순간, 그 미모와 미궁에서 의식을 상실하기 직전에 포착한 인영이 겹쳤다.

"⋯⋯설마, 네가 『현자』냐?"

문득 뇌리에 떠오른 가능성에 스바루는 무심코 그렇게 떠들었다.

그 말을 입에 담은 뒤에 실수했다고 경솔함을 후회했다. 만약에 이 여자가 스바루의 상상과 같은 인물이라면, 켄타우로스를 죽인 하얀 빛은 그녀의 힘이다.

그것은 다시 말해, 두 번이나 스바루에게 죽음의 원인을 준 인물이기도 하다는 뜻이다.

"_____."

침묵한 채로 여자가 천천히 스바루 쪽으로 걸어왔다.

자신을 가뿐히 숯으로 만들 수 있는 존재. 그런 상대의 의도를 알 수 없는 건 공포다. 그러나 스바루는 베아트리스를 끌어당겨 그 압박감을 정면으로 받아냈다.

사구에서는 스바루를 죽이려 했고, 미궁에서는 스바루를 구하려 했다.

이는 상반된 행동이지만, 적어도 스바루는 살린 채로 탑으로 데려왔다.

"그 상황에서 나를 죽이지 않았지. 그럼 적이 아니라고…… 여겨도, 되는 건가?"

"_____."

"어, 음, 입 다물면 불안하니 뭔가 말해 주면 고맙겠는데……."

"_____."

스바루의 말에 일절 답변하지 않고 추정 『현자』가 스바루의 정면에 이르렀다. 그, 심녹색 눈이 스바루를 포착하고 위에서 아래까지 빤히 품평했다.

그 품평의 결과가 스바루의 생명을, 나아가서는 동료들의 생명을 좌우하는 것일까.

　──그런 스바루의 불안은 느닷없이 깨졌다.

　"……세 개."

　"엉?"

　"_____."

　스바루를 바라보던 여자가 별안간 중얼거렸다.

　처음 들은 여자의 목소리는 살짝 쉰 허스키 보이스였다. 뭔가 미스터리어스하고 심정을 읽어낼 수 없는 여자의 목소리치고는 다소 귀염성이 있다고 멍하니 생각했다.

　그런 생뚱맞은 감상을 품는 스바루 앞에서 여자는 조용히 숨을 내쉬고, 말했다.

　"……겨우, 찾았다."

　스바루를 응시하는 여자의 표정이 변화했다.

　그때까지 진지하게 스바루의 모든 것을 꿰뚫어 보고자 하던 기계적인 눈초리가 천천히 크게, 시간을 들여서── 웃음이라고, 그렇게 불릴 표정으로 변했다.

　함박웃음으로 여자는 스바루를 바라보며, 말했다.

　"──스승님."

　"……뭐?"

　"스승니임! 아유아유아유! 기다렸다구요~!"

　어안이 벙벙할 겨를도 없었다.

　눈이 동그래진 다음 순간, 감정이 복받친 여자가 달려들어 스바루가 바닥에 쓰러졌다. 그 기세에 휘말려 함께 깔린 베아트리스가 "뀨우—!" 하고 소리쳤다.

하지만 여자는 그에 상관도 하지 않았다. 그저 전력으로 스바루의 가슴에 얼굴을 묻고 매달렸다.

여자는 긴 포니테일을 찰랑이면서 몇 번씩 반복하며 스바루를 불렀다.

"스승님! 스승님! 길었다구요! 외로웠다구요! 이젠 이대로 한없이 접근하는 녀석들을 저격만 하는 인생인 줄 알았어요!"

"자, 잠깐! 잠깐잠깐! 뭐야?! 무슨 얘기야?!"

"뭐냐니, 너무하시네! 스승님이 명령했잖아요. 사당에 접근하는 녀석들을 방해하라고…… 방법이야 뭐, 제 오리지널이지만요."

"그게 아니라, 내가 스승님?! 뭔 소리 하고 있어?!"

부드러운 여자의 살결과 대차게 부대끼고 있지만 그 부수입을 즐길 여유가 없다. 스바루는 여자의 괴력에 붙들린 채 필사적으로 몸을 뒤틀어 달아나려 했다.

그러나 여자도 여자대로 할 말이 있는지 스바루를 결코 놔주려 하지 않았다.

결과적으로 스바루와 여자는 사이에 베아트리스를 끼운 채 바닥 위에서 엎치락뒤치락했다.

"너, 아무튼, 떨어져! 말도 못하겠다……!"

"싫네요! 절대 싫어~! 그런 소리 하고 또 안 보는 사이에 없어질 속셈이야! 스승님, 너무 변함이 없어! 그 점이 사랑스러워영!"

"알게 뭐야——!"

무슨 트라우마가 있는지 여자는 고집스럽게도 떨어지려 하지 않았다. 스바루는 그 얼굴을 잡고 떼어놓으려 하면서 시비 걸듯이 외쳤다.

"애초에 넌 누구고! 대체 뭐야!"

"뭔 소리 하세요! 샤울라예요! 플레아데스 감시탑의 별지기! 스승님의 귀여운 제자 샤울라라고요!"

"몰라——!"

여자가 샤울라라고 이름을 밝히지만 그 이름은 탑에 산다는 『현자』의 이름일 터다.

스바루 일행의 여행 목적이며 모든 것을 안다는 현인. 그 『현자』가 설마 이런 영문 모를 여자일 리가 없다. 단호히 이의를 제기하겠다.

그렇게 서로 한 발짝도 양보하지 않으며 진전이 없는 채로 뒤엉키고 있으려니——.

"——큰일 났어! 일어났더니 스바루가 어디에도 없어! 다 같이 찾아야……."

용차에서 머리가 삐죽삐죽 선 에밀리아가 뛰쳐나왔다.

초조감으로 가득 찬 표정이던 에밀리아는 용차에서 나온 순간, 뒤엉킨 두 사람—— 사실 베아트리스도 끼어 있지만, 아무튼 그 모습을 목격하고 눈이 동그래졌다.

스바루는 그런 에밀리아에게 도움을 청하듯 손을 뻗었다.

"에밀리아……땅! 일어나 줘서 살았어! 실은 얘가……."

"에잇."

"아야?! 에밀리아땅, 지금 왜 날 발로 찼어?!"

"잘 모르겠지만 왠지 엄—청 떨떠름했어!"

그렇게 어쩨선지 언짢은 에밀리아의 도움을 얻지 못한 채 스바루는 한동안 샤울라와 밀치락달치락하고——.

"자, 잔말 말고 빨리 구해……. 이거, 장난이 아닌 것이야……!"

힘없는 베아트리스의 목소리도 허무하게 탑 안에서 스바루와 샤울라의 악전고투는 하염없이 울려 퍼진다.

결국 소동을 알아차린 율리우스를 비롯한 다른 일행이 내려올 때까지 플레아데스 감시탑의 『현자』(잠정)와의 뒤죽박죽 쿵덕쿵덕 영차영차는 이어진 것이었다.

그런 한 장면은 있었으나 일행은 400년 동안, 미답지로 불리던 땅에 발을 들였다.

『현자』의 지혜가 기다리는 사람을 구하는 데 도움이 될지, 그 기대와 불안을 남긴 채로 이야기는 모래바다, 까마득히 높은 돌의 탑으로 뛰어든다.

——선택받지 못한 선택지는 사라지고, 선택된 답을 안고서, 『시련』이 시작된다.

막간 『고저스 타이거 리로디드』

1

──많은 것들이 아무렇게나 내팽개쳐진 것 같다.

"────."

가볍게 바닥을 박차 붕괴한 건물 밖으로 몸을 날린다.

비좁은 공간에서 해방되어 먼지 냄새가 안 나는 공기를 폐 가득 빨아들였다. 머리 위의 하늘은 밉살맞을 만큼 화창하며 지상의 난장판에는 눈길도 주지 않았다.

"오, 돌아왔다, 돌아왔어! 대단한데, 형씨!"

갈라진 도로에 소리와 함께 착지하자 그 모습을 알아챈 주위 사람들이 떠들어댔다.

건물 밖에서 폐허를 철거하는 등의 작업에 종사하던 사람들이다. 다들 먼지와 흙으로 지저분해진 얼굴에 구슬땀을 흘리며 열심히 작업에 몰두하고 있다.

"형씨, 안은 어땠어?"

"미안, 수확이 없어. 일단 안에 아무도 남진 않은 것 같더라."

"그래. ……그렇다면 이 건물은 뒤로 미루지. 고맙군. 안의 계단이 무너져서 확인하려 해도 함부로 들어갈 수 없으니까 말이지."

답변에 사람 좋은 얼굴이던 남자의 표정이 한순간 어두워졌다. 어두운 얼굴의 원인을 짐작하면서도 입술은 위로와 다른 말을 준비했다.

"……그렇게 위험한 작업을 두고 볼 수 있겠냐. 몸에 밧줄 묶고 벽 타겠단 기개는 좋은데, 살 좀 빼고 하라고."

"거 맞는 말이군! 와하하, 목숨 건졌네 그려!"

웃으며 어깨를 두드리던 그가 "고맙다." 하고 한 번 더 말했다. 그리고 동료들과 함께 다음 건물로 가려는데.

"오……."

"두고 볼 수 없다고 그랬잖아. 이 어르신도 끼자고."

머뭇대는 등에 나란히 서서 말해 주자 상대가 놀란 듯이 눈이 동그래졌다. 하지만 금세 그는 살짝 두꺼운 입술을 달싹이다가 다시 얼굴을 활짝 폈다.

"아아, 고마워, 형씨. 이름은?"

"——가필."

그렇게 대답하고 짧은 금발을 긁으며—— 가필은 녹색 눈을 가늘게 떴다.

아직 소란의 여운이 남은 거리와 이를 내려다보는 얄밉도록 맑은 하늘을 바라보며.

2

　수문도시 프리스텔라에서 벌어진 일련의 소동이 결판나고 5일이 경과했다.

　마녀교의 총공격이라고 해도 과언이 아닌 격전이 도시에 남긴 상처는 컸다.

　물리적으로 도시를 파괴한 피해만이 아니라 주민들의 심신에 영향을 미친 대죄주교의 악의 등, 하나하나 다 꼽을 수도 없다.

　적어도 그 상처들은 5일 만에 아물 만큼 결코 작지 않았다.

　──지금 이 도시에 있는 인간은 다들 크든 작든 상처를 입었다.

　그리고 그건 도시 주민이 아닌 가필 또한 예외가 아니었다.

　"대장한테야 이 어르신 고민이 훤히 다 보였겠지."

　이틀 전, 도시의 상처를 고칠 수단을 찾고자 동쪽으로 여행을 떠난 스바루 일행을 생각했다.

　아우그리아 사구의 『플레아데스 감시탑』에는 과거 『삼영걸』이라고 불리던 전설의 『현자』가 산다고 한다. 그 『현자』의 지혜를 빌리면, 혹여 이 막막한 상황의 타개책을 찾을 수 있을지도 모른다. 그것이 스바루 일행의 여행 목적이다.

　하지만 위험한 여정이었다. 본래라면 호위로서 가필이 동행해야 할 상황이다.

　그러나──.

　『오토 녀석이 무모한 짓 안 하게 감시하고 있어. 그리고 물러났던 마녀교 녀석들이 다시 안 돌아온다는 보장도 없어. 그때는, 믿을 게 너뿐이야.』

그것이, 출발할 적에 가필이 스바루로부터 명령받은 일이다.

지당한 염려였다. 오토는 에밀리아 진영에서 가장 자기 자신을 아끼지 않는 남자고, 사람의 마음을 비웃는 마녀교의 폭거에 대한 경계도 빼먹을 수는 없다.

다행히 스바루와 동행하는 이들은 기운이 넘친다── 그토록 험한 꼴을 봤음에도 어째선지 평소보다 건강한 에밀리아의 체력에는 탄복한다. 본 기억이 없는 기사, 율리우스도 상당히 실력이 있고 안내역인 아나스타시아도 만만찮은 여성이다. 걱정은, 필요 없다.

가필은 그런 생각 전부가 자기 자신에 대한 변명임을 알았다.

──스바루는 최대한 운명에 저항하려고 최선을 다하는 남자다.

필요하다고 판단하면 설령 걸레짝 같은 상태의 가필이라도 데려가려 했을 것이다. 그리고 가필 또한 스바루가 필요하다고 단언한다면 설령 빈사 상태여도 따라갔다. 그러나──.

"지금의 이 어르신으론 쓸모가 없단 거지. ──대장은, 엄격하니까."

인간 심리에 백전연마의 안목을 가진 스바루에게는 전부 들통이 났다는 뜻이다.

얄팍한 허세 뒷면에 숨은 약한 모습을 간파해서 두고 가 버린 것도 수긍했다.

"……근데, 그럼 어떡하면 돼? 어떡해야."

자신이 제자리걸음 중이라는 자각은 있었다. 제자리걸음의 원인에도 짚이는 곳이 있다.

하지만 어떻게 내디뎌야 할지, 내디뎌도 되는지 모르겠다.

"……훌륭하긴 뭐가 훌륭해."

힘없이 중얼거린 목소리에는 영웅이 마지막에 건넨 말에 대한 깊은 당혹감이 있었다.

가필은 한심한 자기 자신으로부터 눈을 돌리고 싶어 도피하듯 도시의 복구를 도왔다. 싸움의 상처는 완치되지 않았지만 그럼에도 일반인보다 열 배 이상 활약할 수는 있었다.

잔해를 철거하고 붕괴 위험이 있는 건물 안을 확인해, 구원과 복구에 진력한다.

몸을 움직여 다른 사람을 위해 일할 때는 고민을 잊을 수 있다. 자신이 제자리걸음한다는 사실을 의식하지 않아도 되고, 주위에 약한 모습을 들키지 않고 넘어가는 것이다.

그게 소극적인 행동이고 칭찬받을 일이 아닌 것을, 가필은 알고 있다.

하지만 그런 행동에도 구원받는 사람이 있으며, 일하는 만큼 그를 흠모하는 사람은 늘어난다.

그리고 가필 자신은 깨닫지 못했지만——.

"오— 가프 있다—! 엄청 건강해! 항상 높은 데 있는데, 가프!"

그런 고민이 있는데 방치될 만큼, 가필은 고독하지 않거니와 사랑받지 못하는 것도 아니었다.

3

"후후후훗, 흐흥— 후후후훗, 흐흥—."

"……괜시리 기운 넘치네, 너."

신나게 콧노래를 부르며 옆에서 걷는 미미의 모습에 가필은 어깨를 으쓱였다.

가필은 복구 작업을 중단하고 미미와 점심 식사를 하고자 이동 중이다.

원래는 작업을 계속하며 해소되지 않는 고민을 멀리하고 싶던 가필. 하지만 미미의 기세는 막무가내 그 자체라 힘으로 이렇게 동행하는 처지가 되고 말았다.

"오, 기운 넘쳐! 그 왜, 헤타로랑 티비가 얌전히 있으라고 시끄럽잖아? 단장도 한 손 없어져서 바쁘니 부단장으로서 듬직하게 있으려고."

"그러니까, 그런 식으로 금방 까불대지 말란 거야."

미미가 짧은 팔다리를 휘둘러대지만 며칠 전까지 생사를 헤매던 몸이다. 상처가 벌어지면 못 배긴다고 가필이 뒷덜미를 잡자 미미가 "후캭—!" 하고 짖었다.

"아하하하!"

그러나 가볍게 들려 올라가 가필과 눈이 마주치자마자 미미는 활짝 웃는다. 그 태평한 얼굴을 보고 있으면 가필은 고민하는 자신이 우스워졌다.

"니도 이것저것 힘든데 고민하는 낯짝 안 보여주는구만."

"안 보여 줘! 미미, 무지 강한 여자! 반했어? 반했어?"

"안 반해."

"그런가—."

미미는 아쉬워하는 티도 안 내고 재주 좋게 몸을 돌리더니 가필의 어깨에 기어올랐다. 거추장스럽지만 내렸다가 막 굴러도 뭐하므로 그냥 맘대로 하게 두었다.

자기 몸인데 전혀 안정해 줄 생각이 없는 점에서 치료술사의 속을 긁는 소녀다.

"이러니 동생들도 걱정이 안 그치지."

"아, 헤타로랑 티비 말이지. 미미, 이렇게 건강! 한데, 걔넨 아직도 버거운 느낌? 미미 다친 거, 진짜 많이 가져가서 못 말릴 녀석들이야."

가필에게 목말을 탄 상태로 팔짱을 낀 미미가 콧김 씩씩대며 끄덕였다.

미미가 말하는 건 『삼분(三分)의 가호』로 부상을 넘겨받은 두 남동생이다. 세쌍둥이인 미미 남매는 셋이서 서로 부상 및 피로를 나눌 수 있다고 한다.

그 가호의 힘으로 미미가 받은 빈사의 부상을 동생 둘이 나누어서 받았다. 그 영향으로 헤타로와 티비는 지금도 회복이 되지 않았다고 한다.

"그런 식으로 말하면 동생들도 섭하지. 너, 더 감사해 줘라."

"감사라. 가프가 하고 싶은 말도 알아! 근데 역시 미미는 누나니까. 헤타로랑 티비는 야단쳐야 해."

"아앙?"

"마음은 되게 기쁘지만 미미의 덤터기로 걔들 죽으면 미미도 난처! 생명은 무지 중요! 걔들 생명은 특별히 소중! 그러니까, 역시 야단맞아야지?"

크게 몸을 기울여 얼굴을 들여다보는 미미의 발언에 가필의 눈이 동그래졌다.

이번에도 영문 모를 미미식 논리가 튀어나올 줄 알았는데.

"의외로 똑똑하게 생각하네, 너."

"당연! 고저스 미미는 똑똑해! 참 신붓감! 반했어? 반했어?"

"안 반해."

"그런가, 아쉬워라."

매몰찬 가필의 답변. 그러나 미미는 굴하지 않고 웃었다.

가필은 그 숨김없는 웃음에서 눈을 피하고 한숨을 쉬었다.

"근데 말이다, 그거 동생들도 같은 생각하지 않겠냐."

"음─?"

"누나가 죽을 지경인데 암것도 안 할 수야 없잖아. 뭐든지 하는 법이지."

"음음─."

미미의 논리도 물론 이해한다.

자신 때문에 소중한 사람이 필사적인 건 기쁘다. 하지만 동시에 두렵다.

가필은 사랑하는 사람더러 자신과 함께 죽어 달라고 단언할 수 없다. 그건 가필이 평생 걸려도 말 못할 대사 같다.

문득 람이라면 어떨까 생각했다.

람이라면 사랑하는 사람과 함께 죽는 것도, 함께 죽게 하는 것도 받아들일 것 같다.

그 경우, 람이 바라보는 상대는 한 사람뿐이기에 진심으로 화가 치미는 결말이지만.

"음음음—! 역시 안 돼! 역시 미미는 되게 화나! 결심했어!"

가필의 사고를 아랑곳하지 않으며 고민하던 미미가 힘차게 손뼉을 쳤다.

"고마워—했다가, 그다음 찰싹 쾅— 해 줄 거야! 미미의 답은 헤타로랑 티비도 알 것 같고. 그러고도 한다면 할 수 없어. 너무 사랑받아서 어떡해!"

"_____."

"함께 죽을지도 모른단 건 함께 살고 싶다는 뜻이잖아? 그러면 이제 미미는 누나하고, 헤타로랑 티비도 헤타로랑 티비할 뿐!"

정말로, 이 소녀는 고민이란 없는 것처럼 답을 제시해 준다.

듣기에 따라서는 정이 없는 것처럼 느껴질지도 모를 한마디. 하지만 가필에게는 절대적인 신뢰와 애정으로 성립된 말이라고, 정통으로 꽂혔다.

"그럼…… 왜 니는 이 어르신을 감싼 거야?"

가필은 올곧은 미미에게 힘겹게 물어보았다.

그런 식으로 감싸다가 죽을지도 모를 상처를 입어서 가필 마음은 정말로 정말 횤횤 휘둘렸다. 어째서 그럴 수 있었단 말인가. 그랬단 말인가.

두 동생이 목숨 걸고 지켰다고 화내는 주제에 왜 만난 지 며칠밖에 안 된 가필을 위해서.

자신은 그때의 인사든, 그녀가 살아난 것에 대한 감사든, 아무 말도 못하고 있는데.

"그야— 가프에게 미미가 반했으니까 하는 수 없지—. 쑥스러워서 난처해—."

"——쯧! 기껏해야 며칠 될까 말까 한 얘기잖아."

쑥스러워하는 미미의 말에 가필은 이를 딱 부딪쳤다.

그렇다. 불과 며칠이다. 마음이 굳건해지고 깊어지기에는 너무나도 짧은 시간이다.

가필이 람을 마음에 둔 지 약 10년—— 인생의 절반이 넘게, 사모하고 있다.

그만한 세월, 한 소녀를 연모해 왔다.

그 세월만큼 괄시받아도 포기하자고 생각한 적은 한 번도 없다. 그만큼 연모하고, 원하고, 말과 행동을 다했다.

그렇기 때문에 두 동생이 목숨 걸고 지키려 할 만큼 사랑받는 소녀가, 불과 며칠 만에 그 생명을 자신 따위를 위해서 쓰려 했던 행동을 이해할 수 없는 것이다.

"옛날에, 로시가 그랬어! 한 쌍의 조건!"

"……아, 아앙?"

낯선 단어. 다음 순간, 미미가 가필의 어깨에서 화려하게 뛰어내렸다. 정면에서 뒤돌아선 미미가 두 손의 손가락을 가필에게 딱 들이댔다.

"한 쌍은 함께하며, 계─속 몇 년이고 몇십 년이고 몇백 년이고 함께하잖아─?"

"몇백 년은 거의 없어……."

"마음이 영원이라면, 까짓 몇백 년 짧지, 짧아! 아무튼 계─속 함께 있는 거지만, 싸우거나 먹을 거 다투거나 자주 그러잖아─?"

"─────."

"그런 싸움이나 다툼도, 즐겁게 할 수 있을 것 같은 상대를 고른 달까? 그리고 되게 딱 맞물릴 상대는 대체로 한눈에 찌릿찌릿 콰광─한다고 그랬어!"

"한눈에 찌릿찌릿 콰광……."

"미미, 가프 보고 딱 맞물렸어! 찌릿찌릿 콰광─했어! 그럼 다음은 뭐 며칠이든 몇백 년이든 오차! 장래의 가불! 아가씨한테 배운 거! 일숫돈!"

미미가 '에헴' 하고 가슴을 폈다. 그 태도에 가필은 "하……." 하고 숨을 내뱉었다.

아연실색, 어안이 벙벙했다. 가불이니 일숫돈이니, 뭔 말인지 모르겠다. 즉, 짝이 될 상대와의, 앞으로 몇백 년 분의 인연을 가불받았다는 소리인가.

"……하지만 죽었더라면 가불이고 자시고 없잖아. 그런데."

"저기, 가프, 머리 괜찮우이?"

가필이 물고 늘어지자 미미는 자신의 머리를 손가락으로 두드리면서 갸우뚱했다.

그리고.

"함께 죽을지도 모른단 거, 함께 살고 싶다는 거잖아—? 그래서, 미미도 가프도 살아 있는데, 왜 구질구질 말하고 그래—? 대머리 된다—?"

"——크하."

"오? 가프, 웃었어? 저기— 웃었어—?"

들여다보는 미미의 동글동글한 눈에 가필은 고개를 돌렸다. 자신의 입가를 만져 그곳에 생겨난 웃음을 손바닥으로 확인했다.

그곳에는 확실하게, 아주 희미하지만 무의식적으로 지은 웃음이 있었다

"알아— 아가씨도 미미랑 있으면 이젠 웃을 수밖에 없데이—라고 자주 그래. 행복 천사!"

모르는 표정의 미미—— 아니, 모르는 것은 미미가 아니다. 미미는 아마 말로 표현하지 못할 뿐이지 가장 중요한 사항을 제대로 알고 있다.

가필이 말로 표현할 수 없어 불만족스러워하던 것을, 그녀는 똑똑히 알고 있다.

그렇기에 지금 가필은 분하고 분해서, 분한 김에 웃을 수밖에 없었다.

"응— 가프, 오랜만에 웃었어! 웃겨 준 미미한테 반했어? 반했어?"

"안 반해."

"그런가. 하지만 미미는 반했어! 안심하길!"

"……엉, 고맙다."

달려들 기세로 옆에 선 미미. 딱 좋은 위치에 있는 그 머리를 쓰다듬어 주면서 가필은 함께 앞을 보았다.

지금의 미미가 한 말로 가필이 떠안은 고민이 단숨에 해소되지는 않는다. 가필의 마음속에는 여전히 혼돈이 휘몰아치고 있다.

수문도시의, 흔들리는 파문 같은 미련은 하나도 끝나지 않았다.

하지만 광명은 됐다. ──필요한 답을 내기 위한, 이정표는.

"옛수! 식사장에 도착! 가프! 미미, 꼬륵거려─!"

"그러니까, 상처에 해로우니까 방방 뛰지 말라고."

힘차게 식사장에 뛰어든 미미를 쫓아 가필도 황급히 주렴을 지났다.

식사장이라고 해도 일반 영업 중인 가게는 아니다. 일손과 물자가 부족한 프리스텔라에는 키리타카를 필두로 한 임시 십인회의 주선으로, 배급 같은 형태로 식사가 제공되고 있다.

이 식사장도 그중 한 채로, 가게 안에는 여러 복구 관계자들이 꽉꽉 차 있었다. 마침 점심 식사 시간인 까닭도 있어 빈자리를 찾느라 한 고생할 것 같다.

그런 가게 안을 가필과 미미가 둘러보고 있으려니──.

"──가필 님, 미미 님, 이리 오시면 어떻겠습니까."

"오……."

가게 안쪽에 있던 인물이 손을 들고 말을 건네는 걸 알아챘다. 상대의 얼굴을 본 가필이 놀라서 눈썹을 세웠다.

식사장, 4인석에서 합석을 권한 사람은 백발에 파란 눈을 가진 노검사.

──빌헬름 반 아스트레아가 당당히 앉아 있었으니까.

4

식사장의 배급은 도시 전체의 상황과 달리 놀랄 만큼 충실했다.

치료원의 식사도 그랬지만 이런 여유가 도시 어디에 있는지 갸 웃거리고 싶어진다.

"여유가 아니라, 힘을 쏟을 곳을 고르고 있을 뿐이겠죠. 생활의 질을 떨어뜨리면 복구하기도 전에 인심이 나빠집니다. ……키리 타카 님은 제법 생각이 깊으십니다."

"호오, 그 희멀건 자식이 말이지……."

가필은 배급에 손을 대면서 빌헬름의 말에 이를 딱 부딪쳤다.

마녀교와의 싸움으로 가필 안에서 키리타카의 주가는 격하게 변동했다. 그 또한 틀림없이 이 도시를 지키고자 진력한 한 사람 이다.

평소에는 미덥지 못하게 보이지만 유사시의 활약은 남의 갑절. 그 점을 보아 키리타카도 스바루와 통하는 게 있을지도 모른다.

──그것이, 희미하게 가슴을 쑤셔댔다.

"응── 맛있당, 맛있당! 밥 맛있으면 행복하다──! 미미, 감탄했 습니다!"

"하하, 건강한 건 좋은 일이지요. 가필 님도 안심하셨겠습니다."

"아아, 그야 뭐."

건강하게 식사하는 미미의 모습에 빌헬름이 유쾌하게 눈꼬리를 내렸다. 노검사에 응수하면서 가필은 녹색 눈을 가늘게 떴다.

가필과 빌헬름은 함께 『색욕』의 제어탑을 되찾으러 간 사이다.

도중에 깊은 대화는 없었고 싸움 도중에 헤어져 합류했을 적에는 서로의 전투가 끝난 뒤였지만——.

"——뭔가, 제게 묻고 싶은 말씀이 있는 게 아니십니까?"

갑자기 속내가 들통 난 가필의 말문이 막혔다.

가필의 눈이 오락가락한다. 그 모습을 보면서 빌헬름은 살짝 끄덕이고 말을 이었다.

"물론, 말 못할 사정도 있습니다만 당신에겐 안사람과 앞에 설 기회를 양보받은 은의가 있지요. 이 노구가 답할 수 있는 거라면 답해드리겠습니다."

안사람의 앞에 설 기회. 빌헬름은 그렇게 말했다.

전투 전에도 가필은 빌헬름의 입에서 비슷한 말을 들었다. 그리고 전투가 끝난 지금도 그렇게 부른다는 말은, 그런 뜻인 것이다.

빌헬름이 싸운 상대는 테레시아 반 아스트레아.

그렇다면 가필이 싸운 상대는——.

"이 어르신이 싸운 건, 진짜로 『여덟팔』의 쿠르강이었던 거냐."

"————."

"……이 어르신은 최강이 되려고 해. 그게 되는 게 대장과의 약속이고, 의리에다, 이 어르신에게 필요한 일이야. 그런데 이래선 말이지. 이 어르신의, 이 어르신이 보고 있는 정상은."

조용히 파란 눈을 가늘게 뜬 빌헬름 앞에서 가필은 주먹을 움켜쥐었다.

신성 볼라키아 제국 최강의 무인, 투신, 『여덟팔』의 쿠르강. —— 그와의 싸움 중에 가필은 수없이 패배를, 죽음을 각오했다. 못 이긴다고 생각했다.

　그러나 가필은 지금 이곳에 있다. 그 투신에게 승리해서 살아남았다.

　그 사실 자체는 자랑스러운 전과라고 생각한다. 주위도 그렇게 평가해 주었다.

　하지만 사실과 주위 평가하고 가필의 납득은 완전히 다른 것이다.

　"어중간하게 이겼다는 게, 당신 안에서 응어리로 남은 겁니까."

　"틀림없이 엄청난 적이었어. 근데 그놈은, 그 자식은……."

　전설의 존재는 가필의 손이 가닿을 만한 상대인 것일까.

　그런 의혹과 불신감이 가필의 이빨과 주먹, 가슴 밑바닥에 휘몰아쳐서.

　"손을 맞댄 당신이 느낀 것이, 그대로 답이어야 하겠지요. 다만 그걸로 납득이 가지 않는 기분도 이해합니다. 그러니 어디까지나 저 개인의 생각을 읊어 보자면—— 우리가 상대한 두 사람은, 그 두 사람이면서 그 두 사람이 아닙니다."

　"그, 그건, 무슨 뜻인데?"

　"주검을 욕보여 두 사람이 마녀교의 꼭두각시가 되어 있었음은 의심할 여지없는 사실. 최후의 순간, 주고받은 말은 진짜였다고 생각합니다만."

　최후의 순간이라고 들은 가필의 뇌리에 쿠르강이 남긴 말이 스쳤다.

단 한마디, 투신은 사력을 다한 가필에게 말을 남긴 것이다.

"그 자식, 확실히 최후에 한마디만……."

"그 말은 가슴에 담아 두십시오. ──그것은 『여덟팔』의 쿠르강이 자신을 쓰러뜨린 전사에게 바친 찬사입니다. 타인의 귀에 들어가도 될 게 아닙니다."

"──큭, 하지만 어떻게 된 건데? 진짜로, 진짜로 그게 쿠르강의 본심인 거냐고? 조종받고 있어서, 죽어도 그걸로, 그렇다면 최후의 말도……."

그것조차 가짜고 주고받은 말도 죄다 엉터리에, 가필과 쿠르강 사이에는 정당하게 싸운 사실도 남지 않아서 전부 허깨비였던 게 아닌가.

그런 불안과 공포에 가필은 숨이 거칠어졌는데.

"가프, 그거, 안 좋은 거라고 생각해."

"……아앙?"

"할아버지, 방금, 좀 서글픈 티 냈거든? 그러니까, 그거 꾹꾹 밀어대는 거 안 좋은 거라고 미미는 생각하기도? 그리고 가프의 눈매도 되게 안 좋아. 좋지 않음!"

옆에 앉은 미미가 그렇게 말하면서 가필의 옆구리를 팍팍 찔렀다. 손가락 감촉에 가필은 눈썹을 모았다가 뒤늦게 빌헬름의 표정을 알아챘다.

자신이 자각도 못하고 조심성 없이, 빌헬름의 상처를 헤집었음을.

"……미안, 생각이 짧았어."

사과한다. 『검귀』의, 그 달밤으로 한정되었던 만남에 지독한 먹칠을 하려고 했다.

사별한 아내와 원치 않게 재회하고, 그 만남을 자신의 검으로 끝냈다. 거기서 주고받은 이별의 말이 허위였던 게 아니냐고 짓밟은 것이다.

베어도 할 말은 없다. 그런 가필에게 빌헬름은 고개를 저었다.

"마음 쓰실 건 아닙니다. 당신 때라면 답에 조급해지는 건 당연한 노릇. 오히려 이렇게 사과할 수 있는 만큼, 같은 시절의 저보다 훨씬 어른입니다."

"……영감님이 그랬었다니, 못 믿겠는데."

"당치도 않습니다. 저는 어리석은 자였습니다. 당시도…… 어쩌면, 지금도."

추억하듯 눈을 내리까는 빌헬름에게 가필은 겸연쩍은 기분을 맛보았다.

『검귀』의 이명이야 유명하지만 그 인품의 이야기는 당최 듣지 못했다. 솔직히 지금 것도 연장자의 자비에서 나온 위로일 것이다. 이 도시에선 반성할 사항이 많기도 많다.

어쨌든——.

"에두른 표현을 피하면, 우리가 싸운 두 사람은 죽음의 순간만 자신을 되찾은 존재. 그 이전의 검의 솜씨는 가짜…… 안 그러면 전성기의 안사람과 싸우고 지금의 제가 살아서 돌아올 수 있을 턱이 없지요. 그건, 쿠르강에게도 같은 말을 할 수 있습니다."

"전성기의 녀석들과 싸웠더라면, 이기지 못했다?"

"저도, 당신도. 저는 시체로, 당신은 살점으로. 그게 답입니다."

"그, 그렇게 말해도, 이 어르신도⋯⋯."

"──교만 떨지 마라, 애송이."

──곧바로 넘치는 검기에 위압당한 가필이 반사적으로 훌쩍 뒤로 물러나고 있었다.

"_____."

식사장 입구로 뛰어 사지로 땅을 짚은 채 숨을 가쁘게 쉬는 가필. 그 갑작스러운 기행에 주위가 놀라는 가운데, 미미만이 태연히 식사를 계속하며 생선 살에서 뼈를 바르고 있었다.

"바, 방금 그건⋯⋯."

"가필 님도 큰 그릇이 느껴집니다만, 아직 그릇을 굽는 도중. 이미 퇴물 범위에 들어가는 저입니다만⋯⋯ 저는 진짜를 알고 있습니다. 방금 것은 겨우 그 일부."

"_____."

"당신이 뜻하는 정상은, 지금의 당신 손이 닿을 만큼 쉽지는 않습니다."

말을 마친 빌헬름이 입을 닦으면서 일어섰다.

식사를 마치고 해야 할 말을 다 끝냈다는 태도였다. 빌헬름은 눈길을 가필이 아니라 미미 쪽으로 옮기고는 말했다.

"그 검기를 받고 적의의 유무를 한순간에 간파하신 건 훌륭하더군요."

"응～? 그치만 할아버지가 미미랑 가프한테 나쁜 짓 할 이유 없지 않아?"

"현명하십니다. ——당신이 곁에 있으면, 저분이 길을 잘못 들 염려는 없겠군요."

천연덕스러운 미미의 대답에 빌헬름이 끄덕이고 식사장 밖으로 향했다. 필연적으로 입구에 선 가필과 엇갈리고, 떠나는 순간.

"소중히 하시는 편이 좋습니다. 저런 이성은 반드시 당신 인생의 보물이 돼요."

"익——! 누가 재랑! 이 어르신한텐 달리 반한 여자가."

"어쨌든 잃지 않게끔 애쓰시길. ——어딘가의, 한물간 귀신처럼 안 되도록."

그 말만을 남기고 빌헬름은 식사장에서 나갔다.

가필은 그 등을 묵묵히 배웅하다가 짜증스럽게 이를 딱 부딪쳤다. 그 뒤로 난폭하게 자리로 돌아오더니 남아있던 식사를 단숨에 쓸어 넣었다.

"아— 가프, 버릇없어!"

"남의 접시에서 가로채던 녀석한테 듣기 싫어. 아아, 제길! 이야기 듣기 전보다 더 부글부글 끓잖냐, 이거."

가필은 다 먹은 식기를 내려놓고 거칠게 머리를 쥐어뜯었다.

미혹이 해소되기는커녕 오히려 고민거리가 늘어난 기분이다. 미미와 빌헬름. 가필이 떠안은 고민을 먼저 푼 두 사람의 말이 유달리 무겁다.

강함의 납득이든 여기서 해야 할 일이든, 앞으로 딱 한 걸음 답에 닿지 못해서 감질난다.

"좋아— 그럼— 가프 가자—!"

"……기운 넘치네, 넌. 그래서, 어디 가려고?"

식사장을 나온 순간 푸른 하늘에 두 손을 내지른 미미가 웃으며 말을 꺼냈다. 그 모습에 쓴웃음 지은 가필이 옆에 서자 미미는 "음음—." 하고 고개를 모로 꼬았다.

"뻔한 건데—? 가프의 동생이랑 엄마 있는 데!"

속 편하게 걷기 시작한 미미의 뒤를 따라가려다가, 발이 멈추었다.

가필의 동공이 가늘어지고 이가 따닥 울렸다. 평정을 유지한 채로 뒤돌아보았다.

"뭐라고?"

"지금부터 가프 가족네 갑니다! 그게 가프에게 지금 제일 중요한 것!"

아무 근거도 없이 미미는 밋밋한 가슴을 펴고 꼬리를 바짝 세웠다.

그리고 말문을 잃은 가필을 손가락으로 가리키며, 말했다.

"가족하곤 제대로 이야기하는 편이 좋도다—! 이거, 로시의 가르침!"

5

"아! 고저스 타이거!"

"오오…… 어, 위험해!"

자택을 방문한 가필을 보고 활짝 얼굴이 밝아진 소년이 뛰어들었다.

그 몸을 가필이 허둥지둥 받아내고 위태로움과 안도로 숨을 내뱉었다.

"앞 좀 보고 뛰어다녀. 넘어져서 아파하는 건 바보잖아."

"오— 넘어지면 아프니깐? 미미도 조그말 때, 자주 넘어졌어! 그래서, 그때마다 헤타로가 아픈 얼굴이었지—. 그런데 미미는 별로였어. 신기방기!"

"그거 신기방기고 뭐고 아니지. 동생이 너무 오냐오냐 한다."

그 결과, 성장했음에도 언제 넘어질지 모르는 부주의한 누나가 완성되고 말았다.

그런 미미의 성장 일기는 제쳐 두고.

"그 뒤로 집은 좀 진정이 됐냐?"

"응, 괜찮아. 엄마랑 누나도 진정했어."

"……그러냐."

가필은 소년—— 추정, 남동생을 땅바닥에 내려놓고 눈앞의 저택을 쳐다보았다.

톰슨 저택의 집주인이자 소년의 부친인 갤럭 톰슨은 집에 돌아오지 않았다. 도시청사 근무로 귀가할 여유도 없는, 그런 거라면 좋았다.

하지만 현실은 다르다. ——갤럭은 현재 그 모습이 흑룡으로 바뀌어 있다.

그 사실은 가필이 스스로 확인했다. 다른 희생자—— 파리로 바뀐 사람들과 달리 갤럭과는 의사소통이 가능하므로 확실하다.

그 사실이 행운이라고, 순순히 받아들이고 싶지는 않지만.

"저기, 고저스 타이거. 아빠, 꼭 돌아오겠지?"

"＿＿＿＿＿."

불안한 기색인 동생에게 가필은 머리를 쓰다듬어 줄 수밖에 없다.

근거가 없는 위로를 말할 수는 있었다. 그러나 그 말에 열기를 담아 줄 수 없다. 어린이는 무지하지만 바보가 아니다. 가필의 서투른 거짓말쯤 금방 간파한다.

그렇기에 얄팍한 말로 부주의하게 상처 입히고 싶지 않았다. 자신의, 동생을.

"프레드? 손님을 언제까지 밖에다…… 아."

"……여어."

그렇게 대화 중이던 때 집 안에서 소녀―― 추정, 여동생이 얼굴을 내밀었다.

소녀는 가필을 알아채자 한 번은 표정이 밝아지다가 금세 겸연쩍은 표정을 지었다. 표정이 휙휙 변하는 모습은 사랑스럽지만 지금은 그 복잡한 속마음이 애처롭다.

"또, 또 일부러 온 거야? 고저스 타이거는 한가한 사람이구나."

"오냐, 너희 얼굴을 보고 싶어서. 근데 환영 못 받는다면 바로 가 줄…… 아팟."

"가프, 상대 얼굴을 잘 보고 말해야지!"

뒤에서 미미가 허리를 꼬집어서 가필은 입꼬리를 뒤틀었다. 하지만 그 말뜻은 금세 알 수 있다. 소녀, 여동생이 어딘가 괴로운 표정을 짓고 있었기에.

"엄마 받쳐 주고, 동생도 보살피고…… 누나란 힘들지."

"──앗! 그래, 그렇다고. 그러니까, 응, 저, 조금쯤은 내가 말상대가 되어 줘도 돼. 이제 와서 한 명 더 늘어도 다를 거 없으니까."

"한 명이 아니라 두 명 있어─!"

"이제 와서 두 명 더 늘어도 다를 거 없으니까."

볼을 붉히며 소리치는 소녀의 말에, 소년과 미미가 기대 어린 눈초리를 가필에게 보냈다. 그 어린 기대를 배신할 수 있을 만큼 가필은 비정해질 수 없다.

"그럼 들어가 보련다. 엄마…… 너희 엄마에게 폐 끼치면 그때는 터덜터덜 꺼지겠다만."

"그런 일은……."

"우리 엄마만큼은 절대 없지."

얼굴을 마주 본 남매가 그렇게 말하고 유독 자신만만하게 웃어 보였다.

그리고 실제로 그 말이 맞았다.

6

"기껏 와 주셨는데 대접할 준비도 아무것도 없어서 미안해요. 지금, 차를 준비해 올게요."

그렇게 말하고 가필과 미미 둘에게 소파를 권한 여성── 리아라 톰슨이 물을 끓이며 컵을 준비했다.

그 등을 보면서 가필은 자신의 머리를 긁었다.

"아아, 미안하군. 갑자기 들이닥쳐서. 번거롭게 하고 싶지 않은데……."

"뭘요. 그렇게 불안한 표정 짓지 마세요. 이렇게 시간을 쪼개서 와 주시기만 해도 마음이 무척 든든한걸요."

"_____."

대접할 준비를 하면서 미소 지은 리아라에게 가필은 말이 나오지 않았다.

눌러 숨긴 속마음을 고스란히 읽힌 건 가필이 알기 쉬울 뿐인가. 아니면 특별한—— 어머니와 아들의, 혈연에서 비롯한 것인가.

어느 쪽이든 간에 어머니에게 자신을 미혹할 의도는 없다. 원래 자타불문 악의와 무관한 여성이었다. 그것은 기억을 잃은 지금도 전혀 변함이 없었다.

그렇기 때문에 자문자답을 하고 만다. ——도대체 자신은 뭐하러 여기에 왔느냐고.

"어라? 왠지 집 안, 전보다 넓어졌어? 깔끔하게 정리 안 됐어?"

당황하는 가필 옆에서 억지로 여기에 데려온 미미는 태평하기도 했다.

집 안을 둘러보고 소파에 엉덩이를 퉁기는 미미의 중얼거림에 가필은 고개를 모로 꼬았다.

"듣고 보니 요전보다 정리가…… 아니, 물건이 적은 건가?"

"용케 알아채셨네요. 저는 그렇게 평소와 다르게 보이지 않는데……."

가필과 미미 앞에 차를 놓은 리아라가 나긋한 기색으로 대답했다.

그러나 그런 리아라의 말에 소녀가 사납게 대들었다.

"그럴 리 없잖아. 난 엄청 이상한 느낌인데, 엄마가 괴짜라고!"

"누나, 계—속 그 소리만 해."

"뭐 어째?!"

입술을 삐죽인 남동생의 발언에 누나가 노발대발할 기세로 쫓아다니기 시작했다.

그런 남매의 모습을 흘깃대며 가필은 지금 대화의 진의를 리아라에게 물었다.

"저 꼬맹이들이 하는 말, 무슨 뜻이지?"

"그렇게 놀랄 일은. 그저, 지금은 도시의 모두가 서로 돕고 살아야 할 때니까요. ……가재도구 일부를 양보하거나, 조금 저금을 방출하거나, 그래서."

"——그래서 이것저것 없어졌단 거냐."

"원래부터 물건이 너무 많았어요. 제가 물건을 못 버리는 성격이어서, 도움이 됐죠."

그렇게 말한 리아라가 혀를 내밀지만 물론 그렇게 쉬운 이야기는 아니리라.

도시가 상부상조를 바라는 상황인 건 사실이다. 하지만 톰슨 가족도 대들보를 잃어 힘든 시기, 상부상조라면 오히려 도움을 받아야 할 처지건만.

"그런 여유, 댁들에게도 없을 텐데. 왜냐면…….."

"남편은…… 갤럭은 금방 돌아올 거예요. 저는 믿어요. 그러니, 그렇게 마음 쓰시지 않아도 괜찮답니다."

물고 늘어지려던 가필에게 리아라가 느릿느릿 고개를 가로저었다.

"저, 옛날부터 생각했어요. 불안해하면 불안해할수록, 행복이란 건 손에서 빠져나간다고. 옛날이라고 해도 10년 남짓한 얘기지만요. 저, 그 무렵부터 기억이 없어서…… 아, 놀라게 해드렸나요?"

"……늘 써먹는 이야깃거리일지도 모르겠지만 미안하게도 남편에게 먼저 들었어."

"아, 그런가요. ……참, 그 사람은."

그렇게 중얼거린 리아라가 살짝 아쉽게 미소 지었다.

기억상실이라고 전해서 남을 놀래키는 게 정석이었던 모양이지만 아무것도 모르다 들었을 경우, 가필 입장에선 대참사가 될 사태였다.

물론 지금도 그 사실에 아픔을 느끼지 않는 건 아니다. 하지만 견딜 수 있었다. 그리고 기억을 잃었음에도 변함이 없는 어머니의 생각에도 놀랐다.

——내일은 좋은 일이 있을지도 모른다, 그것이 어머니 행동의 원점이었으니까.

"아무것도 없던 텅 빈 제게, 갤럭이 이 10년을 선물해 주었습니다. 귀여운 딸과 아들까지 받고…… 그런 제가 갤럭을 믿지 못해서 어쩌겠어요?"

"————."

"딱히 갤럭이 싫어하지 않는다면 그 모습 그대로 돌아와도 좋았는데요."

"아니, 역시 그건 주위가 말리지…….."

"그래요? 그건 그거대로 멋있다고 생각하는데…….."

모습이 흑룡으로 바뀐 남편을 리아라가 엉뚱한 발언으로 옹호했다.

그렇다곤 해도 모습이 저렇게까지 바뀐 남편을 변함없이 받아들일 수 있는 리아라의 존재는 분명히 자기 자신을 잃어가던 갤럭에게도 구원이 됐을 터다.

──갤럭 또한 다른 피해자들과 같이 에밀리아의 손으로 얼음덩이가 되어 가사상태로 구출을 기다리는 선택을 받아들였다.

그것은 리아라와 둘이서, 부부끼리 정한 결론. ──그 누구도 끼어들 수 없다.

"……당신, 강하구만."

"네, 물론이죠. 저, 둘이나 되는 아이의 엄마인데요."

에헴, 하고 가슴을 펴는 리아라. 실제로는 둘이 아니라 네 아이의 모친이지만, 과연 확실히 강하다. 너무 강하다. 주먹질과 다른 차원에 있는, 스바루 및 오토와 통하는 강함. 그것이 기억을 잃은 어머니 안에도 숨 쉬고 있다.

아마 그것이야말로 가필이 단련하지 못하고 있는 강함이다.

"그래그래. 실은 제게도 고저스 타이거 씨에게 묻고 싶은 게 있어요."

아련한 눈빛의 가필 앞에서 문득 리아라가 손뼉을 쳤다.

그 여상한 태도에 가필은 "엉." 하고 끄덕였다.

"뭐든 말해 봐. 라고 해도 이 어르신이 대단한 말을 할 수 있을 것 같진 않지만……."

"아니요, 어려운 것은 아니고, 고저스 타이거 씨 얘기예요."

"이 어르신의?"

"네. ——고저스 타이거 씨는 왜 이렇게 저희를 신경 써 주시는 거죠? 저, 그게 궁금해져서."

"————."

방심하던 차에 예상 밖의 일격이 날아와서 동요하고 말았다.

눈앞에는 리아라가, 옆에는 미미가, 조금 떨어진 곳에 남매가, 가필의 반응을 기다렸다. 그 시선을 받으면서 가필의 사고가 빙글빙글 맴돌았다.

——자신은 무엇을 하러 여기에 왔는가.

——리아라에게 잃어버린 과거의 기억을 전하고 싶었던가.

——최소한 두 동생에게 자신이 형이라고 밝히고 싶었던가.

——아니면 갤럭의 일로 위로만 전하고 빨리 떠날 셈이었던가.

처음부터 애매했던 각오가 허물어지고 가필은 힘없이 이를 떨었다.

"그, 그냥 왠지 모르게, 눈을 뗄 수 없더라…… 댁들은 뭐랄까, 얼이 빠진 데가 있잖아?"

"어머, 너무해. 맞는 말이라서 뭐라 못하겠네요."

"오— 빠져? 뭐가 빠지는데? 아, 털? 알지. 미미도 화계(火季)가 되면 털 무지 빠져! 하지만 빙계(氷季)는 복슬해져! 토막상식!"

어색하게 둘러대는 말에 리아라와 미미가 제각기 반응을 보였다.

그러자마자 노골적인 안도가 가필의 속내를 지배했다. 두 사람의 성격으로 봐서 더 이상의 추궁은 받지 않을 터다. 일단, 이로써 상황을 벗어날 수 있다.

　그래, 그렇다. 이 문제는 더, 더 시간을 들여서 생각해야──.

　"──아."

　"괜찮아요? 고저스 타이거 씨."

　아연히 숨을 내쉰 가필의 머리에 살며시 리아라가 손을 얹고 있었다.

　몸을 내밀어 가필의 머리를 쓰다듬는 리아라. 그 손놀림은 부드럽고, 자상하고, 마치 사랑스러운 자기 자식을 대하는 듯한 자애로 차 있었다.

　왜, 지금, 그런 짓을.

　"왜일까요. 당신이 지금, 어쩐지 울어 버릴 듯한 어린애처럼 보이는 바람에."

　시선으로 묻자 리아라가 어딘가 당황하면서도 입술에 부드럽게 미소를 짓고 대답했다.

　기억하지 못할 리아라와 잊어 가던 가필의 기억이 겹쳤다.

　언젠가 이렇게, 리아라── 리시아 틴젤의 손바닥이 쓰다듬은 적이 있었다.

　그때의 육체적인 기억이, 이 순간, 가필의 마음을 옭아매었다.

　그리고 참으려 할 새도 없이 감정은 허물어졌다.

　"……엄마."

　"────."

"엄마…… 엄마, 엄마……!"

쓰다듬는 손끝을 느끼며 가필은 눈앞의 리아라를 그렇게 불렀다.

눈물을 글썽이며, 목소리가 떨리고, 작은 몸을 더 움츠리며 가필은 나약하게 허덕였다.

온갖 약함을 견딜 수 없다. 그것은 당연했다.

아무리 강한 척해 봐야, 아무리 발버둥 쳐 봐야 어머니 앞에서는 누구나 어린애인 것이다.

어머니 앞에서 아무리 허세를 부려도 그것은 어린애의 오기에 불과하다.

"이 어르신은…… 나는, 엄마한테……."

하고 싶은 말이 산더미처럼 많다. 하고 싶은 말이, 별처럼 많다.

전할 수 없다고, 그렇게 여기고 체념해 온 무수한 마음이 가필 안에는 지금도 찬연하게 빛나며 애태우던 기회에 환희하고 있다.

어머니의 팔에 안겨 용서받고, 안녕 속에서 외치고 싶다고, 원하고 있다.

"……가필이야."

눈물을 글썽이며 눈을 내리깔고 목소리를 짜내는 가필.

그 옆에서 갑자기 미미가 가필의 이름을 입에 담았다. 누구에게 말한 것인지 가필은 모른다.

단지 눈앞에서 숨을 삼키는 기척과 머리를 만지던 손가락이 떨어지는 감각이 있고――.

"――가필, 이리 온."

고개를 들었다. 눈앞에서 리아라가 팔을 벌리고 웃고 있었다.

그 몸짓과 말에 가필의 사고가 정지했다.

하지만 뇌가 정지해도 몸이, 영혼이, 무엇을 해야 하는지 이해하고 있었다.

"어, 엄마…… 엄마……."

어린애처럼, 어린애 그대로 흐느끼며 가필은 리아라에게——리시아에게 뛰어들어 그 가슴 속에 머리를 묻고 매달리듯이 어머니를 불렀다.

자상하고 부드러운 손바닥이 흐느끼는 가필의 머리를 쓰다듬어 주고 있다.

"그래그래…… 가프, 착하지, 착하구나. 용케, 잘 지냈구나."

"흑—— 그래! 나, 계속 애쓰고, 힘내서! 근데, 많이 실수하고, 그런데도, 그런데도 모두가……."

말이 못 된다. 지리멸렬한 이야기를 늘어놓으며 가필은 리시아에게 매달렸다.

흘러넘치는 것은 가필의 15년이다.

어머니를 잃고 누나와 헤어져 가족을 더 이상 잃지 않겠다며 오기를 부리고, 그 뒤의 10년 세월이 스바루 일행에게 부서질 때까지—— 가필은 몇 번 꺾이고 한탄했을까.

잃어버린 사랑을, 이제 다시는 놓지 않겠다고 애쓰며 얼마나 짓밟아 왔을까.

그것도 모든 건——.

"……엄, 마."

"괜찮으니까, 가프. 엄마, 옆에 있으니까."

자상한 말이, 자애가, 애타게 찾아도 얻지 못한 어머니의 사랑이, 가필을 위로했다.

가족에게 사랑받던 것을 기억한다.

누나에게도 할머니에게도, 자신이 사랑받던 것을 가필은 안다.

어머니가 사랑해 주던 것도 알고 있었다.

그렇지만 어머니의 사랑을, 이렇게 온기와 함께 실감한 건 처음 있는 일이었다.

흐느낀다. 그렇게 하는 감정의 이름은, 가필은 아직 모른다.

누구나 분명히, 어릴 때 알게 되는 그 감정, 그 이름은 아직 알지 못한다.

──하지만 이 뜨겁고 뜨거운 마음이 그 답이면 되는 것이다.

7

"오─ 가프, 울음 그쳤어? 이제 충분? 하─ 가프 울보구나─!"

문을 열고 돌아온 미미가 겸연쩍은 표정의 가필을 손가락질하며 크게 웃었다.

참으로 거리낌 없는 태도지만 두 동생을 데리고 가필과 리아라를 단둘이 있게 해 준 모양이다. 그 배려에 얄미운 말도 할 수 없다.

"고저스 타이거, 괜찮아?"

"남자면서 질질 짜기나 하고, 못 믿겠어. 우리 프레드 같잖아."

미미와 함께 돌아온 동생들이 저마다 어울리는 태도로 가필을 걱정해 주었다.

온 집 안에 울릴 만큼 큰 소리로 울고불고했다. 걱정해 주는 남동생도, 평소 태도로 가장하려는 여동생도, 둘 다 자신에게는 아까운 동생이었다.

"……마음 쓰게 해서 미안했다."

"응— 뭐가? 그보다 미미는 가프가 만족했는지 못했는지가 궁금한 느낌. 그리고 간식은 단 것이 나오는지 안 나오는지 궁금한 느낌—!"

"아아, 그러냐. 나 참."

깔깔 웃으며 아무 생각도 없는 듯한 표정으로 하는 말에 어깨 힘이 빠졌다. 단지 미미의 존재에 감사하며 그 머리를 토닥토닥 다정하게 쓰다듬었다.

"그래서, 가프, 어땠어?"

"그렇네요. 본인께 여쭤보세요. 저는 아마 이제 괜찮다고…… 고저스 미미 씨가 정말 좋아하는, 고저스 타이거 씨라고 생각해요."

"뭐— 그럴지도? 가프, 할 때는 하니까—."

의기투합하는 대화 내용을 듣고 있을 수 없어서 가필은 그쪽 이야기에 끼지 못했다. 대신에 두 동생들의 머리를 쓰다듬으며 잡념을 떨쳐내려 온 신경을 기울였다.

그렇게 별 뜻 없이 접한 동생들이 조금 전까지보다 더욱더 사랑스럽게 느껴졌다.

실감이 없는, 감정이 수긍하지 못한 부분이 확고한 현실미를 띠기 시작했기 때문일까.

"_____."

그 점을 자각하자마자 다음 불안이 싹텄다.

"잠깐, 왜 굳고 그래. 이, 이상한 병 걸린 거 아니겠지?"

싹튼 불안이 급속히 성장을 이루어 움직임을 멈춘 가필을 동생들이 염려했다. 그 말이 귀에 들어오는데도 가필은 필사적으로 골머리를 썩이고 있었다.

그 불안과 고민의 정체는 단순해서, 자신이 이 두 사람에게 형과 오빠로 인정받느냐 못 받느냐다.

정체를 밝힌다, 그것 자체는 지금 이 순간이라도 가능하다. 하지만 실행이 가능한 것과 실제로 실행하는 것 사이에는 하늘과 땅만큼 차이가 있었다.

"가프, 괜찮아? 무슨 일 있어?"

"다, 당연히 괜찮지. 어흥."

"가프가 어흥 하고 우는 거 첨 들었어!"

끝이 안 나는 혼란을 미미에게 지적받지만 그에 시비 걸 여유도 되찾지 못했다.

그렇게 주위의 걱정에 휩싸인 채로 가필의 머리를 혼미함이 휘돌고——.

"또 그러고. 혼자서 고민하는 건 그만둔 거 아니었어? 가필."

"아, 엄마……."

정신을 못 차리는 가필을 보다 못해 리아라가 타일렀다. 그 말에 가필이 순간적으로 그렇게 말하자 동생들이 놀란 표정을 지었다.

"어, 왜 고저스 타이거가 엄마라고?"

"아, 안 돼! 이건 내랑 프레드 엄마지, 네 엄마가……."

"얘들아, 그러지 말고. 응?"

놀라는 남동생과 덤비는 여동생, 그 둘을 리아라가 자상하게 끌어안았다.

그 부드러운 제지에 마지못해 입을 다무는 두 사람. 그런 둘에게 타이르듯이 리아라는 살며시 가필을 바라보며, 말했다.

"가필은 엄마랑 따로따로 떨어졌나 봐. 그리고 내가 그 엄마랑 닮았던 모양이야. 그래서 외로워져서 울어 버린 거야."

"──아?"

"엄마랑, 엄마가 닮았어?"

"뭐, 뭐야 그게…… 흥이다. 창피해."

리아라의 설명에 자식 셋이 각자의 반응.

어안이 벙벙해진 가필 앞에서 리아라는 당당히 틀린 사실을 입에 담고 있어서.

즉──.

"가프, 말이 좀 부족한 느낌?"

짤막하게 한 미미의 말이 맞을 것이다.

그렇게 처량하게, 볼썽사납게 울고불고했음에도 불구하고 리아라는 결국 진상 부분은 조금도 깨닫지 못해서.

"당연하다면, 당연한가. ……크하, 뭐냐고, 그거."

곧장 힘이 빠졌다. 이빨에서도, 몸에서도.

흘러나온 말은 안도와 낙담, 어느 쪽이었던가.

——아마 반반이리라고, 가필만이 자기 자신을 깨닫고 있었다.

8

　여러모로 헛물을 켜서 수확이 있는지 없는지도 애매하지만, 물러날 때이리라.

　그렇게 판단해 가필은 미미와 둘이서 톰슨 저택을 뒤로했다.

　"또 별달리 챙겨드리지 못해서 미안해요."

　"괜찮우이! 우리야말로 가프가 엉엉 울어서 미안하다 싶어!"

　"시끄럽네, 왜 자꾸 들먹여."

　리아라의 배웅에 그렇게 대답한 미미의 뒷덜미를 잡고 들어 올렸다. 그대로 가필은 한숨과 함께 리아라와, 리아라에 안겨든 동생들을 쳐다보았다.

　"너희도 그렇게 걱정 안 해도 엄마 안 빼앗아 간다."

　"나도, 그렇게 생각하지만……."

　"흥이다! 아빠가 없어도 빈틈투성이 엄마는 안 줄 거야."

　"빈틈투성이라는 말은 같은 의견이다마는……."

　경계를 높이는 동생들의 모습에 가필은 쓴웃음 지었다.

　리아라의 묘한 설명 결과, 두 사람 모두 가필이 어머니를 빼앗으러 왔다고 착각한 모양이다. ——그럴 맘은 없지만, 그리 생각되는 건 행복한 일이긴 했다.

　"스스로가 싫어지는군. ……알았다! 악당은 냉큼 꺼져 줄게."

　"또 언제든지 와 주세요. 울고 싶을 땐 이 가슴을 빌려드릴게요."

"되도록 그런 일이 없게끔 하겠어."

아픈 곳을 찔린 기분으로 가필은 리아라와 동생들에게 등을 돌렸다. 미미를 달랑 든 채로 아직 가족이라고 밝히지 못한 가족에게 등을 돌렸다.

그대로 떠나려 하는 가필에게 리아라가 두 손을 치더니 말했다.

"자, 애들아, 제대로 이별 인사를 하렴."

"고저스 타이거, 또 봐."

"우—."

그 말에 남동생은 고분고분 따랐지만 여동생은 입술을 삐죽이고 입을 닫았다.

그런 고집스러운 여동생에게 리아라가 난처한 표정을 지었다.

"얘, 누나야. 제대로 해야지. 아유, 라피! ——라필!"

"———."

감질난 표정의 리아라가 여동생 이름을 불렀다.

그 이름을 들은 순간, 가필은 벼락에 맞은 듯한 충격을 느꼈다.

"라, 필?"

"네, 라필…… 어머, 한 번도 소개하지 않았던가요? 이 아이 이름이에요. 제 두 아이, 라필 톰슨과, 프레드 톰슨."

라필과 프레드.

남동생의 이름은 여태까지도 몇 번쯤 들었다. 그 이름을 마음에 두지 않았던 건 가필이 깨닫는 걸 두려워했기 때문이었을지도 모른다.

라필과 가필. 프레드와 프레데리카.

리아라의 두 아이와, 리시아의 두 자식. ──그, 많이 비슷한 어감과 의미.

"여자아이답지 않다고 생각하지. 내도, 그쯤은 알고 있거든."

가필이 침묵한 이유를 곡해해 여동생── 라필이 뾰로통한 표정을 지었다.

그 말에 가필은 "아니." 하고 고개를 가로저었다.

"좋은, 이름이라고 생각한다. ──진심으로, 그리 생각해."

"──으."

"그렇죠!"

올곧게, 본심으로 전한 가필에게 라필이 얼굴을 붉혔다. 거기 끼어들듯이 손뼉을 친 리아라가 얼굴을 활짝 폈다.

"둘의 이름은 제가 지은 거예요. 어째선지, 이 이름이 좋겠다고…… 그래서."

"둘 다, 댁이?"

"네. ──귀여운 아이 이름을 생각했더니 자연히 떠올랐어요."

──그건, 더할 나위 없을 정도로 사랑의 증명이었다.

기억을 잃어서 이전 일을 하나도 기억하지 못하는데, 그런데도 그 자상함과 관용을 잃지 않은 어머니는 잊었을 터인 자기 자식에 대한 사랑을 태어난 자식들에게 주었다.

"_____."

아마 가필은 화내도 됐다.

분개나 혐오는 가필의 권리였다. 그럴 자유가 있었다.

그렇지만 그런 건 떠오르지도 않았다.

자신의 어머니, 리시아 틴젤의 사랑이 증명됐다.

동생들의 어머니, 리아라 톰슨의 사랑이 증명됐다.

──그러니까, 이제, 충분했다.

"하, 하핫! 하핫하핫!"

웃음이 나왔다.

바로 좀 전까지 가슴속에 남아있던 마지막 응어리가 사라졌다.

해야 할 말, 전해야 할 관계, 그것을 말하지 못한 자신에 대한 한심함이 사라졌다.

지금은 이것만으로도 족하다.

왜냐면 이어져 있었던 것은, 이렇게 실감했으니까.

"잘 있어라, 라필, 프레드. 또 오마."

"──웅! 고저스 타이거!"

"다, 다음엔 울지 마!"

동생들의 머리를 거칠게 쓰다듬었다. 이번 손바닥에는 제대로 애정이 담겼을 터다.

그리고 마지막으로, 가필은 리아라에게, 어머니에게 손을 흔들었다.

"고마워, 엄마. 또 실례할게."

──프리스텔라를 떠나서 로즈월 저택으로 물러난 뒤에도 다시 찾고 싶다.

그때는 꼭 누나와 할머니 둘도 데리고 만나러 오자.

그때까지는 이거면 족하다. ──다음엔 긍정적인 마음으로, 말을 담아서.

가족 이야기는 가족끼리, 그렇게 생각하니까.

"그때까지, 건강하게 지내!"

가필은 주먹을 쥐고 힘차게 그렇게 말을 맺을 수 있었다.

9

"엄마, 고저스 타이거가 기운 차려서 잘됐지."

"응, 그러네. 정말로…… 잘됐어."

"……엄마, 어쩐지 쓸쓸해 보이지 않아? 그렇게 쟤가 마음에 들었어?"

"어떨까. 떨어지고 싶지 않은 건 아니야. ……떨어져 가는 건, 쓸쓸하지만, 기쁜 일일지도 모르니까."

"아빠, 언제 돌아올 수 있을까?"

"알 수 없어. 하지만 꼭 돌아와 줄 거야."

"……엄마, 왜 울고 있어?"

"──잊었던 걸, 찾아서 그럴지도 모르겠네."

"미안해, 하지만 고마워. ──사랑한단다, 가프."

10

미미를 한 손에 잡은 채로 치료원의 한 방에 들어간다.

다수의 침대가 늘어선 가운데, 가장 안쪽 창가── 그곳에서 오토가 휴양을 취하고 있어서.

"여어, 오토 형."

"이런, 가필. 밖의 일 돕는 건 됐나요?"

침대에서 상반신을 일으켜 책을 읽고 있던 오토가 가필의 방문을 환영했다. 형님뻘의 그 말에 가필은 "엉." 하고 창밖을 바라보았다.

"일단, 잠시 휴식이야. 이 어르신이 없으면 오토 형이 언제 무리할지 몰라."

"그렇게 앞뒤 생각도 안 하진 않아요. ……뭔가, 좋은 일이라도 있었어요?"

희미한 표정의 차이에서 무엇을 봤는지 오토가 눈치 빠르게 물었다.

그 물음에 가필은 잠시 생각에 잠겼다.

"좋은 일……일까? 그렇게 말하면 즉답할 수가 없는데……."

"하지만 기쁜 일이었던 거 아냐?"

말문이 막힌 가필을 데롱데롱 매달린 미미가 동그란 눈으로 바라보았다.

미미는 히죽, 기쁘게 입술에 웃음기를 띠더니 말했다.

"가프, 얼굴이 좋아졌어! 기쁜 일이랑, 그런 느낌의 일이 있던 증거! 그걸로 좋지 않냐고, 미미는 생각해 보기도 했지! 했어!"

태평한 기색의 미미가 그렇게 말하고 다시 바보 같이 웃었다.

그 목소리 크기에 방의 사람들 시선이 모이지만 아무도 주의를 주지 않는다.

그것은 아마 당연한 일이리라. ──진심으로 즐겁게 기쁘게, 그렇게 웃는 사람이 있다는 사실이 누군가의 위안이 될 때도 있기에.

"나 참, 못 말려."

"오─ 가프도 웃었다──. 반했어? 반했어?"

"안 반해."

"그런가."

"안 반해. ……그래도."

몇 번쯤 반복한 대화.

그 마지막에, 가필이 한마디만 더 했다.

눈이 동그래진 미미와 대화를 흐뭇하게 지켜보는 오토.

어머니에게, 여동생에게 남동생에게, 이곳에 없는 스바루 일행에게.

"──고맙다."

조금이나마, 앞으로 나아간 느낌이 들었기에.

가필은 이를 보이며 그렇게 웃었다.

《끝》

후기

안녕하세요, 나가츠키 탓페이 더하기 네즈미이로네코입니다! 무사히 6장이 개막했습니다!

이번은 본편 21권에 함께해 주셔서…… 21?! 21권이네요. 터무니없는 권수입니다만 21권, 함께해 주셔서 감사합니다!

권수가 많아지면 문득 떠오르는 생각이 있습니다.

시리즈물 작품은 기본적으로 번호를 매기기 마련입니다만 리제로도 서적화하기 전에 번호를 아라비아 숫자와 로마 숫자 중 어느 쪽으로 매길까, 같은 대화를 담당자님과 나눈 적이 있었습니다.

솔직히 처음에 작가는 멋있으니까 I 나 II 등의 로마 숫자를 밀었습니다만, 담당자님은 완고하게 아라비아 숫자를 밀더군요. 이렇게 21권까지 도달하니 그때 담당자님의 영단이 마음을 찌릅니다. 21권이 『XXI권』이라고 표기될 뻔했으니, 후기 페이지조차 줄여가며 한 줄이라도 더 늘리는 입장으로서는 어마어마한 사태죠.

혹시 담당자님은 이 상황을 예측했던 게 아닌가? 하는 억측을 할 정도입니다.

그럼 너무나도 잡담다운 잡담으로 시작했습니다만, 늘 하는 인사의 말로 옮기겠습니다.

담당자 I 님, 웬일로 후기에서 옛날 추억을 들먹였지만 당시의 영단에 감사를. 그리고 이번의, 21권에서도 옥신각신하느라 크게 신세를 졌습니다. 감사합니다!

일러스트의 오츠카 선생님, 이번엔 신종 마수가 다수 튀어나왔는데 신속하고 절묘한 일러스트 감사합니다! 꽃단장곰이나 켄타우로스나, 최고로 마수란 느낌입니다.

디자인의 쿠사노 선생님, 2권 이후의 오니 자매 일러스트를 아름답게 완성해 주셔서 감사합니다! 6장도 아직 한참 남은 와중! 계속해서 잘 부탁합니다!

월간 코믹 얼라이브에서는 마츠세 다이치 선생님의 3장 만화판이 마침내 완결! 마츠세 선생님은 1장부터 시작해 실로 5년 동안이나 리제로를 그려 주셨습니다. 어려운 국면도 있었는데 지금까지 정말 수고 많으셨습니다! 그리고 감사합니다!

그리고 새로이 시작하는 4장은 아토리 하루노 선생님과 아이카와 유 선생님의 태그! 노자키 츠바타 선생님의 더더욱 달아오르는 『검귀연가』도 잘 부탁드립니다!

그리고 MF 문고 J 편집부 여러분, 교열 담당자님과 각 서점의 담당자님, 영업 담당자님과 많은 분들께 신세를 지고 있습니다. 앞으로도 잘 부탁드립니다.

그리고 마지막으론, 늘 응원해 주시는 독자 여러분께 감사를.

6장 개막과 드디어 공개가 목전인 OVA 제2탄 『빙결의 유대』. 애니메이션 제2기의 속보도 포함해서 앞으로도 리제로의 전개에 함께해 주시길 부탁합니다!

그럼, 또 다음 권에서! 만나 뵙기를!

2019년 8월 《강렬한 햇살에 여름이 도래했음을 느끼면서》

Pretty
마수
Collection 2

꽃단장곰
Flower Bear

꼬르…

꽃밭 위장
(Mimicry to flowers)

켄타우로스
Centaur

모래지렁이
Sand Worm

SIDE

OPEN

CLOSE
SIDE

람

"축! 6장 개막! 그런 이유로 늘 하는 공지 코너다. 각 장의 시작은 기합을 줘야 하는 순간이지. 로 본론인데 이번 파트너는……."

"참 신났네. 람이랑 함께인 게 그렇게 기뻐? 엉큼해."

"엉큼은 무슨! 하지만 람과 함께 선전이라니, 실은 처음 아냐?"

"그렇지. 드문 구성이라고 할 수 있다고 봐. 바란 적 없지만."

"바란 적 없다느니 하지 마! 슬슬 알고 지낸 지도 오래됐는데 끝내주는 연계를 보여 주자고!"

"다음 권은 Ex의 네 번째 권. 이번 여행에도 동행한 기사, 율리우스가 주축인 이야기가 된다 봐. 발매는 12월에 하니 잘 기억해 둬."

"이보쇼—! 웬 자기 혼자 시작이야! 끝내주는 연계는?! 게다가 율리우스?!"

"더해서 고지되었던 OVA 제2탄 『빙결의 유대』, 에밀리아 님과 대정령님의 만남을 그린 이야기 11월 8일부터 극장 개봉이 시작돼. 특전 소설도 있다더라."

"특전 소설! 그건 또 호화롭군. 에밀리아땅과 팩의 만남이 다가 아니고 그 밖에 또 어떤 내용의 야기가……."

"그리고 월간 코믹 얼라이브에서 연재 중인 3장이 마침내 완결이야. 1장부터 따지면 5년 이상 나 이어지던 내용이 당당한 피날레를 맞이한 거지."

"마츠세 다이치 선생님에겐 참 신세 많이 졌지. 여하튼 삽화를 제외하면 내가 죽어 있는 모습"

Subaru

스바루

"일 많이 그려 준…… 이 감사, 이상하지 않아?"

"핫! 바루스답다면 바루스다운 고민이네. 그리고……."

"이거, 이거, 어쩌냐! 이대로 가다간 람한테 일을 다 빼앗기겠어! 그런 건 절대로…… 아니, 근데 뭐 상관없나? 언니분이 부지런할 때는 드물고."

"고시랑고시랑 시끄러운 바루스는 내버려 두기로 하고…… 이 21권 발매 전후, 9월 20일부터 시 야 마루이에서 에밀리아 님의 생일 이벤트가 시작돼. 연례행사지만, 그래, 감사는 해 둘게."

"예쁜 말 쓰자! 아니, 무지 도움이 되고 기쁘긴 해! 다음엔 내 생일도……."

"이쯤에서 공지는 끝이지. 아아, 그래그래. 이 21권과 동시에 단편집 5권 쪽도 발매되었어. 옆에 란히 있을 테니 읽어 둬."

"무지하게 설렁설렁 넘어가더니 결국 내가 할 말이 하나도 없었다─!"

"이걸로 다 끝났어. 그럼 람은 갈게. 렘을 기다리게 하고 있는걸."

"──나 참, 그래서 서두르고 있었던 거면 빨리 말을 해라."

"야, 기다려, 람! 언니분! 나도 갈 테니까! 혼자 가지 말라고!"

※일본어판 발매 당시 내용입니다.

Re:제로부터 시작하는 이세계 생활 21

2020년 03월 25일 제1판 인쇄
2023년 05월 31일 제4쇄 발행

지음 나가츠키 탓페이
일러스트 오츠카 신이치로

옮김 정홍식

발행 영상출판미디어(주)
등록번호 제 2002-000003호
주소 07551 서울특별시 강서구 양천로 570 NH서울타워 19층
대표전화 032-505-2973

ISBN 979-11-6524-386-9
ISBN 979-11-319-0097-0 (세트)

Re : ZERO KARA HAJIMERU ISEKAI SEIKATSU volume 21
ⓒTappei Nagatsuki 2019
First published in Japan in 2019 by KADOKAWA CORPORATION, Tokyo.
Korean translation rights arranged with KADOKAWA CORPORATION, Tokyo.

노블엔진(NOVEL ENGINE)은 영상출판미디어(주)의 라이트노벨 및 관련서적 브랜드입니다.

나가츠키 탓페이
관련작 리스트

◆

Re : 제로부터 시작하는 이세계 생활 1~21

Re : 제로부터 시작하는 이세계 생활 단편집 1~5

Re : 제로부터 시작하는 이세계 생활 Ex 1~3

Re : 제로부터 시작하는 이세계 생활 Re:zeropedia

[코믹스]

Re : 제로부터 시작하는 이세계 생활 제1장 왕도의 하루 1~2 (완)
· 만화 : 마츠세 다이치 (원작 :나가츠키 탓페이/캐릭터 원안 : 오츠카 신이치로)

Re : 제로부터 시작하는 이세계 생활 제2장 저택의 일주일 1~5(완)
· 만화 : 후게츠 마코토 (원작 :나가츠키 탓페이/캐릭터 원안 : 오츠카 신이치로)

Re : 제로부터 시작하는 이세계 생활 제3장 Truth of Zero 1~6
· 만화 : 마츠세 다이치 (원작 :나가츠키 탓페이/캐릭터 원안 : 오츠카 신이치로)

[단행본]

Re : 제로부터 시작하는 이세계 생활

오츠카 신이치로 Art Works Re:BOX
· 오츠카 신이치로 (원작 :나가츠키 탓페이 / KADOKAWA)

NOVEL
ENGINE

Re:제로부터 시작하는 이세계 생활

단편집 5

◆

리제로 단편집 제5탄
다시금 풀어내는 본편 밖 이야기가 등장!

페리스에게 치유 마법을 가르친 술사 갈리ㅊ
사제가 함께하는 나날과 칭호를 받을 때까지
의 이야기 『왕선 전일담: 「청」의 계승자』.
어린 날의 아나스타시아가 귀여운 고양이 ㅅ
남매를 잡으려고 분투하다가 운명과 만나는
『카라라기 걸&캐츠아이』.
오토의 강제 귀향길에 호위와 들러리로 동행
한 스바루와 가필. 바보 삼총사 사건과 맞닥
뜨리는 『바보 삼총사가 간다! 흙거미 편』.

**총 3편의 비하인드 스토리가
「리제로」의 재미를 더해줍니다!**

나가츠키 탓페이 지음 | **이세가와 야스타카** 일러스트 | **2020년 4월 출간**
청춘의 상상, 시동을 걸어라!

외톨이의 이세계 공략

Life.1
~치트 스킬은 매진이었다~

학교에서 '외톨이'로 보내던 하루카는 어느 날 갑자기 반 아이들과 함께 이세계로 소환된다. 이세계 소환의 정석인 '치트 스킬'을 얻을 수 있다고 생각했으나── 스킬 선택권은 선착순, 그것도 반 아이들이 다 가져간 상태?!

아무도 안 가져간 떨거지 스킬, 그리고 『외톨이』 스킬의 효과로 인해 파티도 못 들어가 고독한 모험에 나설 수밖에 없게 된 하루카.

그러던 중에 반 친구들의 위기를 알게 되고, 치트에 의존하지 않으며 치트를 넘어서는 이단적인 최강의 길을 걷기 시작하는데──.

최강 외톨이의 이세계 공략 이야기, 개막!

고지 쇼지 지음 | **부―타** 일러스트 | 2020년 4월 출간
청춘의 상상, 시동을 걸어라!

공녀 전하의 가정교사

2
~최강 검희와 새로운 전설을 만듭니다~

공녀 전하 티나와 그 친구 엘리의 재능을 ?
요 이상으로 끌어내 왕립 학교에 훌륭히 합
격시킨 앨런.

왕립 학교에 입학하는 제자들과 함께 가?
교사로서 왕도로 돌아온 그를 기다리는 2
은…… 일찍이 앨런이 마법을 알려준 오랜
악우이자, 지금은 왕국에 그 이름을 떨치는
『검희』 리디야와의 일대일 승부?!

게다가 그 사건의 여파로 학교에서 임시 2
사도 맡게 된 앨런은 거기서도 고정 관념을
깨는 수업으로 주목을 받는데…….

자각이 없는 마법 교사의 마법 혁명 판타지
──학교편 개막!

©Riku Nanano, cura 2019
KADOKAWA CORPORATION

나나노 리쿠 지음 │ cura 일러스트 │ 2020년 4월 출간
청춘의 상상, 시동을 걸어라!